Romane von Clare Darcy

Georgina
Cecily
Lydia
Pamela
Allegra
Eliza
Regina

Clare Darcy

Victoire
und der leichtsinnige Marquis

Roman

Schneekluth

CIP-Kurztitelaufnahme der Deutschen Bibliothek

Darcy, Clare
Victoire und der leichtsinnige Marquis: Roman/Clare Darcy. 1. Auflage
Aus dem Amerikanischen von Lydia Dewiel
München: Schneekluth, 1981
Einheitssacht.: Victoire ‹dt.›
ISBN 3-7951-0426-2

Aus dem Amerikanischen übersetzt von Lydia Dewiel
Die Originalausgabe erschien unter dem Titel
VICTOIRE

ISBN 3-7951-0426-2

Gesamtherstellung Mohndruck Graphische Betriebe GmbH, Gütersloh
Printed in Germany 1981

I

Eastcott Park ist der Hauptsitz der Grafen von Eastcott und eines der schönsten Beispiele für die Architektur der Restaurationszeit in Sussex; einer der Salons ist mit rosafarbenen Tapisserien ausgeschmückt, auf denen die Rückkehr Baldwins des Ersten von den Kreuzzügen dargestellt ist.
Aber das konnte die Laune des dritten Earl of Eastcott nicht heben, der an einem strahlend schönen Maitag in seiner Bibliothek saß und auf zwei Besucher wartete, die er eigentlich absolut nicht zu sehen wünschte. Er blickte mißgestimmt und mürrisch vor sich hin, und er hätte in diesem Augenblick - vor eine solche Wahl gestellt - all seine kostbaren Gobelins dafür gegeben, wenn ihm die bevorstehende Unterhaltung erspart geblieben wäre. Ein Handel übrigens, der ihm später sehr leid getan hätte.
Selbst die Anwesenheit seiner geliebten Frau und ihrer älteren Cousine, der Honourable Miß Amelia Standfield, die Hofdame der Königin Charlotte gewesen war, konnte ihn nicht aufheitern, denn er war der Ansicht, daß das bevorstehende Gespräch für die Ohren von Damen nicht gerade geeignet war.
Lady Eastcott jedoch, die den Wünschen ihres Mannes niemals Beachtung schenkte, hatte kategorisch erklärt, daß sie - da der Marquis of Tarn schließlich und endlich *ihr* Neffe und nicht der Lord Eastcotts sei - ein Recht darauf habe, seine derzeitige *chère-amie* zu sehen, vor allem, wenn diese ihn tatsächlich so weit gebracht habe, daß er ihr einen Heiratsantrag machte.
»Was bis jetzt noch keiner gelungen ist«, bemerkte sie. »Jedenfalls soweit es uns bekannt ist, Nigel. Natürlich kann man nie wissen, was er in all den Jahren im Ausland getan hat - obwohl er offensichtlich, nach allem, was ich gehört habe, mit seinen etwas kostspieligen zyprischen und portu-

giesischen Gräfinnen, die alle verheiratet waren, viel zu beschäftigt war, um an eine Heirat zu denken.«
Lord Eastcott äußerte in dem verzweifelten und ärgerlichen Ton eines Mannes, der schon mehrere Male dasselbe gesagt hat, ohne damit auch nur den geringsten Erfolg gehabt zu haben, er halte es für ausgeschlossen, daß Tarn jemals irgendwelche Heiratspläne gehabt habe.
»Das Ganze ist ein Komplott«, sagte er. »Begreif doch endlich, Eleanor, es ist alles ein Komplott von diesem Duvenay. Er glaubt, daß wir gerührt sind, wenn er das Mädchen hierherbringt.«
»Egal, was sie sich vorstellen, er muß sich doch darüber im klaren sein, daß nicht wir Lewis dazu bringen können, das Mädchen zu heiraten«, fiel ihm Lady Eastcott ins Wort. »Außerdem weißt du sehr gut, daß du dies selbst dann nicht tun würdest, wenn du es könntest. Der Mann mag ein Gentleman sein und seine Schwester eine Lady, aber die ganze Angelegenheit kommt mir doch recht merkwürdig vor.«
Miß Standfield, die mit einer Handarbeit beschäftigt war und sehr aufrecht und würdevoll in ihrem Sessel thronte - wahrscheinlich eine Folge ihrer langen Tätigkeit am Hofe -, bemerkte, daß Lady Eastcott ganz recht habe.
»Du wirst zweifellos gezwungen sein, Eastcott«, sagte sie mit freundlicher Herablassung, »zu entscheiden, ob es der Mühe wert ist, ihn abzufinden. Ich kann mich noch sehr gut an eine ähnliche Geschichte erinnern, die vor vielen Jahren passiert ist. Seine Majestät hielt es damals für notwendig, eine beträchtliche Summe für einige kompromittierende Briefe auszugeben, die der junge Prince of Wales an eine Person geschrieben hatte, die ihren Marktwert offenbar richtig eingeschätzt hatte.«
Diese interessante Information trug jedoch nicht dazu bei, das Gefühl der Gekränktheit zu mildern, unter dem Lord Eastcott zu leiden schien.
»Zum Teufel, Amelia«, sagte er heftig. »Ich bin doch nicht für Tarn verantwortlich. Er ist schließlich vierundzwanzig; und selbst wenn er jünger wäre - ich könnte den Jungen zu nichts überreden.«

»O nein! Außer Lionel konnte das niemand!« stimmte Lady Eastcott zu; sie sprach von ihrem Bruder, dem verstorbenen Marquis. »Ich habe es immer schon gesagt«, fuhr sie fort. »Es war ein großes Unglück, daß er starb, als Lewis erst achtzehn war; der Familie wäre sonst manches erspart geblieben. Obwohl ich glaube«, fügte sie gerechtigkeitshalber hinzu, »daß es nicht so schlimm gekommen wäre, wenn Lionel sich nicht von Olivia hätte überreden lassen, sie als Lewis' Vormund einzusetzen, anstatt dich oder meinen Bruder Edward. Was kann man denn von einem wilden und widerspenstigen Jungen anderes erwarten, wenn seine eigene Mutter so verrückt ist, ihn mit achtzehn Jahren sich selbst zu überlassen!«

Lord Eastcott schwieg finster; er wußte, daß einige Leute ihn dafür verantwortlich machten, daß er seiner Schwägerin, der verwitweten Marchioness of Tarn, erlaubt hatte, Tarn House nach dem Tod ihres Mannes zu verlassen. Und das mit der Begründung, ihr Sohn könnte einen schlechten Einfluß auf seine beiden jüngeren Schwestern haben.

Das war jedoch eine alte Geschichte und hatte mit seinen augenblicklichen Problemen nichts zu tun. Diese hingen vielmehr mit dem Brief eines Gentleman namens Fitzhugh Duvenay zusammen, der ihm seinen Besuch angekündigt hatte, und zwar in Begleitung seiner Schwester, Miß Duvenay. Warum gerade er ihn empfangen sollte und nicht der junge Marquis von Tarn selbst, wußte Lord Eastcott leider nur zu gut. Tarn war nämlich vor kurzem wieder einmal in ein Duell verwickelt worden und hatte infolgedessen aus dem Lande fliehen müssen.

Letzteres ertrug Tarns adelige Verwandtschaft mit Gelassenheit; in den vorhergegangenen sechs Monaten, seit Tarn von einem längeren Aufenthalt im Ausland zurückgekehrt war, waren sie oft mit solchen Unannehmlichkeiten konfrontiert worden. Doch Lord Eastcott, der nun dank der Abwesenheit seines Neffen einen Skandal für sich selbst befürchtete, war in seiner Verärgerung geneigt zu glauben, daß Tarn dieses Duell nur eingefädelt hatte, um seine Kukkuckseier, die Folgen seiner Unbesonnenheit, in einem anderen Nest ablegen zu können.

Er konnte sich jetzt jedoch nicht weiter dazu äußern, denn in diesem Augenblick trat Philbrook, der Butler, ein und meldete Mr. Fitzhugh Duvenay und Miß Duvenay. Lady Eastcott, die bis jetzt einen eher gelangweilten Eindruck gemacht hatte, wurde auf einmal munter und blickte gespannt zur Tür.

Ihre Neugierde wurde kurz darauf durch das Erscheinen eines sehr großen Gentleman um die Vierzig belohnt, der in einem gut geschnittenen, wenn auch etwas abgetragenen Reiseanzug steckte und fürsorglich eine viel jüngere Dame hereinführte - so jung, daß Lady Eastcott den Eindruck hatte, sie käme geradewegs aus der Schule. Die Tatsache, daß ihre straff zurückgekämmten kastanienbraunen Lokken von einer ausgesprochen eleganten, mit grüner Seide besetzten Schute bekrönt waren, betonte nur noch ihre jugendliche Erscheinung.

Sie blickte sich zwar mit unverhohlener Neugierde um, als sie in das Zimmer trat, schien aber doch etwas verlegen zu sein; von ihrem Bruder hingegen konnte man das nicht behaupten. Dieser Gentleman ging ohne Umschweife auf die kleine Gruppe zu, die am Fenster saß, und verbeugte sich artig vor Lady Eastcott und Miß Standfield. Dann ergriff er die schlaffe Hand von Lord Eastcott, der sich beim Eintreten der jungen Dame erhoben hatte, und schüttelte sie würdevoll. »Sie sind, wie ich annehme, Lord Eastcott«, sagte er. »Darf ich mich vorstellen, Sir? Fitzhugh Duvenay, Esquire, von Gut Duvenay. Und dies ist meine kleine Schwester Nancy, die unglückselige Ursache für unseren Besuch bei Ihnen. Nancy, meine Liebe«, fuhr er fort und schob die offensichtlich zögernde Miß Duvenay nach vorn. »Mache Lord Eastcott deine Aufwartung; und auch - Lady Eastcott?« sagte er und blickte diese fragend an.

Die Angesprochene wie auch Miß Standfield musterten die junge Dame unverhohlen. Um die Wahrheit zu sagen, war Lady Eastcott, da sie gesehen hatte, welch koketten Wesen ihr Neffe in den sechs Monaten vor seiner überstürzten Abreise seine Aufmerksamkeit geschenkt hatte, mehr als erstaunt über Miß Duvenays Erscheinung. Das Mädchen war ihrer Ansicht nach sehr attraktiv, doch auf eine ganz ungewöhnliche Weise. Sie hatte die schöne helle Haut der Tizianblonden, eine kurze, gerade Nase, weit auseinanderstehende haselnußbraune Augen und ein festes kleines Kinn. Und ihre Gestalt - in einem Straßenkleid aus grüner französischer Seide (das etwas von geliehener Eleganz an sich hatte) - war, wenn auch noch kindlich schlank, so doch anmutig und vornehm.

Daß aber ausgerechnet Tarn zu diesem Kind eine Zuneigung gefaßt haben sollte, wollte Lady Eastcott überhaupt nicht in den Kopf. Dabei dachte sie etwas gekränkt, daß es eigentlich unerhört von ihm war, sie so zu enttäuschen. Sie hatte im Gegensatz zu anderen Mitgliedern der Familie ihren Neffen nie von Grund auf verdammt; doch das, dachte sie sich, war nun wirklich die Höhe. Das Mädchen war offensichtlich unschuldig und zudem eine Lady; sie beschloß, diesmal jeder Kritik, die seitens der Familie Tarn gegenüber geäußert werden würde, von Herzen zuzustimmen.

Sie beantwortete also Miß Duvenays Knicks mit einem freundlichen Lächeln und stellte sie Miß Standfield vor, die den Kopf schüttelte und, offenbar von ähnlichen Empfindungen bewegt, kurz und bündig erklärte, es sei ein Jammer.

Mr. Duvenay griff diese Bemerkung sofort auf.

»Weiß Gott, Madam, was Sie sagen, ist nur zu wahr!« sagte er ernst. »Es ist wirklich ein Jammer; und wenn schon Sie diesen Eindruck haben, wo Sie doch dieses unglückselige Mädchen soeben zum ersten Mal sehen, was glauben Sie, was es erst für mich bedeuten muß, der ich mich seit dem Tod unserer Eltern vor mehr als zehn Jahren gewissermaßen *in loco parentis* um sie gekümmert habe! Sie verstoßen, gekränkt, gedemütigt zu sehen...«

Lady Eastcott, die merkte, daß er von seiner eigenen Beredsamkeit mitgerissen zu werden drohte, forderte ihre Besucher auf, Platz zu nehmen. Dann blickte sie aufmunternd ihren Mann an, der sich inzwischen damit abgefunden hatte, daß er die Angelegenheit regeln mußte; ziemlich gereizt sagte er zu Mr. Duvenay, daß er seine Empfindungen zwar verstehe, jedoch nicht wisse, was er in dieser Sache tun könne.

»Sie müssen nämlich wissen, Sir, daß ich nicht den geringsten Einfluß darauf habe, was mein Neffe tut«, erklärte er. »Daß Sie hierher gekommen sind, war im Grunde genommen eine Zeitverschwendung. Ich kann Ihnen lediglich den Rat geben, sich an Lord Tarn persönlich zu wenden.«
Mr. Duvenay, der ihn aus traurigen braunen Augen vorwurfsvoll anblickte, räusperte sich und wagte zu bemerken, daß dies gewisse Schwierigkeiten mit sich bringen würde. »Soviel ich weiß«, sagte er, »hat Seine Lordschaft England verlassen und ist ins Ausland gereist, infolge - wie drücke ich es am besten aus? - gewisser unglücklicher Umstände - und er hat dort keine feste Adresse. Ich fürchte, daß es mir bei meinen augenblicklichen beschränkten Mitteln nicht möglich ist, ihm auf den Kontinent zu folgen; und da man offensichtlich nicht weiß, wann er zurückkommt . . .«
Er zögerte und blickte Lady Eastcott flehentlich an, als vertraue er auf ihr Mitgefühl als Frau und erhoffe sich von ihr ein Eingreifen. Lady Eastcott jedoch, deren Anteilnahme sich nicht auf Miß Duvenays Bruder erstreckte, zuckte nur die Achseln; und so blieb es Miß Standfield vorbehalten, sie alle dem Kern der Sache näherzubringen.
»Und was, Mr. Duvenay«, fragte sie, »was glauben Sie, bringt es Ihnen, wenn es Ihnen gelingen sollte, Lord Tarn zu erreichen? Wollen Sie uns zu verstehen geben, daß er Ihrer Schwester einen Heiratsantrag gemacht hat? Oder daß Sie nur annehmen, daß er ehrenhalber verpflichtet ist, dies zu tun, aufgrund gewisser Unbesonnenheiten, zu denen die beiden jungen Leute sich haben hinreißen lassen?«
Miß Duvenay, die bei diesen offenen Worten heftig errötete - sowohl Lady Eastcott als auch Miß Standfield bemerkten es -, blickte sie trotzdem eher wütend als verlegen an. Mr. Fitzhugh Duvenay jedoch schien tief gekränkt.
»Meine liebe Madam!« sagte er vorwurfsvoll. »Bitte denken Sie daran, daß Sie von einem unschuldigen Kind sprechen und in dessen Gegenwart! Meine Schwester ist nach den strengsten Grundsätzen erzogen worden!«
»Ja, ja, das glaube ich wohl«, sagte Miß Standfield liebenswürdig. »Aber dasselbe gilt unglücklicherweise für eine ganze Reihe von jungen Frauen, die sich in der unangeneh-

men Lage befinden, daß sie so schnell wie möglich einen Ehemann brauchen. Doch ich kann Ihnen versichern, mein lieber Sir, wenn Sie glauben, dieses Kind aufgrund einer solchen Zwangslage zur Marchioness of Tarn machen zu können, dann vergeuden Sie Ihre Zeit. Darüber hinaus bin ich sicher, daß Sie das ebenso gut wissen wie ich.«

Mr. Duvenay, der merkte, daß alle gegen ihn waren, bat Miß Standfield, ihr erklären zu dürfen, daß keine so vulgäre Notwendigkeit bestehe.

»Es gibt jedoch Briefe«, erklärte er, »Briefe - Sie können es mir glauben -, die für Lord Tarn so kompromittierend sind, daß ich nicht glauben kann, er oder seine Familie wären erpicht darauf, sie als Beweismittel vor Gericht vorgelesen zu bekommen. Was«, fuhr er mit vornehmer Miene fort, »so sehr es meinen Gefühlen widerstrebt, trotz allem geschehen wird, Madam, wenn dies die einzige Möglichkeit sein sollte, um das Unrecht wiedergutzumachen, das dem jungen Herzen meiner Schwester angetan wurde.«

Als sie dies vernahm, legte Miß Standfield ihre Handarbeit beiseite und äußerte gelassen: »Das dachte ich mir.« Dann wandte sie sich an Lord Eastcott und fragte ihn, was er zu unternehmen gedenke.

»Offensichtlich will Mr. Duvenay dich um eine Geldsumme bitten, Eastcott«, sagte sie. »Und ich glaube, es wird uns sehr viel Zeit ersparen, wenn du ihm mitteilst, ob du bereit bist, seine Forderung zu erfüllen oder nicht. Was mich betrifft, so halte ich es nicht für ratsam. So peinlich es auch sein mag, wenn Tarns Unbesonnenheiten in aller Öffentlichkeit vor einem Gericht enthüllt werden, so ist doch zu bedenken, daß er immerhin nicht Mitglied des Königshauses ist.«

Dann bemerkte sie - da sie sah, wie Mr. Duvenay aschfahl wurde - einigermaßen freundlich, daß er den Eindruck mache, als leide er unter Gallenbeschwerden, und empfahl ihm den Gebrauch von James' Pulver. Sie erhob sich, sagte, daß sie nicht länger Zeit habe, und verließ den Raum.

Mr. Duvenay, der durch diesen plötzlichen Wechsel des Themas etwas verwirrt schien, warf Lord Eastcott einen bangen Blick zu, doch dieser Gentleman schien auch nicht

Herr der Lage zu sein, so daß Lady Eastcott sich gezwungen sah, einzuspringen. Und sie tat dies, indem sie quer durch das Zimmer auf das Sofa zuging, wo Miß Duvenay Platz genommen hatte, und sich neben sie setzte.
»Nun, meine Liebe«, sagte sie. »Das ist eine ganz schreckliche Geschichte und ich finde, Tarn verdient eine Tracht Prügel. Doch wenn Ihr Bruder die Wahrheit sagt und wirklich keine Notwendigkeit für eine sofortige Heirat besteht, dann möchte ich Ihnen raten, so schnell wie möglich nach Irland zurückzukehren und zu vergessen, daß Sie ihn jemals gesehen haben. Und was diese Drohung mit einer Anklage wegen des Bruchs eines Eheversprechens betrifft, so glaube ich sicher, daß Sie gar nicht wissen, was das für Sie bedeuten würde, sonst würden Sie es niemals in Betracht ziehen! All die Zärtlichkeiten zwischen Ihnen und meinem Neffen in aller Öffentlichkeit zu schildern . . .«
Sie unterbrach sich plötzlich, weil sie bemerkte, daß Miß Duvenay auf ihre Worte sehr merkwürdig reagierte. In ihrem Gesicht war weder Trotz noch Verwirrung zu bemerken, was Lady Eastcott noch verstanden hätte, sondern nur eine Art verzweifelter Empörung, die sie sich überhaupt nicht erklären konnte. Lady Eastcott sah, daß das Mädchen unverwandt ihren Bruder anblickte. Sie vermutete, daß es ihr eine Qual war, zu sehen, wie dieser Gentleman die Geheimnisse ihrer ersten jugendlichen Leidenschaft zu Geld zu machen versuchte.
»Sie armes Kind!« sagte Lady Eastcott, jetzt wieder ganz mitfühlend. »Ich nehme an, Sie waren - oder sind - sehr in meinen schändlichen Neffen verliebt?«
Miß Duvenay merkte, daß alle Augen auf sie gerichtet waren und sie irgendeine Antwort geben mußte. Zornesröte stieg in ihr Gesicht, und sie sagte kaum vernehmbar: »Bitte, ich möchte nicht darüber sprechen.«
»Natürlich kann sie sich nicht überwinden, darüber zu sprechen!« sagte Mr. Duvenay schnell und ließ seiner Schwester kaum Zeit, den Satz zu vollenden. »Wie könnte ich so grausam sein, Mylady, dieses Kind selbst berichten zu lassen, was zwischen ihr und Ihrem Neffen vorgefallen ist. Doch hier ist, wenn es Ihnen beliebt, der Beweis für al-

les.« Er nahm Miß Duvenays linke Hand und streifte sanft den Handschuh ab. »Ein Verlobungsring, wie Sie sehen.« Lord Eastcott hob sein Lorgnon, um den hübschen Diamantring näher betrachten zu können, der an Miß Duvenays schlanker Hand glitzerte. Dann erklärte er betont ärgerlich, daß er da anderer Ansicht sei.

»Es gibt keinen Beweis dafür, daß Tarn ihn ihr gegeben hat«, sagte er. »Das könnte jeder andere auch getan haben. Sie zum Beispiel. Es ist die einfachste Sache der Welt, zu einem Juwelier zu gehen und einen Ring zu bestellen.«

Mr. Duvenay ließ sich nicht dazu herab, auf diese Anschuldigung einzugehen. Statt dessen zog er aus seiner Tasche ein kleines Päckchen Briefe, die mit einem rosa Band zusammengebunden waren. Er löste das Band, blätterte die Papiere sorgfältig durch, wählte eines aus und reichte es Lord Eastcott.

»Wenn Sie dies bitte lesen wollen, Mylord . . .«

Seine Lordschaft hob erneut das Lorgnon und betrachtete einen Bogen Papier, auf dem in kühner männlicher Handschrift folgendes geschrieben stand:

»Reizende Nancy,
keine Sorge. Ich werde Dich nicht enttäuschen. Du wirst den Ring erhalten, sobald ich zu einem Juwelier komme.
Bis heute abend. Tarn«

Das war alles, doch für Seine Lordschaft war es genug. Das schmale Päckchen in Mr. Duvenays Hand - unzweifelhaft Briefe in der Handschrift seines Neffen - reichte aus, um diesen Gentleman in der durchaus berechtigten Hoffnung zu wiegen, daß er eine Anklage gegen Lord Tarn zu einem höchst befriedigenden Abschluß bringen könnte.

2

Zum Glück behielt Lady Eastcott die Nerven und sorgte dafür, daß ihr Mann - der alles haßte, was den friedlichen Ablauf seines Alltags störte - sich nicht sofort hinsetzte und eine Anweisung auf Hoare's Bank ausstellte, um den erwartungsvollen Mr. Duvenay zufriedenzustellen. Eastcott hatte ihr erst an diesem Morgen zu verstehen gegeben, daß es ihm gänzlich unmöglich sei, für eine große Spitzentoilette dreihundert Pfund auszugeben; sie war also kaum in der Stimmung, einen Betrag, der sicherlich um ein Vielfaches höher war, in die Tasche von Mr. Duvenay wandern zu sehen. Sie teilte diesem Gentleman mit, daß - Briefe hin oder her - an diesem Tag nichts mehr entschieden würde, denn ihr Mann müsse sich, fügte sie nicht ganz der Wahrheit entsprechend hinzu, in dieser Angelegenheit mit den anderen Mitgliedern der Familie besprechen.
Nachdem Mr. Duvenay ihr erklärt hatte, daß er und seine Schwester im ›George‹ abgestiegen seien, versprach sie, daß Lord Eastcott ihm seine Entscheidung so bald wie möglich mitteilen würde. Dann verabschiedete sie die beiden.
Diese kleine List erwies sich bald darauf als ein wahrer Geniestreich, denn kurz nach dem Lunch wurde der nächste Besucher gemeldet. Dieser brachte Nachrichten aus der Stadt mit, die auf die ganze Angelegenheit ein völlig neues Licht warfen.
Der neue Gast war einer ihrer Neffen, Mr. Bruce Fearon, der einige Tage in Eastcott Park verbringen wollte. Da er Junggeselle war, noch nicht dreißig, gut aussehend und mit guten Manieren, war er in den Häusern seiner reicheren Verwandten immer willkommen; seine jeweilige Gastgeberin entschädigte er stets dadurch, daß er sich mit den Gästen abgab, die ihr entweder langweilig oder lästig waren. Damen mittleren Alters bezeichneten ihn als reizenden Ge-

sellschafter, und mehr als eine kuppelsüchtige Mama hatte schon das grausame Schicksal beklagt, das Titel und Vermögen über Tarn ausgeschüttet und den sehr viel respektableren Vetter gewissermaßen nur mit den Krümeln vom Familientisch bedacht hatte.
Als einziger Trost blieb ihnen die Hoffnung, daß ein junger Mann, der so temperamentvoll war wie der Marquis und einen fatalen Hang zu Duellen und gefährlichen Sportarten hatte, früher oder später bei einem Unfall ums Leben kommen würde. Dann wäre der Weg für Mr. Bruce Fearon frei, und er würde, da sein Vetter keine männlichen Erben hatte, in den Besitz von dessen Titel und Vermögen gelangen.
An diesem Tag war er die Liebenswürdigkeit selbst, als er das Gobelinzimmer betrat, wo Lady Eastcott und Miß Standfield die Ereignisse des Morgens besprachen. Er beugte sich über die Hände der Damen, und Lady Eastcott, die alles, was sie beschäftigte, sofort loswerden mußte, schüttete ihm sogleich ihr Herz aus. Sie fand in Mr. Fearon einen aufmerksamen Zuhörer, und erst, als sie alles erzählt hatte und ihre Befürchtungen äußerte, daß Eastcott sich von diesem Mann ausnehmen lassen würde, nur um ihn los zu sein, erklärte er in aller Ruhe, daß sie sich in dieser Angelegenheit keine Sorgen zu machen brauche.
»Tarn, meine liebe Tante, ist wieder in London. Ich habe ihn getroffen, ehe ich hierher fuhr, und ihm gesagt, daß Sie diesen Mr. Duvenay erwarten. Sie werden erleichtert sein, wenn ich Ihnen sage, daß er mir versichert hat, sofort nach Sussex zu kommen und die Sache selbst in die Hand zu nehmen.«
Er kam nicht weiter, denn Lady Eastcott, die ihn ungläubig anblickte, rief: »Tarn in London! Aber das kann gar nicht sein! Es heißt doch, daß dieser schreckliche Mensch, mit dem er sich duelliert hat, im Sterben liegt. Und Eastcott hat mir versichert, daß Tarn nur einen Fuß auf englischen Boden zu setzen braucht, und sofort wären die Leute aus der Bow Street hinter ihm her! Er kann doch nicht so fürchterlich unvorsichtig sein, das zu riskieren!«
Ihr Neffe zog eine hübsche Sèvres-Tabatière aus der Tasche, öffnete sie mit einem eleganten Fingerschnippen und nahm

eine Prise. »Oh, er riskiert gar nichts, Madam«, sagte er ruhig. »Dieser Bursche - Fryde, Captain Fryde nennt er sich - ist nicht mehr in Lebensgefahr; Lewis braucht also keine Anklage wegen Mordes zu befürchten. Außerdem ist es einem anderen Mitglied unserer Familie, meinem Vetter Marmaduke, gelungen, Captain Fryde zu veranlassen, eine Erklärung abzugeben, so daß für Lewis keine Notwendigkeit mehr besteht, im Ausland zu bleiben.«

Lady Eastcott, die Lord Tarn gegenüber schon milder gestimmt war, da für ihren Mann nun nicht mehr die Gefahr bestand, in die verwickelten Angelegenheiten Seiner Lordschaft hineingezogen zu werden, sagte mit Wärme, daß sie sich freue, dies zu hören.

»Und was Duke betrifft«, fügte sie hinzu und bezog sich dabei auf den Honourable Marmaduke Standfield, der ein Vetter von Mr. Fearon und der Neffe von Miß Standfield war, »so muß ich sagen, daß er, obwohl er ein sehr nichtsnutziger junger Mann ist und in der ganzen Familie am wenigsten Verstand besitzt, doch immer bereit ist, sich einzusetzen, wenn man ihn braucht. Doch sicher wird Tarn ihm jede Summe zurückzahlen, falls er in dieser Angelegenheit irgendwelche Ausgaben gehabt hat.«

Mr. Fearon hatte, während sie sprach, seine Fingerspitzen mit dem Taschentuch abgetupft und die Tabatière wieder in die Tasche gesteckt; er stellte fest, daß, langfristig gesehen, die Notwendigkeit, Mr. Duvenays Stillschweigen zu erkaufen, noch das geringere Übel gewesen wäre. Immerhin hätte man wenigstens seine Ruhe gehabt, wenn Tarn noch länger im Ausland geblieben wäre.

»Denn als er auf dem Kontinent war, hat man wenigstens nur Gerüchte von seinen verrückten Abenteuern gehört«, meinte er. »Es ist unendlich lästig, wenn man nicht einmal mehr in einen Salon gehen oder ganz unschuldig die Bond Street hinunterspazieren kann, ohne daß einem ständig seine neuesten Eskapaden unter die Nase gerieben werden.«

Miß Standfield, die den bitteren Ausdruck in Mr. Fearons Gesicht bemerkte, als er von seinem Vetter sprach, sagte nun mit ihrer gewohnten majestätischen Entschiedenheit, daß er die ganze Sache wohl zu schwarz sehe. Denn wenn der junge Marquis sich erst einmal entscheide, eine Frau zu nehmen, könnte sich dies durchaus wohltuend auf seinen Lebenswandel auswirken.

»Ich habe diese Erfahrung sehr oft gemacht«, erklärte sie. »Selbst im Fall von jungen Männern, an denen ihre Familie schon verzweifelte. Ich bin überzeugt . . .«

Mr. Fearon unterbrach sie entsetzt. »Du guter Gott, Madam, Sie wollen mir doch nicht etwa erzählen, daß Lewis dieses kleine irische Nichts heiraten will? Ist das Weibsstück denn wirklich so geschickt gewesen, ihn in ihre Netze zu ziehen?«

»Nein, so darfst du nicht von ihr sprechen!« protestierte Lady Eastcott, noch ehe Miß Standfield antworten konnte. »Ich schwöre dir, sie ist nur ein Kind, Bruce, und weiß gar nicht, wie man derlei anfängt. Es ist mir ein Rätsel, daß Tarn sich überhaupt für sie interessiert hat. Aber ich schätze, er hat sich nur deswegen mit ihr abgegeben, weil gerade kein anderes weibliches Wesen in der Nähe war, denn dieser Ort in Irland ist ja völlig aus der Welt.«

»Das weiß ich alles«, fiel ihr Mr. Fearon ungeduldig ins Wort. »Aber ich glaube nicht, daß ausgerechnet Lewis eines hübschen Gesichtes wegen den Kopf verloren hat!«

»Das glaube ich auch nicht, da bin ich ganz sicher!« versicherte ihm Lady Eastcott. »Selbst der Bruder des Kindes glaubt offenbar nicht daran, daß Lewis sie heiraten will, und das Mädchen selbst scheint ganz verzweifelt zu sein. Sie hat die ganze Zeit fast kein einziges Wort gesagt.«

Jetzt mischte sich auch Miß Standfield ins Gespräch und erklärte, daß eine solche Heirat gänzlich unpassend wäre, da Miß Duvenay aufgrund ihrer sozialen Stellung unmöglich einen Platz unter den Mitgliedern des höheren Adels einnehmen könne. Dann fügte sie jedoch geheimnisvoll hinzu, daß Tarn durchaus etwas Schlimmeres hätte passieren können.

»Das stimmt - es sei denn, er heiratet ein Schankmädchen«, erklärte Mr. Fearon. »Was ich tagtäglich befürchte.«

Das Schlagen der Uhr erinnerte sie daran, daß es Zeit war, sich zum Dinner umzuziehen, und sie gingen auf ihre Zimmer.

Am nächsten Morgen, als sie noch beim Frühstück saßen, kam überraschend Tarn zu Besuch. Lewis Lionel Wystan Fearon, der Edle Marquis of Tarn, war ein sehr großer, athletisch gebauter junger Mann mit scharf geschnittenem Gesicht und lebhaften, wenn auch etwas arroganten dunklen Augen. Er trug einen dunkelgrünen Jagdanzug und hohe Stiefel, die jedoch nicht den extravaganten Zuschnitt wie etwa Mr. Bruce Fearons Stiefel hatten. An Stelle der Krawatte hatte er ein Tuch um seinen Hals geschlungen, und seine schwarzen Locken waren nachlässig frisiert - dies ebenfalls im Gegensatz zu der raffinierten Unordnung der Windstoßfrisur, zu der die helleren Locken seines Vetters zurechtgekämmt waren.
Sein Kommen löste allerseits erstaunte Ausrufe aus; nur Miß Standfield bemerkte in ihrer gewohnten gelassenen Art zu Lady Eastcott, sie solle Philbrook anweisen, noch ein Gedeck aufzulegen, Bier zu bringen sowie noch mehr Brot, Butter und Schinken, da junge Gentlemen ihrer Erfahrung nach morgens immer einen kräftigen Appetit hätten.
»Natürlich!« rief Lady Eastcott und nickte Philbrook zu. »Wenn du in Tarn House gefrühstückt hast«, wandte sie sich an ihren Neffen, »dann haben sie dir sicher nur Kaffee und kalten Toast vorgesetzt. Man hört ja immer wieder, daß Mrs. Timbs ein bißchen sonderlich ist und jedes Stück Geld zweimal umdreht, ehe sie es ausgibt.«
Lord Eastcott unterbrach sie gereizt und erkundigte sich, ob sie ihren Neffen noch länger mit ihrem Gerede langweilen wolle. »Laß den Jungen doch auch einmal zu Wort kommen!« erklärte er. »Du hast uns gestern ganz schön in Aufregung versetzt, Tarn! Höchste Zeit, daß du gekommen bist, um selbst nach dem Rechten zu sehen. Ich nehme an, es ist jetzt alles geregelt mit diesem Fryde?«
Der Marquis, der sich auf den Stuhl gesetzt hatte, den Philbrook ihm mit einem mißbilligenden Blick zurechtgerückt hatte, hob den Bierkrug und betrachtete die versammelte Gesellschaft mit seiner gewohnten, etwas aufreizenden Gelassenheit.
»Warum - ja, Sir«, sagte er. »Ich glaube, das ist der Fall. Danke, ja, Schinken, wenn ich bitten darf.«

»Lewis, wenn du weiterhin von nichts anderem als vom Essen sprechen willst, fange ich sofort an zu schreien!« drohte ihm Lady Eastcott. »Da kommst du einfach hereinspaziert und tust so, als würdest du dich nur für dein Frühstück interessieren; dabei hast du die ganze Familie in Angst und Schrecken versetzt!«

»Bis auf Bruce!« erklärte Seine Lordschaft. »Er sieht aus, als sei er in bester Verfassung.«

»Danke, das bin ich auch«, erklärte Mr. Fearon und ließ beim Lächeln seine makellos weißen Zähne sehen. »Obwohl ich gestehen muß, lieber Vetter, daß es mir noch besser ginge, wenn mich nicht ständig deine höchst unkonventionellen Handlungen schockieren würden. Zuerst diese Geschichte mit dem alles andere als ehrbaren Captain, und nun scheint ein verarmter irischer Gutsbesitzer damit zu drohen, der Öffentlichkeit preiszugeben, daß du seiner Schwester die Heirat versprochen und sie dann sitzenlassen hast.«

»Ach, das«, sagte Tarn und verzehrte mit dem größten Appetit Brot und Schinken, als ob ihn diese Neuigkeiten überhaupt nicht erschüttern könnten. »Ich schätze, daß ich diese Angelegenheit sehr schnell regeln kann.« Er blickte seinen Onkel an. »Ist der Kerl schon hier aufgetaucht?« fragte er. »Bruce hat mir gesagt, daß ihr ihn erwartet.«

Lord Eastcott nickte. »Gestern«, sagte er stirnrunzelnd. »Natürlich weißt du, daß diese Dinge für die Familie sehr unangenehm sind, äußerst unangenehm sogar! Es ist schlimm genug, wenn man in der ganzen Stadt über deine Affären klatscht, aber wenn du jetzt auch noch anfängst, unbescholtene junge Mädchen zu verführen . . .«

Tarn zuckte die Achseln und lächelte spöttisch. »Hat er sie als das beschrieben?« erkundigte er sich in einem Ton, der Lady Eastcott sofort empört ausrufen ließ: »Das war gar nicht nötig! Er hat sie mitgebracht und - o Lewis, ich war ganz entsetzt, denn sie ist ja wirklich noch ein Kind. Das war nicht richtig von dir, und es tut mir schrecklich leid für sie.«

»Nun, dazu besteht kein Anlaß«, erklärte Tarn gleichgültig. »Wenn sie diesen Eindruck auf dich gemacht hat, dann ist sie eine bessere Schauspielerin, als ich gedacht habe.« Er blickte noch einmal seinen Onkel an. »Ich hoffe, du hast dich nicht beschwatzen lassen, ihnen Geld zu geben«, sagte er. »Falls doch, dann werde ich es dir natürlich zurückzahlen.«

»Nein, nein!« verwahrte sich Lord Eastcott. »So leicht laß ich mich nicht ausnehmen, mein Junge! Obwohl ich sagen muß«, fügte er nachdenklich hinzu, »daß ich den gleichen Eindruck von der jungen Dame hatte wie Eleanor. Zum Teufel noch mal, sie ist ja fast noch ein Schulmädchen!«

»Ein Schulmädchen! Nancy Duvenay!« rief Tarn höhnisch.

»Lewis, das ist sehr ungerecht von dir, und du weißt das ganz genau«, stellte Lady Eastcott ernst fest. »Du hast dich diesem armen Mädchen gegenüber unmöglich benommen, und es spricht nicht für dich, wenn du jetzt so tust, als sei sie eines jener flatterhaften Geschöpfe, mit denen du zu verkehren pflegst. Bei all deinen Fehlern hat man dir immerhin bisher noch nicht nachsagen können, daß du Schulmädchen verführst!«

»Vielen Dank!« sagte Tarn ironisch mit einer kleinen Verbeugung in ihre Richtung. »Aber das kann man auch jetzt noch nicht, Madam, obwohl es Miß Duvenay ähnlich sieht, dich vom Gegenteil überzeugen zu wollen.« Er stand auf. »Und wenn du mir jetzt bitte erklären willst, wo ich dieses unschuldige Mädchen finde, dann werde ich meine Rechnung mit ihr begleichen - und mit ihrem Bruder; in Zukunft wirst du nichts mehr von ihnen hören.«

Lord Eastcott erklärte ungehalten, wenn auch nicht ohne eine gewisse Erleichterung, daß die Duvenays im ›George‹ abgestiegen seien. Der Marquis wollte gerade den Raum verlassen, als Miß Standfield ihn bat, noch einen Augenblick zu warten. Er blieb stehen und sah sie fragend an.

»Ja, Madam?«

Miß Standfield blickte ihn nachdenklich an. Nach einer Weile sagte sie langsam: »Ich war nie der Ansicht, Tarn, daß du schwer von Begriff bist, und ich glaube auch nicht, daß das höchst unschickliche Leben, das du führst, dich in dieser Hinsicht verändert hat. Ich befürchte daher, daß dir eine Überraschung bevorsteht, und ich muß dich bitten, daß du

deinem Temperament nicht erlaubst, mit dir durchzugehen, denn das könntest du später vielleicht bereuen.«
Als sie aus dem Zimmer gegangen war, zog Tarn erstaunt die Brauen hoch und blickte Lady Eastcott an. »Was soll denn das nun wieder bedeuten?« fragte er.
»Keine Ahnung!« gab sie zu. »Amelia wird in letzter Zeit wirklich sehr merkwürdig. Doch ich muß zugeben, daß sie manchmal Dinge voraussieht, auf die niemand auch nur im geringsten gefaßt ist. Wie damals, als sie Lady Corbishley sagte, daß der außerordentlich charmante französische Tanzmeister, den sie für Lucilla angestellt hatte, mit dieser durchbrennen würde.« Sie runzelte die Stirne. »Doch ich kann mir nicht denken, daß sie in diesem Fall an derlei dachte - ich meine, daß du mit Miß Duvenay durchbrennen willst.«
»Ich hoffe sehr, daß er das nicht tut«, meinte Mr. Fearon etwas gelangweilt. »Ich warne dich, Lewis; im Augenblick vertrage ich keine weiteren Aufregungen, und wenn ich durch irgendeinen Zufall erfahre, daß du ernsthafte Absichten dieser vollkommen ungeeigneten jungen Dame gegenüber hast, wäre es mehr, als ich ertragen kann.«
»Keine Sorge«, gab Tarn zurück. »Ich habe nichts Derartiges vor.« Und mit einer Verbeugung zu seiner Tante hin verließ er den Raum.
»Also wirklich«, sagte Lady Eastcott und blickte ihm unzufrieden nach. »Er ist vollkommen unberechenbar. Einfach hierherzukommen und mit uns zu frühstücken, als ob nichts geschehen sei, und mit keinem Wort zu erklären, was er die ganze Zeit über getan hat . . .«
»Nein«, unterbrach ihr Mann sie ernst. »Es ist besser, daß er nichts erzählt hat, meine Liebe. Solange es ihm nur gelingt, diesen Duvenay loszuwerden, soll er von mir aus machen, was er will. Es ist äußerst beruhigend, wenn man nichts davon weiß! Bist du nicht auch der Ansicht, Bruce?«

3

Der Marquis, der die Angewohnheit hatte, jedes Problem auf die direkteste Art zu lösen, fuhr sofort zum ›George‹. Dort angekommen, warf er seinem Reitknecht die Zügel zu, ging in das alte, mit Stroh gedeckte Gasthaus und fragte den Wirt nach Mr. Fitzhugh Duvenay. Dieser ehrenwerte Mann, der Seine Lordschaft sicherlich an die fünf Jahre nicht zu Gesicht bekommen hatte, erkannte ihn sofort wieder und begrüßte ihn mit überschwenglichen Ausdrücken der Überraschung und Freude.

»Schon gut!« unterbrach Tarn wenig beeindruckt seinen Redeschwall. »Was ist mit Duvenay?«

»Es tut mir leid, Mylord, der ist nicht hier«, erklärte der Wirt. »Er ist weggefahren, um einen Verwandten zu besuchen, hat er gesagt, hinunter nach Bexhill; er wird also nicht so bald zurück sein.« Als er den ungeduldigen Blick Tarns bemerkte, fügte er hinzu: »Aber das Fräulein - ich meine, die Schwester des Gentleman - ist nicht mitgefahren. Sie macht gerade einen kleinen Spaziergang; Sie können sie sicher einholen, denn sie ist erst vor zehn Minuten fortgegangen, den Weg dort hinunter, Richtung Tarn House«, fügte er hilfsbereit hinzu. »Sie trägt einen ziemlich auffallenden grünen Hut, also können Sie sie gar nicht verfehlen.«

Der Marquis drückte ihm für diese Auskunft eine Münze in die Hand. Er eilte aus dem Gasthof und rief draußen ungeduldig nach seinem Reitknecht; der hatte es sich inzwischen in der Schankstube bequem gemacht, da er annahm, daß sein Herr nicht so bald zurückkommen würde. Er kam sofort herbeigelaufen, nicht ohne brummend sein Mißfallen zu äußern, denn er hatte, wie alle Untergebenen Seiner Lordschaft, bald herausgefunden, daß Tarn nicht auf seine Würde pochte und für Dreistigkeiten nur ein Lachen übrig hatte, solange seine Pferde gut versorgt wurden. Wirklich ungehalten wurde er nur, wenn einer seiner Leute sich weigerte, ihn auf einem seiner tollkühnen Abenteuer zu begleiten.

Im Augenblick jedoch hatte Seine Lordschaft nichts weiter Aufregendes im Sinn, denn er kutschierte in gemächlichem Tempo auf einem Landweg dahin - und auch das nur etwa fünf Minuten lang, bis sie eine schlanke Gestalt in elegantem französischem Straßenkleid und Hut sahen, die vor ihnen den Weg entlangspazierte. Noch ehe der Reitknecht begriffen hatte, was sein Herr wollte, hielt dieser die Pferde an, warf ihm die Zügel zu und sprang vom Wagen. Im nächsten Augenblick ging er auf die grüngekleidete Gestalt zu und faßte sie ziemlich unsanft beim Arm.

»Nun, mein liebes Mädchen . . .«, begann er, drehte sie zu sich um und blickte sie überrascht an. »Zum Teufel!« rief er aus. »Sie sind ja gar nicht Miß Duvenay!«

Die junge Dame, die ebenso überrascht zu sein schien wie Tarn, blickte ihn fragend und nicht gerade freundlich an.

»Doch, ich bin Miß Duvenay!« widersprach sie. »Und wer sind Sie? Bitte, lassen Sie mich sofort los! Warum halten Sie mich fest?«

»Sie sind Miß Duvenay?« fragte Seine Lordschaft ungläubig. Er lockerte seinen Griff, aber es mußte ihr auffallen, welche Drohung in seinen schwarzen Augen lag, als er sie kühl musterte. Langsam fügte er hinzu: »Miß Nancy Duvenay?«

»Ich weiß nicht, was Sie das angeht! Würden Sie mich bitte sofort vorbeigehen lassen!«

»Nein, das werde ich nicht tun!« sagte Tarn. »Nicht, bevor Sie mir gesagt haben, was Sie sich da für einen Streich ausgedacht haben. Sie sind nicht Nancy Duvenay - obwohl ich schwören könnte, daß ich diesen Hut schon einmal gesehen habe, und zwar auf Nancy Duvenays Kopf.«

Jetzt erinnerte er sich an Miß Standfields merkwürdige Prophezeiung, daß ihm eine Überraschung bevorstünde, und mußte feststellen, daß diese junge Dame, die ihn so entrüstet und fragend zugleich anblickte, tatsächlich etwas von einem Schulmädchen an sich hatte. Es erfüllte ihn daher

mit einiger Genugtuung, als auch sie ein überraschtes »Oh!« ausstieß.
»Das kann nicht sein«, sagte sie schließlich. »Sie können nicht Lord Tarn sein!«
»Doch, ich bin Tarn«, erwiderte er grimmig. »Und wer sind Sie, Sie kleiner Fratz?«
Sie hob stolz ihren Kopf. »Ich habe Sie nicht belogen, Mylord«, erklärte sie. »Ich bin Victoire Duvenay.«
»Der Teufel sind Sie!«
»Aber ich bin es wirklich! Ich bin die Cousine Ihrer Nancy! Und ich könnte es Ihnen auch nicht verdenken«, fügte sie offen hinzu, als sie sich der fatalen Situation bewußt wurde, »wenn Sie mich auf der Stelle umbringen würden - was Sie offensichtlich vorhaben! *C'est infâme,* mit Ihnen so ein Spiel zu treiben, ganz gleich, wie schlecht Sie sich benommen haben!«
Seiner Lordschaft, der durch diese ehrliche Feststellung irgendwie der Wind aus den Segeln genommen war, gelang es, seines Temperaments Herr zu werden, doch seine Antwort war trotzdem alles andere als herzlich. »Wirklich großzügig von Ihnen, das zu sagen! Und worin besteht denn bitte das Spiel, das Sie treiben, Miß Duvenay? Nun, ich kann es mir schon denken. Erpressung, Verleumdung, oder wie wollen Sie es nennen? Wobei mein Onkel der Dumme gewesen wäre, da ich ja im Ausland in Sicherheit war, und er weder Sie noch Nancy jemals gesehen hatte. Nur verstehe ich nicht, was diese Maskerade soll! Oder konnte Nancy sich nicht von ihren irischen Verehrern trennen und hatte keine Zeit, die Reise selbst zu machen?«
Miß Duvenay, die ihn halb neugierig und halb verärgert angesehen hatte, unterbrach ihn und sagte gedämpft, wenn auch wütend: »O nein, Mylord! Es ist - sie ist tot!«
»Tot?« Tarn blickte sie ungläubig an. »Nancy? Unsinn!«
»Nein, nein, sie ist wirklich tot!« bekräftigte Miß Duvenay ernst. »Es war das Fieber, wissen Sie. Man hat mir gesagt, daß es sehr schnell ging; das ist bei Fieber sehr oft so - ich habe es selbst erlebt bei den Soldaten.«
In dem Augenblick näherte sich auf der Straße ein Einspänner, und der Marquis und sie mußten einen Schritt zurück-

treten, um ihn vorbeifahren zu lassen; der ältere Herr in dunklem Anzug, der das Gefährt lenkte, musterte sie eingehend.
»Zum Teufel!« knurrte der Marquis ungeduldig und warf diesem Herrn seinerseits einen sehr unfreundlichen Blick zu. »Wir können nicht hier auf der Straße stehenbleiben und uns unterhalten. Kommen Sie, ich nehme Sie mit.«
»Aber ich will nicht mit Ihnen gehen!« wehrte Miß Duvenay leicht erschrocken ab. »Ich habe gar keine Veranlassung dazu. Ich werde meinem Vetter erklären, daß Sie nach England zurückgekehrt sind und mit mir gesprochen haben, so daß er nun nichts mehr von Ihnen verlangen kann für all das, was Sie meiner Cousine Nancy angetan haben . . .«
»Danke!« unterbrach Tarn sie schroff. »Doch es gibt da einige Dinge, die ich gern von Ihnen erklärt haben möchte, meine Liebe, und das werden Sie nicht hier auf der Straße tun.«
Bei diesen Worten nahm er ihren Arm und zog sie mit sich über die Straße zu der Stelle, wo sein Reitknecht den Wagen abgestellt hatte. Da dieser sie auch neugierig anblickte, hielt Victoire es für unter ihrer Würde, Widerstand zu leisten, doch sie sagte in dringlichem Ton: »Bitte, ich möchte nicht mit Ihnen gehen! Ich habe Ihnen die Wahrheit gesagt, Mylord. Lassen Sie mich gehen!«
»Das werden wir ja sehen!« meinte Tarn ungerührt und zwang sie unbarmherzig aufzusteigen.
Als sie sich neben ihn gesetzt hatte, blickte sie ihn verstohlen an. Sie sah nur sein Profil, doch die Art, wie er seine Lippen zusammenpreßte, zeigte ihr, daß ihre Erklärungen seinen Zorn in keiner Weise gedämpft hatten. Sie seufzte auf, als habe sie sich mit ihrer Lage abgefunden.
»Also gut«, lenkte sie ein. »Ich werde mitfahren. Immerhin habe ich wahrscheinlich ebensoviel Schuld daran wie mein Vetter Fitz - Fitzhugh - ach was, ich kann den Namen doch nicht richtig aussprechen!«
Tarn blickte kurz zu ihr hinab, bevor er seine Pferde anfahren ließ. »Französisch?« fragte er. »Das ist noch etwas, was Sie mir erklären müssen, Miß Victoire Duvenay - zu gegebener Zeit.«

Auch sie hatte bemerkt, daß der Reitknecht, der inzwischen seinen Platz hinter ihnen eingenommen hatte, nachdenklich vor sich hin schwieg. Selbst Tarn, der sich im allgemeinen nicht um Anstandsregeln kümmerte, hielt es nicht für angebracht, in Anwesenheit des Burschen die Doppelgängerrolle von Miß Duvenay zu erörtern. Die aufrechte Gestalt neben ihm hatte in ihrer Entschlossenheit etwas an sich, was er mit der raffinierten Weibsperson nicht in Einklang bringen konnte, für die er sie anfangs gehalten hatte. Doch er war immer noch äußerst verärgert und hatte nicht die geringste Lust, sie entwischen zu lassen, bevor sie ihm nicht die Hintergründe für diese Maskerade gestanden hatte.

So kam es, daß er sich erst etwa eine Viertelstunde später, als sie durch die imponierende, doch von Unkraut überwucherte Einfahrt zu Tarn House gefahren waren und vor dem Portal hielten, an seinen jungen Fahrgast wandte.

»Steigen Sie aus«, forderte er sie auf, übergab dem Reitknecht die Zügel und sprang vom Wagen ab.

Victoire blickte zweifelnd zu ihm hinab und dann auf die vornehme Front des großen Gebäudes aus der Tudorzeit, das jedoch so deutliche Anzeichen der Vernachlässigung aufwies, daß es völlig unbewohnt zu sein schien.

»Hier?« fragte sie.

»Ja, hier!« antwortete Tarn mit einer Stimme, die keinen Widerspruch zuließ.

Victoire, die befürchten mußte, daß er sie von ihrem Sitz herunterziehen würde, falls sie sich weigerte, erlaubte ihm schließlich, ihr herabzuhelfen. Sie konnte keinen Widerstand leisten; Seine Lordschaft schob sie vorwärts, auf das Haus zu. Sie zögerte plötzlich und sagte etwas atemlos: »Ist dies *Ihr* Haus, Mylord? Hier wohnt doch mit Sicherheit niemand!«

Tarn lachte kurz auf. »Was, verläßt Sie nun der Mut, meine Liebe?« entgegnete er spöttisch. »Wenn Sie in Nancys Fußstapfen treten wollen, müssen Sie auch weiter ihr Spiel spielen. Sie hätte in meiner Begleitung angesichts eines leeren Hauses nicht gezögert!«

Victoire gab keine Antwort. Tarns kräftige Hand, die ihren

Arm umklammerte, zwang sie vorwärts. Sie ging eine Stufe hinauf, blieb stehen - und dann, bevor er noch begriffen hatte, was sie vorhatte, entwand sie sich seinem Griff, schlug einen Haken wie ein verängstigter Hase und rannte die Auffahrt hinunter, auf die hohen Eisengitter zu.
Es war jedoch ein ungleicher Wettlauf. In wenigen Augenblicken hatte Tarn sie eingeholt und griff nach ihrer Schulter. Als sie sich heftig wehrte, um sich loszumachen, stolperte sie über eine Baumwurzel und fiel zu Boden. Tarn kniete sofort neben ihr nieder und hielt sie unbarmherzig fest.
»O nein!« sagte er. »So leicht kommen Sie nicht davon, Sie kleines Biest!« Er wartete ihre Reaktion ab. Ein Tränenausbruch, schmeichlerische Überredungsversuche oder grobe Beschimpfungen wären ihm ein Beweis dafür gewesen, daß dieses Mädchen nicht die Dame war, als die sie erscheinen wollte.
Es traf ihn jedoch nur ein großer stummer, aber unerschrokkener Blick aus wütenden haselnußbraunen Augen. Sie lag abwartend da, und er merkte, daß ihre Muskeln sich erneut anspannten.
Langsam lockerte er den Griff und erhob sich.
»Stehen Sie auf!« sagte er barsch. Er bückte sich und faßte ihren Ellbogen, um ihr zu helfen, doch sie ignorierte dies und stand allein auf. »Und versuchen Sie nicht, noch einmal fortzulaufen!« warnte er sie.
Mit einem trotzigen kindlichen Aufschluchzen, das sie jedoch sofort wieder unterdrückte, sagte sie: »Nein. Sie können zu schnell laufen. Es hätte doch keinen Zweck.« Und ärgerlich fügte sie hinzu: »Ich wünschte, mein Vater wäre hier!«
Er lachte grimmig auf. »So, wo ist er denn? Ist er auch an diesem reizenden kleinen Täuschungsmanöver beteiligt?«
»Nein! Er ist - tot!«
»Wie Nancy? Ihr Weg scheint ja mit Leichen gepflastert zu sein!«
Sein unverschämter Ton machte sie wieder zornig. »Er ist in Wagram gefallen«, erklärte sie wütend. »Und Sie werden es nicht wagen, respektlos von ihm zu sprechen!«

Tarns Augen verengten sich. »Er war Soldat?« fragte er.
»Ja! Colonel John Duvenay. Ich nehme an, Sie haben von ihm gehört!«
Der Marquis zog die Brauen zusammen. Er hatte schließlich fast fünf Jahre auf dem Kontinent verbracht und kannte die Geschichte von dem berühmten irischen Offizier, dessen erfolgreicher Dienst in verschiedenen Armeen bei dem heldenhaften, doch verhängnisvollen Kampf der Österreicher gegen Napoleons Armee in Wagram sein Ende gefunden hatte. Er hatte jedoch nichts davon gehört, daß der Colonel eine junge Tochter mit kastanienbraunem Haar zurückgelassen hatte, und war zynisch genug, sich zu fragen, ob nicht Miß Duvenay auch zu den Menschen gehörte, die einen gemeinsamen Namen dazu benutzen, eine berühmte Verwandtschaft vorzutäuschen, die in Wirklichkeit gar nicht besteht.
Er bestätigte daher lediglich, daß er von ihm gehört habe. Dies klang jedoch so uninteressiert, daß Victoire seine Gedanken erriet und ihm erbost einige heftige Worte ins Gesicht schleuderte. Dann schien sie sich jedoch zu besinnen, daß die Angelegenheit, die sie und den Marquis betraf, wenig mit ihrer Abstammung zu tun hatte, denn sie verstummte plötzlich; und erst nach einer Weile fragte sie verdrießlich: »*Enfin,* was haben Sie jetzt mit mir vor?«
Als Tarn das ängstliche Gesicht des Mädchens ansah, mußte er an Miß Standfields warnende Worte denken, doch bitte sein Temperament zu zügeln. Er brachte es jedoch nicht fertig, Gnade walten zu lassen, er wollte der Sache auf den Grund gehen und die Schuldigen bestrafen. Daher erklärte er ungerührt, daß er genau das zu tun gedenke, was er schon vorher tun wollte, ehe sie weggelaufen war, nämlich sie ins Haus zu bringen.
»Sie brauchen mich gar nicht so mißtrauisch anzusehen«, fügte er ungeduldig hinzu, als Victoire sich schnell umblickte, als ob sie nach Hilfe ausschaue. »Das Haus ist nicht unbewohnt. Mein alter Butler und meine Haushälterin sind beide da und würden nichts lieber tun, als die ganze Nachbarschaft zusammenzurufen, wenn sie merkten, daß ich Ihnen etwas antun will. Kommen Sie jetzt!«

Er faßte sie wieder am Arm, und sie ließ sich widerwillig zurückführen, über die unkrautbewachsenen Stufen hinauf zu dem ehrwürdigen Tudor-Portal.
Bei dem lauten Knarren der mächtigen Eingangstür tauchte zu Victoires großer Erleichterung ein weißhaariger Butler auf. Er blickte mißbilligend auf das Paar und brummte etwas in breitem Sussex-Akzent vor sich hin.
Victoire, die mit dem Temperament des Marquis schon Bekanntschaft gemacht hatte, war etwas erstaunt, daß das äußerst unbotmäßige Benehmen des Butlers seitens Seiner Lordschaft nur ein Grinsen und ein spöttisches Wort hervorrief. Doch als sie sich in der dunklen Halle umsah - staubige Ritterrüstungen, verfärbte Marmorbüsten, verschlissene Wandteppiche, mit Überzügen bedeckte Möbel -, da dachte sie sich, daß Seine Lordschaft offensichtlich auch in anderer Hinsicht beträchtliche Nachsicht walten ließ.
Sie folgte ihm in einen der stattlichen Empfangsräume, die an die Halle grenzten, und beruhigte sich bei dem Gedanken, daß dort draußen ein respektgebietender und bärbeißiger alter Diener war, der den schrecklichen Marquis ›Master Lewis‹ nannte und durchaus in der Lage schien, ihm, wenn es nötig wäre, gehörig seine Meinung zu sagen.

4

Als sie eingetreten waren, zog Tarn die Überzüge von zwei Sesseln und forderte Victoire mit einer Handbewegung auf, Platz zu nehmen. Er selbst setzte sich nicht, sondern ging zum Fenster und zog die staubigen roten Damastvorhänge zurück, um das Licht des Maimorgens in den dämmrigen Raum zu lassen. Als er zu seinem unfreiwilligen Gast zurückkam, sagte er in ungeduldigem Ton: »Also?«
»W-was?« stammelte Victoire.
Tarn erwiderte ziemlich ungalant, daß er auf ihre Erklärung warte.
»Meine - meine Erklärung? Oh! Sie meinen, warum ich so getan habe, als sei ich Nancy?« fragte sie stirnrunzelnd. »Aber - wo soll ich denn anfangen?«
»Von vorne, würde ich sagen. Und ich möchte Sie darauf aufmerksam machen, daß ich nicht vorhabe, den ganzen Vormittag mit dieser Angelegenheit zu vergeuden. Erzählen Sie mir alles so, wie es war, oder, bei Gott, ich werde es aus Ihnen herauspressen!«
Victoire blickte ihn ärgerlich an und richtete sich stolz auf. »Ich würde Sie nicht anlügen«, erklärte sie tief gekränkt.
»Nein?« Tarn lachte kurz auf. »Gestern schienen Sie aber noch bereit, meinen Onkel anzulügen.«
»Das war etwas anderes.«
»Wirklich? Wieso denn das?«
Ihr Widerstand schien plötzlich zu erlahmen. Sie machte eine kleine Handbewegung und sagte nach einer Weile mit leiser Stimme: »Ich glaube, Sie werden es nicht verstehen. Ich weiß, ich hätte weggehen sollen, als ich merkte, was Fitzhugh von mir wollte.«
»Und? Warum haben Sie es nicht getan?«
»Ich - ich konnte nicht.« Tarn sah, wie ihre Hände sich in ihrem Schoß zusammenkrampften - dies verriet eine Erre-

gung, an der nicht nur sein grobes Verhalten schuld sein konnte. »Sehen Sie«, fuhr sie fort, »es ist nur noch *Maman* da, und die will mich nicht haben. Deswegen hat sie mich nach Irland geschickt, zu meinem Vetter Fitzhugh, als - als diese ganzen Schwierigkeiten in Frankreich begannen.«
Der Marquis, der allmählich merkte, daß die Erklärung für Miß Duvenays Maskerade bedeutend verwickelter sein würde, als er angenommen hatte, setzte sich nun auch hin.
»Ich habe gesagt, Sie sollen am besten von vorne beginnen. Also los! Und fangen Sie ja nicht an zu heulen«, fügte er teilnahmslos hinzu, als er sah, daß Victoire Tränen in die Augen stiegen.
»Ich heule nicht!« erklärte Victoire entrüstet. »Doch wie kann ich alles richtig erzählen - oder auch nur richtig nachdenken -, wenn Sie mich so grob behandeln und mich ansehen, als ob Sie mich am liebsten umbringen würden?«
»Nun, ich werde Sie nicht umbringen - vorausgesetzt, Sie versuchen nicht mehr, mit mir zu streiten, und sagen mir endlich, was ich wissen will«, erklärte Tarn und kam sich dabei außerordentlich vernünftig vor.
Seine Worte hatten jedenfalls die Wirkung, daß Victoire sich in der Lage sah, ihm ihre Geschichte einigermaßen der Reihe nach zu erzählen. Sie sei, so betonte sie noch einmal, die Tochter von Colonel John Duvenay; als dieser im Jahre 1809 in Wagram gefallen war, seien sie und ihre Mutter, eine Französin aus guter Familie, fast mittellos zurückgeblieben; ein Zustand, den Madame Duvenay sofort korrigiert hatte, indem sie wieder heiratete.
Ihr zweiter Mann, so erklärte Victoire und rümpfte dabei die Nase, sei ein Emporkömmling und eine unbedeutende Charge am napoleonischen Hof gewesen.
»Bien entendu«, sagte sie verächtlich, »er wollte sogar vergessen, daß *Maman* jemals mit Papa verheiratet war. *Au vrai,* ich glaube, er hätte *Maman* auch niemals geheiratet, wenn sie nicht so wunderschön gewesen wäre, so daß er gar nicht anders konnte, als sich in sie zu verlieben. Und es hat ihm gar nicht gepaßt, daß ich da war und die Leute daran erinnert habe, daß er eine Feindin Bonapartes geheiratet hat. Ich wurde also in die Normandie geschickt, um bei sei-

ner Mutter zu leben, Madame Rollon, in einem kleinen Gutshaus, das er für sie auf dem Land gekauft hatte; sehr abgelegen, *vous concevez,* weil sie gar nicht *à la mode* war und er sie daher gern verstecken wollte, genauso wie mich. Ich glaube, Madame hat mich sehr gehaßt, denn sie hat Bonaparte bewundert, und ich«, Victoire hob stolz ihr Kinn, »ich habe ihr nicht erlaubt, schlecht von Papa zu sprechen, weil er gegen den *Empereur* gekämpft hatte.«

Sie blickte Tarn fragend an, um zu sehen, ob er ihrem Standpunkt Sympathie entgegenbringe. Da sie jedoch keinerlei Ermutigung in seinem düsteren Gesicht entdecken konnte, zuckte sie die Achseln und fuhr fort: »Ich sehe, daß Sie das alles gar nicht interessiert; ich werde also weitererzählen. Als Bonaparte gezwungen war, abzudanken und Frankreich zu verlassen, kam für Monsieur Rollon eine sehr schlechte Zeit. Ich nenne ihn nicht Papa und werde ihn auch nie Papa nennen«, fügte sie trotzig hinzu. »Madame Rollon, seine Mutter, hatte das Pech, genau zu der Zeit krank zu werden. Wenn Sie die Wahrheit wissen wollen - sie ist ein bißchen verrückt geworden und hat erzählt, daß der *Empereur* sich in ihrer Dachkammer versteckt, und noch viele andere verrückte Sachen. Deshalb waren alle der Ansicht, daß ich nicht länger bei ihr bleiben solle. Nur, *Maman* hat dann geschrieben, daß ich auch nicht zu ihr kommen könne, da sie und Monsieur Rollon Frankreich verlassen müßten und vielleicht nach Amerika auswandern würden. In der Zwischenzeit solle ich zu meinem Vetter Fitzhugh Duvenay in Irland gehen, den sie noch nie gesehen habe; von meinem Vater habe sie jedoch gehört, daß er ein ziemlich großes Gut in der Grafschaft Kerry besitze; sie sei sicher, daß er sich viel besser um mich kümmern würde, als Monsieur Rollon es in den nächsten Jahren tun könne.«

Tarn lachte geringschätzig. Victoire blickte ihn fragend an.

»Ein ziemlich großes Gut«, wiederholte Seine Lordschaft spöttisch. »Ja, ich habe es gesehen, eine alte Kaserne, die ganz verfallen ist, und Ländereien, die fast nichts wert sind.«

»Natürlich!« rief Victoire entzückt. »Sie haben es ja gesehen. Denn dort haben Sie meine Cousine Nancy kennengelernt, *n'est-ce pas?*« fragte sie interessiert. »Sie war sicher sehr schön, wie *Maman.* Haben Sie sich deswegen in sie verliebt?«

Der Marquis antwortete nicht, weil er gerade über etwas anderes nachdenken mußte.

»Verdammt noch mal«, sagte er nach einer Weile. »Sie wollen mir doch nicht etwa erzählen, daß Sie sie gar nicht gekannt haben?«

»Mais non!« erwiderte Victoire. »Wie sollte ich sie gekannt haben? Ich bin ja erst vor zwei Wochen nach Irland gekommen. Und da war sie schon tot; deshalb hat Fitzhugh mir auch so leid getan, und ich habe ihm gesagt, ich würde an ihrer Stelle mitkommen - denn er war ziemlich verzweifelt, weil sie an gebrochenem Herzen gestorben war, gerade, als er sie nach England bringen wollte.«

»Sie sagten vorhin, daß sie am Fieber starb«, fiel Tarn ihr argwöhnisch ins Wort.

»Natürlich«, gab Victoire gewissenhaft zu. »Sie hatte auch Fieber. Ich glaube selbst, daß es ganz dumm ist zu behaupten, jemand könne an gebrochenem Herzen sterben. Doch Fitzhugh sagt, meine Cousine sei außerordentlich empfindsam gewesen, ganz anders als ich; daher ist es ganz natürlich, daß sie sich zu Tode gegrämt hat und gestorben ist, nachdem Sie sie so grausam behandelt hatten. Und deswegen dachte ich mir, es sei nicht so schlimm, wenn ich tun würde, was er von mir verlangte, und vortäuschte, Nancy zu sein. Denn wenn sie noch gelebt und er sie hierhergebracht hätte, hätten Sie Ihr gemeines Verhalten wiedergutmachen müssen.«

»Mein liebes Kind«, sagte Tarn gereizt, »mein ›gemeines Benehmen‹ bestand im Falle von Miß Nancy Duvenay darin, daß ich ihr jeden Tand gekauft habe, den sie sich gewünscht hat, zum Preis von ein paar Küßchen und vielen, vielen Versprechungen ihrerseits. Sie war die perfekteste Kokotte in der ganzen Grafschaft und hatte ein halbes Dutzend anderer Burschen seit über einem Jahr an der Leine; sie war sich nur noch nicht darüber im klaren, wer ihr am meisten bieten könnte.«

Victoire blickte ihn zweifelnd an. »So hat es mir Fitzhugh aber nicht erzählt«, meinte sie.

»Nein, mit Sicherheit nicht - einen besseren Lügner wird man so schnell nicht finden.«

»Nun ja, er lügt wirklich ein wenig«, räumte sie ein, »doch er glaubt, was er sagt. Er spielt gern ein wenig Theater und läßt sich dann oft davon mitreißen.«

»Wenn er noch weiter versucht, solche Komödien aufzuführen«, sagte Tarn grimmig, »wird er bald sehr weit mitgerissen werden. Und Sie ebenfalls!« fügte er hinzu und blickte sie streng an. »Sie sind eigentlich alt genug, um sich nicht für eine derartige Betrügerei herzugeben. Wie alt sind Sie denn?« fragte er.

Sie richtete sich auf. »Ich bin schon sehr alt, fast achtzehn.«

»Nun, so sehen Sie nicht aus - das heißt, Sie würden so aussehen, wenn Sie sich nicht mit Nancys Sachen wie eine Schießbudenfigur herausgeputzt hätten«, entgegnete er mit gefühlloser Offenheit. Kritisch fügte er hinzu: »Ich nehme an, Sie wissen, daß der Hut fürchterlich verdrückt ist.« Victoire stand hastig auf, um sich in dem fleckigen Spiegel über der Konsole zu betrachten.

Sie mußte feststellen, daß die Worte Seiner Lordschaft nur zu wahr waren. Die Federn auf dem Hut hingen abgeknickt auf einer Seite herunter. Der Marquis, der nach solchen modischen Unglücksfällen Schockreaktionen gewohnt war, staunte über Miß Duvenays seltsames Verhalten. Bei dem traurigen Anblick bekam sie nämlich einen Lachanfall, sah ihn dann aber reumütig an und sagte, es tue ihr sehr leid, daß sie den Hut ruiniert habe; ihr Vetter habe so wenig Geld, und das kunstvolle Gebilde sei sicherlich sehr teuer gewesen.

»Aber ich glaube, das spielt keine Rolle mehr«, fügte sie hinzu, als sie sich wieder gefangen hatte. »Denn Sie wissen jetzt ja, daß ich nicht Nancy bin, und werden ihm das Geld nicht geben, *de toute façon.* Und wenn wir in einer Hütte leben müssen, wie er mir prophezeit hat - falls die Hypothek für verfallen erklärt wird -, so werden meine eigenen Kleider es auch tun, denn die sind nicht im geringsten elegant und für eine Hütte sehr *convenable.*«

Während sie sprach, nahm sie den schrecklichen Hut ab und warf ihn auf den Tisch. Damit beseitigte sie die letzten Zweifel bei Tarn, ob er es hier vielleicht mit einem Flittchen zu tun habe, das zu einem raffinierten Betrugsmanöver fähig sei, um ihn wie eine Gans auszunehmen. Miß Duvenays haselnußbraune Augen, die ihn jetzt unter einer Fülle kastanienbrauner Locken fragend anblickten, waren ein eindeutiger Beweis dafür, daß er es hier mit einem Wesen zu tun hatte, das völlig ungeübt in der Kunst des Lügens war.

Der fragende Blick machte deutlich, daß die junge Dame, die bemerkt haben mußte, daß er ihr nicht mehr ganz so böse war, darauf hoffte, jetzt gehen zu dürfen. Zwar hatte sein Zorn sehr nachgelassen, was sie betraf; dies galt jedoch keineswegs für Mr. Fitzhugh Duvenay. Er hatte mit diesem Gentleman noch ein Wörtchen zu reden, und es hätte ihm gar nicht gepaßt, wenn Miß Duvenay zum ›George‹ zurückkehren und ihrem Vetter alles erzählen würde, ehe er mit ihm gesprochen hatte. Denn wenn er sich in Mr. Duvenay nicht täuschte, würde der Bericht seiner Cousine genügen, damit er schleunigst auf seine armseligen Güter in Irland zurückkehren und sich nie wieder in Sussex blicken lassen würde.

Tarn blickte Victoire nachdenklich an: »Wann kommt Ihr Vetter zum ›George‹ zurück?«

»Wann er . . .? Oh, er sagte, er sei sicher vor dem Dinner zurück«, antwortete Victoire. »Denn er wollte heute noch einmal nach Eastcott Park.« Sie zögerte, denn sie ahnte plötzlich, was er vorhatte.

»Warum wollen Sie das wissen?« fragte sie ängstlich.

»Mein liebes Kind, ich werde doch nicht zulassen, daß er mir einen so üblen Streich spielt, ohne sicherzugehen, daß er es nicht noch einmal versucht!« gab Tarn zurück. »So menschenfreundlich bin ich nun auch wieder nicht.«

Man sah ihr an, daß sie beunruhigt war. »*Mon Dieu,* Sie werden ihn doch nicht erschießen?« rief sie erschreckt.

»Ihn erschießen? Nein! Wie kommen Sie denn auf so eine komische Idee?«

»Das ist nicht komisch! Fitzhugh hat mir erzählt, daß Sie

schon viele Menschen erschossen haben.« Sie blickte ihn hoffnungsvoll an. »*Enfin* - vielleicht war das auch nur eine Lüge?«
Der Marquis hatte den Anstand, leicht zu erröten, und sagte, daß ›viele Menschen‹ reichlich übertrieben sei. Victoire war aber neugierig geworden, und sie fragte interessiert, wie viele Menschen er denn erschossen habe.
»Das geht Sie nichts an«, erwiderte Tarn gereizt.
Bedauernd meinte Victoire, daß er zwar recht habe, sie jedoch trotzdem neugierig sei.
»Natürlich erschießt man im Krieg sehr viele Menschen, doch das ist ganz *comme il faut,* und man achtet gar nicht darauf. Doch jetzt ist kein Krieg, und ich hätte es gar nicht gern, wenn Sie meinen Vetter Fitzhugh erschießen würden, auch wenn er ein sehr törichter Mensch ist.«
Tarn unterbrach sie ungeduldig und erklärte, sie solle sich diesen Unsinn aus dem Kopf schlagen. Er habe nichts anderes vor, als Mr. Fitzhugh gehörig die Meinung zu sagen, damit dieser nicht noch einmal auf so dumme Gedanken komme.
»Ein weit größeres Problem ist, was ich mit Ihnen tun soll«, sagte er stirnrunzelnd. »Denn ich wette, wenn ich Sie gehen lasse, erzählen Sie ihm die ganze Geschichte, und er läuft davon, ehe ich ihm die Leviten gelesen habe.« Er blickte sie prüfend an. »Ich glaube, ich könnte Sie hier in eines der Zimmer sperren.«
»O nein, bitte nicht!« bat ihn Victoire flehentlich. »Ich verspreche Ihnen, daß ich es ihm nicht erzähle.«
Der Marquis erklärte, daß er sich auf so ein Versprechen nicht verlassen könne, und machte die ganze Sache noch schlimmer, als er hinzufügte, daß er keine besondere Lust habe, bis zum Dinner Kindermädchen zu spielen oder sich vor dem ›George‹ herumzutreiben, bis Mr. Duvenay zurückkehre; das Einsperren sei wohl die beste Lösung.
Victoire hob ihr Kinn. »Nun gut«, sagte sie. »Sie können mich meinetwegen einsperren, Mylord, denn ich kann Sie nicht daran hindern. Doch sowie Sie fort sind, werde ich schreien und schreien, *affreusement!,* und dann wird Ihr Butler kommen und mich herauslassen.«

»Nicht, wenn er keinen Schlüssel hat«, konterte Tarn. Doch er wußte nur zu genau, daß Miß Duvenay durchaus fähig wäre, in dem verschlossenen Zimmer ein solches Theater zu veranstalten, daß Timbs die halbe Grafschaft zu ihrer Hilfe herbeiholen würde. Der Marquis war zwar zum Leidwesen seiner Familie sowohl in London als auch auf dem Kontinent wegen seiner Affären berüchtigt, was ihm ziemlich gleichgültig war; aber es war nicht seine Absicht, hier in Tarn House einen Skandal hervorzurufen.

Victoire, die sofort merkte, daß er unsicher geworden war, fragte den Marquis liebenswürdig, was er für den heutigen Tag vorgehabt habe.

»Wenn Sie zur Jagd gehen wollen oder zum Angeln, so wäre ich bereit, mit Ihnen zu gehen«, bot sie ihm an. »Denn ich glaube, Sie sind mir nicht mehr so böse, daß Sie mir etwas antun.«

Tarn ignorierte dieses Kompliment jedoch und fragte nicht gerade ermutigend: »In diesen Kleidern?«

»Aber ja!« erwiderte Victoire unbeirrbar. »Joseph«, fügte sie hinzu, als sie sah, daß der Marquis immer noch nicht überzeugt war, »das ist der Enkel von Madame Rollon, hat mich oft zum Angeln mitgenommen, und er hat mir manchmal auch erlaubt, mit seinem Gewehr zu schießen - doch das würden Sie wahrscheinlich nicht wollen?«

»Daß Sie eines meiner Gewehre anrühren? Nein, das würde ich nie zulassen!« erwiderte Tarn ohne zu zögern.

»*Eh bien,* das habe ich eigentlich auch nicht erwartet«, räumte Victoire ein. »Madame Rollon hat Joseph auch immer beschimpft, wenn er mich mit seinem Gewehr schießen ließ, und sie hatte es auch gar nicht gern, wenn er mich zum Angeln mitnahm; sie wollte immer, daß ich ganz aufrecht auf dem Stuhl sitze, wie sie selbst, und Altartücher besticke oder Taschentücher einsäume. Manchmal sind wir auch weggelaufen«, sagte sie, und ihre Augen leuchteten auf, als sie sich an diese gewaltige Unfolgsamkeit erinnerte. »Nicht *sérieusement,* wissen Sie, nur für einen Tag, in die Wälder - und dann hat sie Jean-Baptiste, den Reitknecht, hinter uns hergeschickt und Guillaume, den Kutscher; aber die waren beide ziemlich fett, und ich konnte genauso schnell laufen wie Joseph; so konnten sie uns nicht fangen; wir sind dann nicht zurückgekehrt, ehe wir nicht selber wollten. Madame war dann natürlich immer sehr böse, *vous savez,* und hat mir stundenlang Strafpredigten gehalten; sie war der Ansicht, daß es für eine *jeune fille* sehr viel schlimmer sei, sich so zu benehmen, als für einen Jungen - doch sie ist ja jetzt nicht hier«, schloß sie munter, »und heute sind schöne Wolken am Himmel und eine kleine Brise weht; ein guter Tag zum Angeln. Das könnten wir doch tun, bis mein Vetter zurückkehrt, *n'est-ce-pas?*«

Der Marquis schien sich ihren Vorschlag zu überlegen, blickte jedoch mißbilligend auf ihr elegantes französisches Kleid und den ramponierten Hut.

»Ja, das könnten wir«, sagte er geringschätzig, »wenn Sie sich nicht so unmöglich herausgeputzt hätten.«

»*Moi* - mich kümmert das wenig«, erklärte Victoire erhaben. »Und die Fische wird es nicht erschrecken, denke ich.«

Das war zuviel für den Marquis; er lachte laut heraus und sagte, daß er wohl auch nichts dagegen einwenden könnte, wenn die Fische nichts dagegen hätten. Dann ging er, um eine Rute und eine Schnur zu holen, die zum Angeln geeignet waren.

Mr. Timbs, der äußerst mißbilligend dreinschaute, wies er an, daß Mrs. Timbs ein paar Kleinigkeiten zum Essen herrichten solle.

Als Timbs mit dem Imbiß zurückkehrte - sorgfältig in einem kleinen Körbchen verpackt - und Victoire halb tadelnd, halb väterlich erklärte, daß sie doch nicht allein mit dem Marquis einen Ausflug machen könne, blickte sie ihn etwas überrascht an und sagte dann: »Oh, ich verstehe! Sie meinen, sein Ruf ist nicht sehr gut, *n'est-ce-pas?*«

Timbs, der einen grimmigen Blick auf seinen Herrn warf, womit er ausdrücken wollte, daß er sich nur aus - vielleicht falsch verstandener - Loyalität ihm gegenüber nicht zu diesem Thema äußere, bemerkte, daß so ein Unternehmen in keinem Fall schicklich wäre, wenn nicht eine andere Dame als Begleitung mitkäme.

»Jetzt reicht's mir aber«, sagte Tarn zornig. »Wenn Sie meinen, daß ich ein Schulmädchen verführen will, dann sind Sie auf dem Holzweg, mein lieber Sauertopf!«

Timbs blickte ihn gekränkt an und sagte, es würde ihm nie einfallen, an so etwas zu denken, fügte dann jedoch im Weggehen hinzu, daß er nicht wisse, was ›Mylady‹ zu solchen Vorgängen sagen würde, wenn sie es wüßte. Diese Bemerkung, so wußte er, würde Seine Lordschaft an der empfindlichsten Stelle treffen, und als dieser tatsächlich sofort eine Verwünschung ausstieß, ging er lächelnd und zufrieden aus dem Raum.

»Wer ist ›Mylady‹?« fragte Victoire neugierig.

»Das geht Sie nichts an«, erklärte Tarn prompt und erhob sich. »Los, kommen Sie jetzt!«

Victoire nahm den Korb und ging folgsam neben ihm her, wobei sie sich Mühe geben mußte, mit ihm Schritt zu halten.

»Weshalb ist Ihr Haus so heruntergekommen?« fragte sie, obwohl er sie gerade erst zurechtgewiesen hatte. »Und warum haben Sie nicht mehr Angestellte? Sind Sie arm? Fitzhugh sagt, Sie seien sehr reich.«

»Das bin ich auch. Und Sie fragen mir bedeutend zu viel, mein liebes Kind! Weshalb gehen Sie nicht weiter?« erkundigte er sich ungeduldig, als sie vor der Türe des Empfangsraumes stehenblieb, in den er sie zuerst geführt hatte.

»Mein Hut«, sagte Miß Duvenay bestimmt und stellte ihr Körbchen auf den Tisch in der großen Halle, bevor sie in das Zimmer huschte.

Als sie wiedererschien, den Hut auf dem Kopf, fiel ihr ein Porträt auf, das über dem Tisch hing, auf den sie den Korb gestellt hatte - das Porträt eines finster und arrogant blikkenden Mannes. Er war dem Marquis so ähnlich, daß sie unwillkürlich stehenblieb, um es zu betrachten. Der Gentleman auf dem Bild trug einen reichverzierten Festanzug, wie er vor dreißig Jahren Mode gewesen war: seidene Kniehosen, einen weinroten, mit Gold bestickten Samtmantel, Spitzen an Hals und Manschetten und große Diamanten, die an seinen langen weißen Fingern glitzerten.

»Mon Dieu, qu'il est beau!« seufzte Victoire bewundernd. Sie wandte sich zu dem Marquis um. »Ich glaube, so würden

Sie auch aussehen, wenn Sie nicht Ihr Haar schneiden und so fürchterlich langweilige Kleider tragen würden«, meinte sie, während sie kritisch den unauffälligen Landanzug Seiner Lordschaft musterte. Dann drehte sie sich wieder zu dem Porträt um. »Ist das Ihr Vater?«

»Ja«, entgegnete Tarn kurz.

»Ist er tot - wie meiner?«

»Ja. Nun kommen Sie aber!«

»Nur einen kleinen Augenblick . . .«

Sie sah auf ein zweites Porträt, offenbar das Gegenstück zu dem, das zuerst ihre Aufmerksamkeit erregt hatte. Es stellte eine schöne Dame in einer blaßblauen Seidenrobe dar, mit einem großen Reifrock *à la française;* ihre zarte Hand lag auf der Schulter des dunklen kleinen Knaben von zwei oder drei Jahren neben ihr. Die ziemlich eng beieinanderstehenden blauen Augen der Dame waren leicht erhoben, als ob sie in ernster Betrachtung höherer Dinge versunken sei, und das Kind blickte - trotz der offensichtlichen Bemühung des Künstlers, eine einträchtige Familie darzustellen - irgendwie verloren und abweisend aus dem Bild.

»Und das sind Sie und Ihre *Maman?*« fragte Victoire. »*Tiens,* sie ist auch sehr schön, aber nicht so schön wie meine *Maman.* Ist sie auch tot?«

»Nein!« sagte Tarn, ergriff sie bei der Hand und zog sie energisch von dem Bild weg.

»Aber sie lebt nicht hier?« wollte Victoire wissen, die nur widerstrebend mit ihm hinausging. Teilnahmsvoll blickte sie ihn an. »Sie mögen sie nicht besonders, glaube ich«, sagte sie.

Der Marquis lachte kurz. »Sagen Sie lieber, sie mag mich nicht, meine Liebe.«

»Weil Sie so viele Skandale haben? Ach was! Das glaube ich nicht«, warf Victoire leichthin ein. »Sie ärgert sich vielleicht über Sie und schimpft Sie manchmal aus.«

»Meine Mutter«, sagte Tarn kalt, »meine Mutter schimpft nie - oder vielleicht muß ich besser sagen, daß sie es nie getan hat, denn ich habe sie seit sechs Jahren nicht mehr gesehen.« Victoire blickte ihn erschrocken an. »Und damit ich in Ihren Augen nicht noch schlechter dastehe«, fuhr Seine

Lordschaft fort, »muß ich noch schnell hinzufügen, daß dies ganz und gar auf ihren eigenen Wunsch hin geschah.«
Als er das sagte, war in den Augen Seiner Lordschaft ein sehr bitterer Ausdruck, der jedoch gleich wieder verschwand. Er zuckte die Achseln und fügte gleichgültig hinzu: »Letztendlich spielt es sowieso keine Rolle, denn wir haben uns nie besonders gut verstanden. Sie ist jetzt sehr zufrieden mit ihrem Leben und hat mir erst vorigen Monat mitteilen lassen, daß sie in der Lage sei, für die jüngere meiner Schwestern einen standesgemäßen Ehemann zu finden, wenn ich es fertigbrächte, mich eine Weile nicht in weitere geschmacklose, ordinäre Skandale zu verwickeln.«
In diesem Moment wünschte Victoire sehnlichst, sie könnte der Marchioness of Tarn einmal richtig die Meinung sagen. Das wunderte sie selbst, denn bis jetzt hatte sie noch nicht feststellen können, daß der Marquis es nötig gehabt hätte, gegen irgend jemand oder irgend etwas verteidigt zu werden. Doch als sie ihn ansah und seine auf einmal traurige und abweisende Miene bemerkte, konnte sie nicht anders: Sie mußte ihm etwas sagen, obwohl es ihr schwerfiel, von ihren eigenen Enttäuschungen zu sprechen: »*Eh bien, ma mère* - Sie verstehen, auch sie will mit mir nichts zu tun haben. Manche Frauen sind so, glaube ich. Doch das heißt nicht, daß wir - daß Sie und ich nicht . . .« Sie suchte nach den richtigen Worten, um ihre Gedanken auszudrükken. Da ihr dies nicht gelang, streckte sie ihr Kinn vor und sagte tapfer: »Auf jeden Fall bekümmert es mich jetzt nicht mehr, *moi.* Und auch Ihnen sollte es nichts mehr ausmachen, denn man kann ja auf dem Porträt sehen, daß sie keineswegs *une femme sympathique* ist und daß sie Ihnen nie sehr zugetan war, nicht einmal, als Sie ein *enfant tout à fait charmant* waren, was ich überhaupt nicht begreifen kann.«
Diese Beschreibung seiner selbst als Kind veranlaßte den Marquis ganz unerwartet - nicht nur für Miß Duvenay, sondern auch für ihn selbst -, in schallendes Gelächter auszubrechen; er sah dabei gleich viel jünger aus, und der finstere Ausdruck in seinem Gesicht war verschwunden. Dann gingen er und Victoire ganz einträchtig nebeneinander über den verwilderten Rasen auf den Wald zu.

5

Tarn stellte fest, daß es Schlimmeres gab, als von einer jungen Dame begleitet zu werden, die genug vom Fischen verstand, um sein Geschick bei der Handhabung der Angelrute zu bewundern; die nicht zu zimperlich war, um seine glitschige Beute anzufassen, und die es fertigbrachte, sofort ihren Mund zu halten, wenn er es verlangte. Unter all seinen weiblichen Bekanntschaften - Frauen vieler Typen und Nationalitäten, von ländlichen Sussex-Schönheiten bis zu den Kurtisanen der Demimonde in den verschiedenen Hauptstädten auf dem Kontinent - hatte es noch keine gegeben, die nicht von ihm erwartete, oberflächliche Konversation zu treiben oder sie besonders galant zu umwerben.

Als sie sich schließlich nebeneinander auf einen gefällten Baum setzten, um ihre Schinken- und Käsesandwiches zu verzehren, konnte er nicht umhin, sie mit einiger Anerkennung zu betrachten. Der grüne Hut baumelte völlig unbeachtet auf ihrem Rücken, und der Saum des eleganten grünen Kleides war völlig durchnäßt, weil sie sich zu weit zum Wasser vorgewagt hatte. Dieses kleine Unglück machte ihr jedoch ebensowenig aus wie Seiner Lordschaft die eigenen verspritzten und beschmutzten Ledergamaschen.

»Ich werde Ihnen etwas sagen«, erklärte er großmütig, da er der Ansicht war, daß so viel Sportsgeist belohnt werden mußte. »Ich werde Sie, wenn wir hier fertig sind, zum ›George‹ fahren, und wenn Ihr Vetter noch nicht da ist, vertraue ich darauf, daß Sie ihm von unserem Zusammentreffen nichts sagen. Wenn er die Absicht hat, heute abend noch einmal meinen Onkel in Eastcott Park aufzusuchen, werde ich ihn dort sehen, obwohl«, fügte er offen hinzu, »ich nicht weiß, wie er meine Familie davon überzeugen will, daß Sie Nancy Duvenay sind. Mein Onkel ist nämlich

kein Dummkopf, und wenn Sie nur Ihren Mund aufmachen, merkt er sofort, daß Sie nicht in Kerry oder der Gegend dort aufgewachsen sind.«
»Aber ich spreche sehr gut Englisch«, verteidigte sich Victoire leicht gekränkt. »Ich habe doch mit Papa immer Englisch gesprochen! Obwohl ich vielleicht jetzt ein ganz klein wenig aus der Übung bin«, gab sie zu. Sie bemerkte, daß Tarn sie irgendwie merkwürdig anblickte. »Aber was ist denn?« fragte sie. »Weshalb sehen Sie mich so an? Habe ich etwas Falsches gesagt? *Je crois que non!* Ich versichere Ihnen, ich spreche sehr gut Englisch!«
Tarn grinste. »Schon gut«, sagte er. »Ihr Englisch ist in Ordnung, Kleine. Mir ist nur gerade eingefallen - nun, nach dem, was ich über Ihren Vater gehört habe, ist er auf dem ganzen Kontinent herumgezogen, immer dorthin, wo es am aufregendsten war. Wollen Sie mir etwa erzählen, daß er Sie überallhin mitgeschleift hat?«
»Aber ja! *Bien entendu!*« sagte Victoire und blickte ihn überrascht an. »*Maman* und ich sind immer mitgekommen. *Naturellement* nicht in eine Schlacht; deswegen hat es mich auch sehr geärgert, daß ich kein Junge bin, denn ich war schon dreizehn, als er starb, und da ist man alt genug, um in eine Schlacht zu ziehen. Aber ich mußte eine schreckliche *jeune fille* sein und mit *Maman* zu Hause hocken, Italienisch lernen und blöde Aquarelle malen.«
Bei dem Gedanken an dieses ungerechte Schicksal wurde sie so zornig, daß Tarn in schallendes Gelächter ausbrach - was sie wiederum mit einem indignierten Stirnrunzeln quittierte. »Sie haben gut lachen«, sagte sie ungehalten, »denn ich glaube kaum, daß Ihr Aufenthalt im Ausland auch so langweilig war!«
»Ich war auch älter als Sie damals«, erklärte Seine Lordschaft erhaben und schloß auf diese Weise schnell den Vorhang vor diesem Teil seiner Vergangenheit.
Dies hielt jedoch seine Begleiterin nicht davon ab, ihn genau über die Länder zu befragen, die er während seiner Reisen besucht hatte; besonders neidisch war sie, als sie hörte, daß er bis nach Konstantinopel gekommen war, während sie es nur bis Petersburg geschafft hatte.

»Das mir gar nicht gefallen hat«, vertraute sie ihm an, »denn es war immer kalt und Papa langweilte sich, weil er so oft am Hof erscheinen mußte. Außerdem hatte ich eine schreckliche deutsche Gouvernante, die mir mit ihren Stricknadeln auf meine Finger geklopft hat, wenn ich nicht alle Kaiser des Heiligen Römischen Reiches hersagen konnte. Ich war daher sehr froh, als wir statt dessen nach Wien gingen, wo Papa mich sehr oft in eine Konditorei zum Schokoladetorteessen mitgenommen hat. Oder wir sind zusammen in die Wälder gefahren, wo er mich dann auf sein Pferd gesetzt hat, ein wunderschönes, großes schwarzes Pferd, das in fünf Schlachten dabei war!«
Die Erinnerung daran begeisterte Miß Duvenay so sehr, daß sie mit einer temperamentvollen Handbewegung den Imbißkorb umstieß, als sie erklären wollte, wie groß das Pferd ihres Vaters gewesen sei. Dies brachte Seine Lordschaft wieder zum Lachen, was Miß Duvenay sehr erboste, denn sie fühlte sich nicht ernst genommen; sie beschlossen also, lieber wieder zu angeln.
Später jedoch, als sie zusammen nach Tarn House zurückgingen - sie mit dem leeren Körbchen und er mit einer beachtlichen Ausbeute an Fischen -, wurde sie nachdenklich und meinte schließlich etwas bedrückt: »Ich habe darüber nachgedacht - über meinen Vetter Fitzhugh. *En effet,* was werden Sie mit ihm machen?« Tarn, der bis jetzt sehr gut gelaunt gewesen war, machte plötzlich eine finstere Miene; etwas ängstlich fuhr sie fort: »*Moi,* ich denke, daß es besser ist, wenn ich ihm sage, daß Sie ihn durchschaut haben. Und Sie sollten ihn gar nicht noch einmal treffen, denn vielleicht werden Sie dann wieder böse - und das ist sehr, sehr *formidable,* wenn Sie böse sind, Mylord. Sehr!« fügte sie nachdrücklich hinzu, als Tarn stehenblieb und sie anblickte.
Er grinste, und sein Gesicht hellte sich wieder auf. »Habe ich Sie erschreckt? Das tut mir leid, aber Sie haben es verdient. Und Ihr Vetter erst recht, weil er versucht hat, meinen Onkel hereinzulegen. Verdammt noch mal, wenn ich nicht rechtzeitig hier aufgetaucht wäre, hätte er ihm wahrscheinlich eine ganze Menge Geld abgenommen.«

»Ja, das war sein Plan«, gab Victoire mit einem kleinen Seufzer zu. »Ich weiß natürlich, daß das sehr schlimm von ihm war - nur, es ist auch sehr schlimm, wenn im Haus alles gepfändet wird und die Leute die Möbel mitnehmen; und er sagt, daß wir bald überhaupt kein Haus mehr haben werden, wenn er nicht zu viel Geld kommt. Denn das würden sie ihm auch wegnehmen, und wir müßten dann fortgehen und in einer Hütte leben. Wie ich Ihnen schon gesagt habe, mir wäre das gleich, aber er will das auf keinen Fall.«

»Nein, sicher nicht«, stimmte Tarn etwas geistesabwesend zu. Er dachte gerade über etwas anderes nach, runzelte die Stirn und fragte plötzlich: »Müssen Sie denn unbedingt bei diesem Kerl bleiben? Auch wenn er Ihr Verwandter ist - er kann sich nicht richtig um Sie kümmern. Es muß doch noch jemand anderen geben, zu dem Sie gehen können - falls es stimmt, daß Sie nicht zu Ihrer Mutter können. Ich schätze, Duvenay wäre froh, Sie loszuwerden.«

»Wahrscheinlich«, gab Victoire zu. »Vor allem jetzt, wo er Ihrem Onkel nicht mehr vormachen kann, ich sei Nancy. Doch ich weiß nicht, wo *Maman* jetzt ist, oder wie lange es dauern wird, bis sie in Amerika Fuß gefaßt hat. Nach Frankreich, zu Madame Rollon, kann ich auch nicht zurück, selbst wenn ich das Geld dafür hätte; und ich habe kein Geld.«

Während sie dies völlig sachlich feststellte, machte Tarn sich vielleicht zum erstenmal in seinem Leben Gedanken über die Zukunft - über eine Zukunft noch dazu, die nichts zu tun hatte mit seinen eigenen Interessen oder Vergnügen. Fitzhugh Duvenay, das wußte er ganz genau, war ein Schurke, auch wenn er in der Maske eines Gentleman auftrat. Und es erschien ihm plötzlich grausam, diese junge Dame, die da neben ihm ging, wieder diesem Mann auszuliefern. Er hatte das Mädchen schon ausgenutzt, um auf höchst ungesetzliche Weise Geld von Lord Eastcott zu erpressen. Wenn seine finanzielle Lage wirklich so mißlich war, wie sie es angedeutet hatte, würde er sicher nicht zögern, bei Gelegenheit wieder Gebrauch von ihr zu machen.

Tarn fragte sich jedoch etwas irritiert, was er denn tun solle, um diese Angelegenheit in Ordnung zu bringen, und was ihn das überhaupt angehe. Er hatte dieses Kind ja gerade erst kennengelernt und nicht das geringste Recht, sich in ihre Angelegenheiten zu mischen. Also kam er zu dem Schluß, daß er wahrscheinlich aus einer Maus einen Elefanten mache und daß die Mutter des Mädchens sich sicher um sie kümmern werde, bevor ihr Vetter allzuviel Schaden anrichten könnte. Doch er nahm sich vor, Mr. Fitzhugh Duvenay bei der ersten Gelegenheit ein paar eindeutige Worte zu sagen betreffs seiner Verantwortung seiner jungen Verwandten gegenüber.

Er brauchte nicht lange auf diese Gelegenheit zu warten. Wenig später, als seine Karriole vor dem ›George‹ hielt, fiel sein erster Blick auf die beleibte Gestalt von Mr. Fitzhugh Duvenay, der vor der Eingangstüre stand und sehr aufgeregt zu sein schien.

»Mylord!« rief er aus und bemühte sich angesichts der Tatsache, daß seine Cousine in Begleitung des Marquis erschienen war, seine Fassung zu bewahren. Er ging auf die beiden zu. »Was soll ich von alldem halten? Ich komme hierher zurück und muß feststellen, daß meine Cousine verschwunden ist und Sie am Morgen nach ihr gefragt haben. Sind Sie denn den ganzen Tag über mit ihr zusammengewesen?«

Tarn lächelte. »So, ist sie auf einmal Ihre Cousine geworden?« fragte er spöttisch. »Ich glaube, gestern war sie noch Ihre Schwester, als Sie sie meinem Onkel vorstellten.« Er blickte den Wirt, der beim Geräusch des heranrollenden Wagens herbeigeeilt kam, etwas ungehalten an und sagte in scharfem Ton zu Mr. Duvenay: »Gehen wir hinein, damit wir uns unter vier Augen unterhalten können. Ich habe mit Ihnen zu sprechen.«

Mr. Duvenay richtete sich stolz auf, denn diese Worte klangen wie ein Befehl; als er jedoch Tarns grimmigen Ausdruck bemerkte, hielt er es für klüger, nichts zu sagen, und ging mit ihm in den Gasthof hinein, gefolgt von Victoire. Der Wirt, der den Marquis wieder unterwürfig begrüßt hatte, führte die drei auf den Wunsch Seiner Lordschaft in ein Nebenzimmer. Tarn schloß ohne viel Umstände die Tür hinter dem Wirt und wandte sich sofort Mr. Duvenay zu.

»Was zum Teufel haben Sie sich dabei gedacht, Sie Schwachkopf«, begann er mit einer Stimme, die Victoire zusammenfahren ließ, »als Sie versuchten, meinen Onkel reinzulegen?«
Mr. Duvenay hob mit einem Blick auf Victoire abwehrend seine feiste Hand.
»Mylord!« sagte er in tief gekränktem Ton. »Ich möchte Sie doch bitten, Ihre Sprache zu mäßigen. Denken Sie daran, daß Sie in Gegenwart eines unschuldigen Mädchens sprechen.«
Der Marquis, der offenbar in seinem Zorn Victoire vergessen hatte, blickte sich zu ihr um und sagte gebieterisch: »Was machen Sie denn hier? Gehen Sie in Ihr Zimmer!«
Victoire, die ihn erschrocken ansah, bemerkte zögernd, sie habe gedacht, es sei besser, wenn sie bliebe.
»Nein, das ist nicht besser!« erklärte Tarn grob und fügte ungeduldig hinzu: »Du lieber Gott, glauben Sie doch ja nicht, daß ich eine Kugel durch diesen dummen Kopf jagen werde! Und nun machen Sie, daß Sie wegkommen, bevor ich Sie hinauswerfe!«
Victoire, die genau wußte, daß der Marquis seine Drohung wahr machen würde, wenn sie nicht folgte, ging widerstrebend zur Tür. Aber sie drehte sich noch einmal um und sagte mit bedauernder Stimme: »Dann wünsche ich Ihnen einen guten Tag, Mylord, und - adieu, falls wir uns nicht mehr sehen sollten.«
Oben in ihrem Zimmer mußte sie nicht lange warten, um das Ergebnis der Auseinandersetzung zu erfahren. Was Seine Lordschaft Mr. Duvenay zu sagen gehabt hatte, war offenbar kurz und bündig gewesen, denn schon zehn Minuten später hörte sie, wie er unter ihrem Fenster nach seinem Reitknecht rief, und kurz darauf vernahm sie das Geräusch von Wagenrädern, als er mit seiner Karriole abfuhr. Einige Augenblicke später kam ihr Vetter zu ihr herauf; sein sowieso schon rosiges Gesicht war hochrot angelaufen; mit allen Anzeichen tiefster Gekränktheit rannte er unruhig im Zimmer auf und ab und stieß dabei finstere Verwünschungen gegen junge Tunichtgute aus.
Victoire saß ziemlich ungeduldig da und fragte ihn schließ-

lich ganz vernünftig, ob es denn nicht zu erwarten gewesen sei, daß Lord Tarn über diese Geschichte erbost sein werde. Mr. Duvenay blieb stehen und blickte sie an. »Erbost!« rief er entrüstet. »Wieso sollte er denn erbost sein? Er hat keinen Penny eingebüßt; aber was mich betrifft - ich bin ruiniert! Und was«, fuhr er fort, »was hast du dir eigentlich dabei gedacht, als du ihm verraten hast, wer du bist? Wenn du ihm gesagt hättest, daß du Miß Smith oder Miß Jones seist - jeder beliebige Name, nur nicht Duvenay, dann hätten wir unser Geschäft noch machen können! Aber nein! Zu all meinem Unglück bin ich auch noch mit einem dämlichen Weibsstück gesegnet, das nicht einmal genug Hirn hat, um an ihre eigenen Interessen zu denken.«
»Das ist mir gleich!« erklärte Victoire wenig reumütig. »Ich glaube, du hast mich angelogen, was Nancy betrifft, denn Lord Tarn sagt, daß er sie nicht zugrunde gerichtet hat, wie du mir erzählt hast, und ich glaube ihm. Und es wäre also nicht gerecht, wenn er dir Geld geben würde.«
»Du glaubst ihm!« Mr. Duvenay starrte sie ungläubig an. »Mein armes, getäuschtes Kind - du wirst doch nicht einem Mann wie Tarn Glauben schenken!«
»Doch, das tue ich«, erwiderte Victoire trotzig. »*Quant à ça* - er mag leichtsinnig sein, aber er lügt nicht, da bin ich mir ganz sicher. Und außerdem halte ich dieses Gespräch für äußerst überflüssig, *mon cousin.* Er wird dir kein Geld geben - *enfin,* was wollen wir nun tun? Nach Irland zurückkehren?«
»Nein!« fiel ihr Mr. Duvenay ins Wort. »Wenn er glaubt, daß er mich so unglaublich beleidigen kann und ungestraft davonkommt...«
»Aber, *mon cousin*«, erinnerte ihn Victoire etwas boshaft, »er ist doch viel jünger als du, und, glaube ich, auch viel stärker. Und wenn du dich mit ihm duellieren willst ... Du hast mir doch selbst gesagt, daß er schon viele Menschen erschossen hat! Das wäre doch sehr gefährlich, *n'est-ce pas?*«
»Duellieren? Wer hat denn etwas von duellieren gesagt?« erwiderte Mr. Duvenay unbehaglich. »Du bist wohl nicht ganz bei Sinnen, daß du überhaupt an so etwas denkst!« fuhr er gereizt fort. »Außerdem, wie sollte das meine Lage

bessern? Das würde mir keinen Penny einbringen, und ich brauche Geld - Geld, Mädchen! Ist es dir denn noch gar nicht in den Sinn gekommen, daß ich kaum genug in der Tasche habe, um wieder mit dir zurück nach Irland zu kommen?«

»Nun, wenn es dir um Geld geht - ich bin überzeugt davon, daß er dir nichts geben wird«, erwiderte Victoire bestimmt. »Und deshalb erscheint es mir viel besser, wenn wir sofort zurückfahren und uns das Ganze aus dem Kopf schlagen.«

»Ich habe dir gesagt: nein!« beharrte Mr. Duvenay. »Ich bin mit ihm noch nicht fertig, obwohl es ihm für diesmal gelungen ist, mich loszuwerden. Verdammt noch mal, er ist ein leichtfertiger junger Schnösel, und ich werde nicht . . .« Er blickte seine Cousine prüfend an. »Und was ist mit dir, mein Fräulein«, meinte er, plötzlich wieder etwas hoffnungsvoller, »hat er dir heute vielleicht ein zweideutiges Angebot gemacht? Du warst ja den ganzen Tag über mit ihm zusammen, nicht wahr? Bei Gott, wenn er versucht hat, dich zu . . .«

»Sei doch nicht so albern!« sagte Victoire ernst. »Er hat nicht versucht, mich zu irgend etwas Schändlichem zu überreden, wenn du darauf anspielst, und es ist *tout à fait* dumm von dir zu glauben, daß du ihn nun erpressen kannst, weil er vielleicht meinem guten Ruf geschadet hat!«

Mr. Duvenay hob bedauernd die Schultern. »Also gut«, gab er nach. »Dann lassen wir das eben. Doch wie dem auch sei«, fügte er finster hinzu, »er wird bluten müssen.« Er begann wieder, in dem niedrigen kleinen Zimmer auf und ab zu gehen, die Hände auf dem Rücken verschränkt. »Ich muß nachdenken«, erklärte er emphatisch. »Ein Plan - ich muß mir einen Plan ausdenken...«

»Ich glaube, du bist wirklich sehr albern«, wiederholte Victoire und schüttelte den Kopf. »Wie könntest du Lord Tarn dazu bringen, dir Geld zu geben, wenn er nicht will? *C'est ridicule!* Er wird es nicht tun, da bin ich mir ganz sicher.«

»Nein?« sagte Mr. Duvenay. Er blieb unvermittelt stehen, und seine Augen glänzten plötzlich hoffnungsvoll. »Nein?« fragte er mit völlig veränderter, fast triumphierender Stimme. »Das werden wir sehen, mein liebes Mädchen - das werden wir sehen. Gerade ist mir ein Gedanke gekommen, und wenn es mir gelingt, diesen Plan durchzuführen - woran ich absolut nicht zweifle -, dann ... Ein genialer Plan. Doch ich darf meine Zeit jetzt nicht mit müßigen Worten vergeuden«, unterbrach er sich aufgeregt. »Vielleicht plant dieser junge Tunichtgut gerade in diesem Augenblick, die Gegend hier zu verlassen, um nach London zu fahren oder nach Brighton.«

»Und warum sollte er nach London oder Brighton fahren?« fragte Victoire argwöhnisch. »Was hast du dir denn für einen Plan ausgedacht, *mon cousin?* Was hast du vor?«

Mr. Duvenay hob ungeduldig die Hand. »Mein liebes Kind, unterbreche mich nicht!« beschwor er sie. »Ich muß - ja, ich muß sofort mit Martin sprechen und dann ...«

»Mit Martin sprechen?« wiederholte Victoire verwundert und sprang auf. »Aber das ist doch dein Vetter, *n'est-ce pas?* Der, den du besucht hast? Warum mußt du denn schon wieder mit ihm sprechen?«

»Zum Glück«, murmelte Mr. Duvenay vor sich hin, ohne sie im geringsten zu beachten, »sind im Augenblick die Tage sehr lang, so daß ich noch vor Einbruch der Dunkelheit dort ankommen könnte. Ich muß sofort mit dem Wirt sprechen, ob ich seinen Einspänner mieten kann.«

»*Voyons* - du hast also vor, wegzufahren und mich hier allein zurückzulassen?« fragte Victoire und stellte sich schnell vor die Türe, als sie sah, daß er hinausgehen wollte. »Wann willst du denn wiederkommen?«

Mr. Duvenay blickte sie hochmütig an. »Mein liebes Kind«, sagte er, »ich werde zurückkehren, sobald es mir möglich ist; spätestens morgen mittag. Inzwischen wirst du hierbleiben und nicht, worauf ich mich fest verlasse, alleine in der Gegend herumspazieren, wie du es heute dummerweise getan hast. Und nun laß mich vorbei, wenn ich bitten darf, denn ich habe es eilig.«

»Und Lord Tarn? Was hat das alles mit ihm zu tun?« fragte Victoire beharrlich. »Warum mußt du fortfahren, wenn du doch zu ihm gehen willst?«

Zwei große plumpe Hände schoben sie grob beiseite, und Mr. Duvenay ging an ihr vorbei auf den Korridor.

»Ich werde nicht so dumm sein, dir das zu erzählen«, antwortete er. »Nachdem du heute durch dein völlig schwachköpfiges Verhalten alles verdorben hast! Nein, nein, laß mich nur machen, meine Liebe, und du wirst in Irland bald in Samt und Seide herumstolzieren!«

Er ging eilig den Korridor entlang, eine wichtigtuerische, überhebliche Person, und Victoire zog sich stirnrunzelnd in ihr Zimmer zurück, schloß die Türe und setzte sich hin, um nachzudenken.

Tiens, das gefällt mir gar nicht! sagte sie zu sich. Warum muß er jetzt zu seinem Vetter fahren, der, wie er sagt, ein sehr ehrenwerter, aber armer Mann ist, so daß er auf dem Gut von diesem Sir Anthony als Verwalter arbeiten muß. Und warum soll Lord Tarn nicht nach London oder nach Brighton? *Vraiment,* ich glaube, mein Vetter hat nichts Gutes vor, denn er ist wirklich sehr wütend auf ihn und auch enttäuscht, weil er ihm kein Geld geben will. Ihre Brauen zogen sich plötzlich zusammen. Vielleicht sollte ich ihn warnen . . . Nein! Sie schüttelte energisch den Kopf und errötete leicht. Er wird denken, daß ich das nur tue, um ihn wiederzusehen, und er will mich ja gar nicht sehen; da bin ich mir ganz sicher, denn als ich ihm adieu sagte, hat er mich nicht einmal angesehen. *D'ailleurs,* er ist sehr wohl in der Lage, auf sich selbst aufzupassen, und es ist nicht gerade wahrscheinlich, daß es jemandem wie meinem Vetter gelingt, Geld aus ihm herauszulocken. Sie holte tief Luft, und ihre Augen glänzten plötzlich. Wenn er weiß, daß ich noch hier bin, wird er vielleicht kommen, um mich zu besuchen, und dann kann ich ihn warnen. Vielleicht . . .

»Imbécile! Bête!« rief sie laut. Er ist ein großer Lord, und du bist eine Bettlerin, mit einem fetten, schurkischen Vetter! Du wirst hier nicht herumhocken und träumen! Das wirst du dir nicht erlauben! Ach was! Sie schüttelte den Kopf. Es wäre für mich sicher viel besser, wenn ich wieder bei Madame Rollon wäre, dachte sie verzagt.

6

»Und was«, fragte Lady Eastcott und blickte etwas unwillig zu Tarn, der sich in der Bibliothek von Eastcott Park an den grünen Wedgwood-Kamin lehnte, »was soll ich Eastcott sagen, wenn er kommt?«

»Sagen Sie ihm, ich sei am Morgen nach London gefahren«, schlug Tarn vor. »Das ist wahrscheinlich alles, was er hören will.«

Lady Eastcott wunderte sich, warum einige Leute diesen Jungen mit dem scharfgeschnittenen Gesicht, dem großen, geschwungenen Mund und den schwerlidrigen Augen für unsympathisch hielten. Die arme kleine Nancy Duvenay hat jedenfalls anders empfunden, dachte sie sich, und als sie an das nicht gerade beneidenswerte Schicksal des jungen Mädchens dachte, sagte sie schließlich mit einigem Ernst: »Ich glaube, Lewis, es ist wirklich nicht zuviel verlangt, wenn wir erwarten, daß du uns von dieser ganzen Angelegenheit Näheres erzählst. Hast du denn gar nichts für das arme Ding getan?«

»Gar nichts, Madam«, erklärte Tarn und überhörte den Tadel in ihrer Stimme. »Um die Wahrheit zu sagen, ich finde, daß weder mein Onkel noch Sie sich noch weiter um diese Angelegenheit kümmern sollten.«

»Da bin ich aber ganz anderer Ansicht«, erhob Lady Eastcott Einspruch. »Mir tut dieses arme Mädchen schrecklich leid. Hast du sie denn gestern nicht selbst gesehen? Sicherlich mußt auch du gespürt haben . . .«

Tarn hob ärgerlich die Hand. »O ja, ich habe sie gesehen«, sagte er. »Aber wie soll ich ihre Lage ändern, Madam, wenn ich sie nicht heirate - was wahrscheinlich nicht einmal Sie für wünschenswert hielten.«

Miß Standfield, die eben den Raum betreten und die letzten Worte des Gesprächs gehört hatte, bemerkte gelassen, es

könne kein Zweifel daran bestehen, daß eine Heirat für ihn äußerst segensreich wäre. »Wenn auch etwas strapaziös für die junge Frau an deiner Seite«, fuhr sie fort. »Denn ich glaube kaum, daß sie ein sehr angenehmes Leben haben wird - es sei denn, du würdest dich an eine etwas weniger aufregende Lebensweise gewöhnen.«
»Ich habe nicht die Absicht zu heiraten, Madam, also brauchen Sie an diese fiktive Dame keine Anteilnahme zu verschwenden«, gab Tarn zurück. »Ich gehe jetzt. Tante Amelia, Ihr Diener, Tante Eleanor, Ihr sehr gehorsamer . . .«
Liebenswürdig meinte Miß Standfield: »Du brauchst nicht auch noch sarkastisch zu werden, Lewis. Ich schätze, daß zumindest Mr. und Mrs. Timbs über deine Abreise froh sein werden, denn so können sie mit dem Rest des Hauses allmählich weiter verfallen. Es wird dich zweifellos enttäuschen zu erfahren, daß deine Mutter den beklagenswerten Zustand von Tarn House nie mit eigenen Augen gesehen hat. All deine Bemühungen, das Haus so entschlossen dem Verfall preiszugeben, waren also vergebens.« Sie blickte auf und nickte ihm freundlich zu; was sie gesagt hatte, erfüllte Tarn halb mit Verärgerung, halb mit Bewunderung, da es einen Scharfblick verriet, den er bei seinen anderen Verwandten vermißte.
Seine Laune wurde bei seiner Rückkehr nach Tarn House nicht besser, denn dort erwartete ihn eine Nachricht, die während seiner Abwesenheit von einem Bediensteten des ›George‹ abgegeben worden war; er riß den Umschlag ungeduldig auf und erwartete neuerliche Forderungen und Drohungen von Mr. Duvenay, doch zu seiner nicht geringen Überraschung war es der Name Victoire Duvenay, der unten auf der Seite stand.
Die Nachricht selbst war sehr kurz:

»Mylord,
ich zögere, mich an Sie zu wenden, aber da ich sonst keinen Rat weiß, wage ich es doch. Bitte seien Sie so liebenswürdig und kommen Sie heute abend um zehn Uhr auf den Feldweg hinter dem ›George‹. Ich werde Ihnen alles erklären. Bitte kommen Sie! Ich bin verzweifelt.«

Tarn runzelte die Stirn. Einen Augenblick war er zynisch genug anzunehmen, daß die kleine Miß Duvenay doch nicht so unschuldig sei, wie sie ihm am Tag zuvor erschienen war. Doch bei der Erinnerung an die großen haselnußbraunen Augen verbannte er diese Idee fast augenblicklich aus seinem Kopf. Es war viel wahrscheinlicher, daß ihr schurkischer Vetter sie in eine äußerst mißliche Lage gebracht hatte, wegen der Rolle, die sie bei der Aufdeckung des Erpressungsmanövers gespielt hatte. Vielleicht hatte sie sich nun einen Plan ausgedacht, um von ihm fortzukommen, und hatte sich deswegen an Tarn gewandt.

Und wenn er ihr nun helfen würde? Ich könnte ihr keinen schlechteren Gefallen tun, dachte er sich grimmig. Das Mädchen ist nicht ganz bei Sinnen, so etwas überhaupt in Erwägung zu ziehen. Oder sie ist ganz einfach verängstigt oder zu naiv, um zu erkennen, was es für Folgen haben würde, wenn der Marquis von Tarn sich in ihre Angelegenheiten mischte.

Er hatte plötzlich das Bedürfnis, Miß Duvenay übers Knie zu legen, um ihr ein bißchen Vernunft beizubringen - eine Prozedur, die zwar sicherlich ihre Lage nicht verbessern, ihn jedoch erleichtern würde.

Auf jeden Fall mußte er aber abends zum ›George‹ gehen, um sich zumindest anzuhören, was die Kleine ihm zu sagen hatte. Es wäre immerhin möglich, daß dieser selbstsüchtige Schurke Duvenay sie in dem Gasthof zurückgelassen hatte. Obwohl er für diesen Fall nicht einsah, warum seine Unterredung mit ihr heimlich und zu so fortgeschrittener Stunde stattfinden mußte. Nein, es war viel wahrscheinlicher, daß Duvenay in seiner Wut über das Mißlingen seines Plans irgendwelche Drohungen ausgestoßen hatte. Und in diesem Fall könnten einige wohlgezielte Äußerungen Seiner Lordschaft ihn vielleicht dazu bewegen, mit seiner jungen Verwandten etwas sanfter umzugehen.

Am Abend war es bewölkt, aber milde, und um halb zehn verließ Tarn sein trostloses Heim, um sich zu dem Rendezvous mit Victoire zu begeben. Es war Neumond, doch Tarn, der in dieser Gegend aufgewachsen war, kannte hier jeden Strauch und Baum und ging sicheren Schrittes zu

dem kleinen Feldweg hinter dem ›George‹, den Victoire als Treffpunkt vorgeschlagen hatte.
Der Weg war von dichten Bäumen überwachsen, und als er ihn erreicht hatte, empfing ihn der schaurige Schrei einer Eule. Der Marquis, der mit seinen Gedanken woanders war, bemerkte dies gar nicht. Als aber einen Augenblick später der Antwortruf ertönte, wurde er plötzlich hellwach. Er drehte sich rasch um und vernahm im gleichen Augenblick Schritte hinter sich; noch ehe er wußte, was los war, hatte er von einer dunklen Gestalt, die plötzlich zwischen den Bäumen auftauchte, einen heftigen Schlag auf den Kopf erhalten.
Zum Glück - denn der Schlag war offenbar nicht mit der Faust, sondern mit einem Holzprügel ausgeführt worden - dämpfte sein Zylinder die Wucht des Hiebs, so daß er auf den Beinen blieb und sich sofort umdrehte, um seinen Angreifer zu stellen. Der Marquis, der für sein sportliches Geschick bekannt war, ließ sich nicht so leicht überwältigen, auch wenn er jetzt etwas benommen war. Er ergriff mit kräftigen Armen die schattenhafte Gestalt vor sich und stieß sie unsanft in die Büsche.
Doch fast im gleichen Augenblick wurde er erneut von hinten her angegriffen. Er drehte sich schnell nach der zweiten Gestalt um, die noch breiter und kräftiger gebaut zu sein schien als die erste. Mit einem gezielten Kinnhaken sandte er sie zu Boden, doch in diesem Augenblick hörte er eine Stimme aus den Büschen: »Jem - Jem! Komm schnell hierher!«
Jetzt folgte ein heftiges Handgemenge, denn der erste Angreifer stürzte sich noch einmal auf Tarn, und es gelang ihm, diesen festzuhalten, so daß der andere ihm einige kräftige Hiebe verpassen konnte. Und obwohl Tarn sich noch einmal losmachte und einen der Männer mit Wucht von sich stieß, sah er sich sofort wieder einem anderen gegenüber, und er bekam gleichzeitig mit einem schweren Gegenstand einen so kräftigen Schlag von hinten, daß er auf der Stelle umfiel. Als er versuchte, wieder auf die Beine zu kommen, hörte er eine heisere Stimme keuchen: »Gib's ihm noch mal, Jem! Los, hau ihm noch mal eins drüber!«

Und bei diesem zweiten kräftigen Schlag fiel er in eine tiefe Bewußtlosigkeit.

Als er wieder zu sich kam, hatte er das Gefühl, daß sich alles um ihn drehte, und es dauerte eine Weile, bis er merkte, daß er in einem Gefährt lag, das über eine Straße holperte. Als er sich bewegen wollte, stellte er fest, daß er auf der Seite lag und an Händen und Füßen gefesselt war. Jetzt wurde ihm auch klar, warum ihm das Atmen so schwerfiel: Man hatte ihm einen Knebel in den Mund gesteckt und einen Sack über den Kopf gestülpt.
Als das wackelige Gefährt einen plötzlichen Ruck machte und sein schmerzender Kopf herumgeschleudert wurde, verlor er wieder das Bewußtsein. Er kam nicht so schnell wieder zu sich und war daher auch kaum in der Lage, sich über den Zusammenhang zwischen seinem gegenwärtigen Ungemach und Miß Duvenays flehendem Brief Gedanken zu machen.
Erst allmählich erinnerte er sich: Drei Männer - es mußten drei gewesen sein; der dritte war zweifellos jener unsichtbare ›Jem‹, der ihm schließlich den endgültigen *coup de grace* versetzt hatte - waren auf dem Feldweg hinter dem ›George‹ über ihn hergefallen und hatten ihn in dem Karren, in dem er jetzt lag, weggebracht. Es bestand für ihn kein Zweifel, daß Mr. Fitzhugh Duvenay sie angeheuert hatte oder daß Mr. Duvenay seine anscheinend ahnungslose Cousine zum zweiten Mal benutzt hatte, um den Marquis in eine Falle zu locken. Und diesmal, so schien es, zu dem Zweck, ein Lösegeld aus ihm herauszupressen.
Er kam jedoch gar nicht dazu, sich länger diesen Überlegungen hinzugeben, denn kaum hatte das Gefährt gehalten, da wurde der rauhe Sack, den man über sein Gesicht gestülpt hatte, weggerissen und eine heisere Stimme, die er schon einmal vernommen hatte, befahl dem Mann namens Jem: »Paß auf und nimm seine Beine!«
Im gleichen Augenblick wurde er von seinem unbequemen Lager gehoben und fortgetragen. Er spürte nun die frische Nachtluft auf seinem Gesicht und erwachte allmählich aus seiner Benommenheit; plötzlich hörte er das Rauschen und

Murmeln von Wasser und spürte Salzgeruch. Er schloß daraus, daß sie am Meer waren. Einen Augenblick lang befürchtete er, daß die Leute ihn an Bord eines Schiffes schaffen und ins Ausland bringen würden, um jede Suche, die nach ihm angestellt werden würde, vergeblich zu machen. Doch bald merkte er, daß sie etwas anderes mit ihm vorhatten. Denn jetzt hatte er das Gefühl, eine Treppe hinuntergetragen zu werden. Eine Tür ging kreischend auf, und im nächsten Moment wurde er auf einen harten Boden geworfen, was ihn auf grausame Weise an seinen schmerzenden Kopf erinnerte. Eine warnende Stimme über ihm sagte: »Halt! Jetzt aber genug. Wenn er nicht schon tot ist, hat ihm das den Rest gegeben. Nimm lieber das Taschentuch aus seinem Mund, Jerry, und laß ihn richtig atmen.«
Tarn öffnete die Augen, ignorierte einfach, daß alles um ihn herum noch schwankte, und blickte beim Licht einer Laterne in die Gesichter von zwei stämmigen Burschen in Wollzeug und Stiefeln. Er schien sich in einem kleinen Kellerraum zu befinden, und als er den Kopf langsam hob, stellte er fest, daß der Verschlag bis auf einige zerbrochene Möbelstücke, Säcke und Seilrollen leer war.
Die Lebenszeichen, die er von sich gegeben hatte, schienen den jüngeren der beiden Männer zu beruhigen, denn er sagte erleichtert: »Es hat ihn also doch nicht erwischt - und das ist gut so.« Dann kniete er nieder, um den Knebel aus Tarns Mund zu nehmen.
»Aber binde ihn nicht los«, warnte der andere. »Er ist zu allem fähig, und ich habe keine Lust, daß er mir noch mal eins überzieht.«
Der andere hatte inzwischen aus seiner Manteltasche eine Flasche gezogen und hielt sie an Tarns Mund, so daß er trinken konnte. Tarn trank, schmeckte guten französischen Cognac und brachte ein grimmiges Lächeln zustande.
»Das ist es also!« sagte er. »Schmuggler. Was zahlt Duvenay euch für diesen Streich?«
Der Mann, den sie Jem nannten, blickte ihn erschrocken und etwas überrascht an, doch der andere empfahl Tarn lediglich, seinen Atem nicht zu verschwenden, da es niemanden interessiere, was er zu sagen habe. Er müsse nur eines

wissen: Je schneller seine Verwandten zahlen würden, desto schneller käme er auch wieder frei.
»Sie meinen - Lösegeld?« fragte Tarn, der seinen Verdacht bestätigt sah. Doch der größere Mann bedeutete dem anderen mit einer Handbewegung, zur Türe zu gehen, folgte ihm mit der Laterne und ging hinter ihm hinaus. Tarn hörte, wie sich ein Schlüssel im Schloß drehte. Eine ziemlich unnötige Vorsichtsmaßnahme bei seinem gegenwärtigen Zustand, dachte er bitter. Und dann war er allein in der dumpfen Schwärze seines Kellergefängnisses, allein mit einer Ratte, deren raschelndes Herumhuschen die Stille um ihn durchbrach.

7

Er wußte nicht, wie lange er dort gelegen hatte, als er wieder das Geräusch des Schlüssels hörte. Er war immer noch ganz benommen und kämpfte mit Mühe gegen die Bewußtlosigkeit an. In diesem Zustand - sein Kopf dröhnte heftig, seine Glieder waren ganz steif und taub - kam es ihm so vor, als habe es eine Ewigkeit gedauert. Er hörte, wie die Tür einen Spalt aufging; ein Lichtstrahl fiel auf den Boden. Dann drang Victoires Stimme, die ziemlich atemlos klang, an sein Ohr.

»*Mon Dieu!* Haben Sie das gehört, Monsieur? Da ist doch jemand im Hof?«

Er hörte eine männliche Stimme fluchen und das Geräusch von schweren Schritten, die eine Treppe hinaufliefen. Im nächsten Moment wurde die Tür etwas weiter geöffnet, und Victoire schlüpfte, eine Kerze in der Hand, in den Keller. Tarn nahm alle seine Kräfte zusammen, um sie angemessen zu begrüßen. »Ein unerwartetes Vergnügen, meine Liebe«, sagte er mit beißender Höflichkeit. »Ich muß gestehen, daß ich Ihren Besuch hier nicht erwartet habe!«

Victoire schien ihn gar nicht zu hören. Sie ging schnell auf ihn zu, kniete neben ihm nieder und setzte die Kerze auf den Boden.

»*Nom de Dieu,* was haben die mit Ihnen gemacht!« flüsterte sie entsetzt.

Tarn, den ihre scheinheilige Besorgtheit erboste, versuchte, sich aufzurichten, doch ihm wurde sofort übel, er mußte sich abwenden und sich erbrechen.

»*Voyons!*« sagte Victoire empört. »Diese Scheusale! Sie so zu behandeln!« Sie nahm ihr Taschentuch heraus und begann sorgsam das schweißgebadete Gesicht Seiner Lordschaft abzuwischen. »Wenn ich doch nur diese schrecklichen Fesseln aufkriegen könnte!«

»Weshalb sollten Sie denn nicht können?« fragte Tarn. »Das wäre immerhin eine kleine Entschädigung für Ihre verdammte Gaunerei!«
Victoire blickte über ihre Schulter ängstlich zur Türe. »Nein, nein«, flüsterte sie atemlos. »Er wird sofort zurückkommen. Doch ich werde später wiederkommen - bestimmt!«
Noch bevor er etwas erwidern konnte, war sie aufgesprungen und wandte sich mit gespielter Arglosigkeit Jem zu, der gerade den Keller betrat.
»Da war niemand, Miß«, sagte er und blickte mißtrauisch erst sie und dann Tarn an. »Sie haben doch nichts mit den Fesseln gemacht, oder?« fragte er.
»Aber nein«, erwiderte Victoire geringschätzig. »Der ist gar nicht glücklich, mich zu sehen - *enfin,* es war ihm furchtbar übel, und das geschieht ihm ganz recht! Vielleicht wird er sogar sterben, denn er sieht wirklich sehr bleich aus. Ich habe nämlich Erfahrung in derlei Dingen, und ich kann Ihnen sagen, daß das durchaus nicht ausgeschlossen ist! Mir liegt ja nichts daran, aber es scheint mir - wenn er überleben soll - doch besser zu sein, wenn Sie ihn losbinden, damit er nicht länger auf dem nassen Boden liegen muß.«
Jem blickte zweifelnd auf Tarn nieder.
»*Allons,* er ist geschwächt und elend, und Sie haben eine Pistole«, rief Victoire zornig, drehte ihm den Rücken zu und ging zur Türe. »Nicht einmal ich hätte Angst vor ihm, wenn ich eine Pistole hätte.«
Jem zögerte noch einen Augenblick, beugte sich dann aber doch nieder und löste die Fesseln an Tarns Beinen.
»Nun gut«, sagte er. »Jetzt ist es schon etwas gemütlicher, und da Ihre Hände noch gefesselt sind, werden Sie uns auch keinen Ärger machen können.«
Dann nahm er die Laterne auf und folgte Victoire aus dem Keller.
Tarn war eine Zeitlang damit beschäftigt, seine steifen Glieder wieder beweglich zu machen, und es gelang ihm schließlich, aufzustehen. Mühsam tastete er sich zur Tür, stellte aber fest, daß sie sehr stabil war und er sie in seinem

gegenwärtigen Zustand nicht aufbrechen konnte. Und in dem Verschlag schien, soweit er vorher hatte sehen können, nichts herumzuliegen, womit er die Fesseln lösen könnte. Der Strick war über seinen Handgelenken so fest geknotet, daß er sie unmöglich bewegen konnte. Außerdem hatten sie ihm die Hände auf dem Rücken zusammengebunden; er konnte also auch nicht versuchen, die Fesseln mit seinen Zähnen zu lösen.
Seine einzige Hoffnung lag in Victoires Versprechen, wiederzukommen, doch er wußte nicht, ob er sich darauf verlassen konnte.
Wohl schien sie zuerst - als sie ihn dort gefesselt und zusammengeschlagen auf dem Boden liegen sah - einige Reue empfunden zu haben über die Rolle, die sie bei alldem gespielt hatte, doch offenbar waren alle Gefühle dieser Art schnell geschwunden, denn sie hatte über seine mißliche Lage sogar triumphiert. Kein Zweifel, so dachte er mit Bitterkeit, sie war so wankelmütig wie jede andere Frau.
Doch er mußte sehr bald feststellen, daß er Miß Duvenay in dieser Hinsicht unrecht getan hatte. Denn plötzlich hörte er wieder das Geräusch des Schlüssels; die Tür ging auf und Victoire erschien. Sie trug eine Laterne, die sie sofort auf dem Boden absetzte, und als sie auf ihn zukam, sah er das Blitzen eines Messers, das sie aus den Falten ihres Rockes holte. Einen Augenblick wurde er von Panik ergriffen und glaubte, sie sei nur gekommen, um ihn zu töten. Er versuchte aufzustehen, um sich zu wehren, aber er hörte sofort ihre atemlose und ungeduldige Stimme: »Drehen Sie sich um! Ich kann doch sonst die Fesseln nicht durchschneiden. Los, wir müssen schnell machen! Es dauert wahrscheinlich nicht lange, bis die entdecken, daß der Schlüssel nicht mehr da ist!«
Er drehte sich folgsam um und sagte mit hörbarer Erleichterung: »Also sind Sie doch gekommen! Ich habe Sie in den vergangenen Stunden zum Teufel gewünscht, aber anscheinend habe ich Ihnen damit unrecht getan!«
Sie hörte gar nicht auf seine Worte, denn sie mußte all ihre Kräfte aufbieten, um die Stricke so schnell wie möglich durchzuschneiden.

»Können Sie gehen?« fragte sie besorgt, als die Fesseln herabfielen und er versuchte, seine Arme zu bewegen. »Sie sind noch immer sehr blaß und außerdem am Kopf verletzt.«
»Ja. Es geht ganz prächtig«, sagte er allzu zuversichtlich, denn schon im nächsten Moment merkte er, daß ihn selbst die paar Schritte zur Tür hin schwindeln machten; er mußte schnell an der Wand Halt suchen. »Verdammt noch mal!« stieß er hervor. »Wo bin ich denn überhaupt, und wie weit muß ich gehen, um diesen Burschen zu entkommen?«
»Aber Sie können so nicht gehen - *cela se voit!*« rief Victoire erschrocken. Sie blickte ihn besorgt an. »Wenn Sie reiten könnten - im Stall ist ein Pferd . . .«
»Kann ich das denn riskieren? Das werden sie doch bestimmt hören!«
»Ich glaube nicht. Sie haben alle viel getrunken und nun schlafen sie. Daher konnte ich auch den Schlüssel stehlen.«
»Nun, ich werde, wenn Sie nichts dagegen haben, auf jeden Fall dieses Messer nehmen«, erwiderte Tarn grimmig. »Sollten sie doch aufwachen, habe ich nicht die Absicht, mich wieder einsperren zu lassen.«
Er stieg mit ihrer Hilfe die Treppe hinauf, und sie kamen durch eine Hintertür ins Freie. Tarn stellte fest, daß sie vor einer niedrigen, kleinen Hütte standen - die einzige Behausung weit und breit, die man in der Dunkelheit erkennen konnte. Sie stand am Ende eines schmalen Feldweges, der über die Dünen vom Meer weg führte. Nirgendwo war Licht zu sehen.
»Wo ist das Pferd?« fragte Tarn und stellte zu seinem Ärger fest, daß die kühle Nachtluft, anstatt ihn zu erfrischen, seinen Kopf nur noch mehr schmerzen ließ, so daß er kaum zwei zusammenhängende Gedanken fassen konnte.
»Es ist dort im Stall«, entgegnete Victoire. Sie deutete auf einen kleinen, baufälligen Bretterverschlag am Ende des Hofes. »Aber wir werden die Laterne brauchen.«
Sie lief in den Keller zurück, um sie zu holen, und war vorsichtig genug, die Türe hinter sich zu verschließen, ehe sie wieder die Treppe hinaufging. Sie sah, daß Tarn sich an die Außenwand des Stalles gelehnt hatte und sich offensicht-

lich kaum auf den Beinen halten konnte. »*Mon Dieu,* wie wollen Sie denn in dem Zustand reiten?« fragte sie erschrokken. »Das Pferd ist wahrscheinlich ein alter und frommer Gaul, aber wenn Sie bewußtlos werden, können Sie sich zu Tode stürzen.«
Er nahm sich zusammen und versuchte, sie zu beruhigen. »Unsinn! Es wird schon gehen«, brachte er mühsam hervor.
Sie antwortete nicht, sondern blickte ihn im Licht der Laterne prüfend an und schlüpfte dann in den Stall. Er hörte ein leises Wiehern und die Geräusche von einem Pferd, das sich in der Gegenwart eines Fremden unruhig bewegte. Nach kurzer Zeit erschien Victoire wieder; sie hatte die Laterne jetzt gelöscht und führte ein großes, grobknochiges Tier am Zügel, dem es gar nicht zu passen schien, zu so ungewöhnlicher Stunde im Schlaf gestört zu werden. Sie führte es zu einem Holzklotz, der wohl zum Aufsteigen diente, und bevor Tarn wußte, was eigentlich los war, stieg sie schnell auf den breiten Rücken des Pferdes.
»Ich reite mit Ihnen«, erklärte sie, als er sie erstaunt anblickte. »Kommen Sie, bitte!« fügte sie befehlend hinzu. »Können Sie hinter mir aufsteigen? Ich hatte keine Zeit, das Pferd zu satteln. Wenn sie uns finden, sieht es böse aus für uns.«
»Ja, aber . . .«
Sie sagte ungeduldig: »Sie können nicht allein reiten, Mylord. Es ist eine *bêtise,* wenn Sie das Gegenteil behaupten. *Ainsi donc* - ich nehme die Zügel. Sie halten sich an mir fest und können dann nicht herunterfallen.«
Tarn wußte, daß er unter normalen Umständen Miß Duvenay nicht erlaubt hätte, eine solche Torheit zu begehen und mit ihm zu kommen. Doch in seinem gegenwärtigen Zustand mußte er nachgeben, denn sie hatte recht: Er konnte allein nicht fliehen. Die drei Männer hatten ihm zu übel mitgespielt, als daß er sich innerhalb einiger Stunden davon hätte erholen können.
Ein weiterer, halb ängstlicher, halb ungeduldiger Befehl von Victoire, und er ging zu dem Pferd hin. Mit einiger Mühe gelang es ihm, aufzusteigen.
»Und Sie dürfen nicht in Ohnmacht fallen, Mylord«, hörte

er eine ernste Stimme vor sich. »Um alles andere kümmere ich mich, aber dafür müssen Sie selbst sorgen!«
Trotz seines schmerzenden Kopfes brachte er ein Grinsen zustande. »Kleine Amazone!« sagte er. »Gut, ich werde Sie nicht enttäuschen.«
»*Bien,* dann los!« Im nächsten Augenblick zottelten sie langsam davon, den Weg entlang, der vom Meer fortführte.
»Wo sind wir?« fragte er. »Ich kenne diese Gegend hier nicht.«
Victoire schüttelte den Kopf. »Ich weiß es auch nicht«, meinte sie. »Ich weiß nur, daß wir am Meer sind. Als Fitzhugh mich hierherbrachte, war es schon dunkel. Es ist eine sehr einsame Gegend, wie Sie sehen. Bis zum ›George‹ sind es von hier aus drei Stunden - das ist alles, was ich Ihnen sagen kann.«
»Drei Stunden!« stieß Tarn hervor. »Teufel noch mal!« Er blickte auf das flache Land um sich, die weite, öde Marsch, die nur von ein paar Dornsträuchern, Weiden und langen Deichen aufgelockert wurde. »Die Marschen, natürlich!« murmelte er, mehr zu sich selbst als zu Victoire. »Du guter Gott, ich glaube, die haben mich nach Kent gebracht.« Er runzelte die Stirn, versuchte sich zu konzentrieren und sagte schließlich mit schwacher Stimme: »Es ist besser, wir halten uns am Meer - wir könnten in der Nähe von Lydd oder New Romney sein. Auf jeden Fall sollten Sie mich im nächsten Haus absetzen, das wir sehen, denn ich glaube nicht, daß ich sehr weit reiten kann.«
Sie drehte sich besorgt nach ihm um. »Nein - bitte!« antwortete sie. »Wir dürfen so bald nicht haltmachen und nicht so nahe am Meer. Diese Leute sind Schmuggler, und Fitzhugh hat mir gesagt, daß sie hier an der Küste viele Freunde haben. Sicher werden diese Freunde Ihnen nicht helfen, wenn sie hören, was Ihnen zugestoßen ist.«
»Wahrscheinlich nicht«, stimmte Tarn zu. »Es gibt wahrscheinlich wenig Leute hier an der Küste, die mit diesen Herrschaften nicht in der einen oder anderen Weise zu tun haben. Doch wie konnte sich Ihr Vetter so schnell mit diesen Gaunern in Verbindung setzen?«
»Er hat einen Vetter, der bei einem Gutsherrn Verwalter ist

und hier in der Nähe lebt; selbst sehr ehrenwerte Leute wissen von den Schmugglern und haben auch mit ihnen zu tun, weil sie ihren Cognac kaufen wollen, den sie von Frankreich mitbringen. Stimmt das?«

»Stimmt genau.« Tarn lächelte. »Wollen Sie damit etwa sagen, daß dieser Vetter wußte, warum Mr. Duvenay sich mit diesen Kerlen treffen wollte?«

»*Mais non!* Er ist ein durch und durch anständiger Mensch, sagt Fitzhugh. Ich bin sicher, daß er nichts davon wußte und Fitzhugh ihm etwas vorgelogen hat.«

»Und Duvenay selbst - wo ist er jetzt?« fragte Tarn. »Hinten im Haus, bei den andern?«

»Ja. Er hat auch sehr viel Cognac getrunken, und nun schläft er. Der Mann, den sie Nate nennen, ist zurück nach Eastcott Park, um das Geld zu kassieren, das Ihr Onkel zahlen soll, wenn er erfährt, daß Sie in der Hand dieser Leute sind.« Dann fügte sie hinzu: »Werden Sie herunterfallen, wenn ich das Pferd etwas schneller laufen lasse?«

»Und Sie?«

»Aber nein! Papa hat mir das Reiten gut beigebracht.«

»Ja, das glaube ich«, murmelte Tarn, der selbst merkte, wie sicher sich die kleine Gestalt vor ihm auf dem erbärmlichen Pferd hielt. »Los! Ich werde Sie vorher warnen, wenn ich es nicht mehr schaffe.«

Sie spornte das müde dahinzockelnde Tier mit ihren Hakken an; Tarn fuhr es wie tausend Nadelstiche durch den Kopf. Sie waren jetzt auf einem steinigen, gewundenen Weg und hofften, daß dieser sie zu einem Dorf oder wenigstens zu einem einsamen Bauernhaus bringen würde. Doch sie stellten bald fest, daß Mr. Duvenay den Rat seiner Genossen befolgt und für seine Unternehmung eine der einsamsten Gegenden an der Küste ausgesucht hatte.

Victoire trieb das Pferd stetig voran, etwas verzweifelt, denn sie merkte am Schweigen ihres Begleiters, daß er heftig mit sich kämpfen mußte, um überhaupt bei Bewußtsein zu bleiben.

Schließlich begann es zu dämmern und sie wußte, daß das Tageslicht neue Probleme mit sich bringen würde, denn nun würden etwaige Verfolger sie schon von weitem sehen.

Sie konnte nur hoffen, daß ihr Vetter und die Männer, die er angeheuert hatte, so viel getrunken hatten, daß sie noch weit in den Morgen hinein schlafen würden. Doch wenn dies nicht der Fall wäre und sie entdeckten, daß ihr Gefangener entkommen war, würden sie sicher die Verfolgung aufnehmen, und dabei würden sie beide - ein Mädchen und ein halb bewußtloser Mann - den kürzeren ziehen.
Dieu me sauve! dachte sie in ihrer Panik. Ich muß unbedingt ein Haus finden! Und tatsächlich war, wie als Antwort auf ihr Stoßgebet, plötzlich hinter einem dichten Ginstergebüsch ein schwacher Lichtschein zu sehen. Sie zog die Zügel an und stellte fest, daß ein schmaler Fahrweg in Richtung auf das Licht abzweigte, und da sie glaubte, sie seien endlich auf ein Bauernhaus oder eine Schäferhütte gestoßen, lenkte sie das Pferd auf diesen Weg.
Tarn, der sich etwas aufrichtete, als er den Richtungswechsel bemerkte, fragte sie benommen, was sie vorhabe.
»Ich habe ein Haus gesehen«, antwortete sie. »Die Leute dort werden uns bestimmt aufnehmen, und dann sind Sie in Sicherheit, *n'est-ce pas?*«
»Wenn sie uns nicht für Vagabunden halten und uns wegjagen«, meinte Tarn skeptisch. »Wir sehen vermutlich etwas merkwürdig aus, und in dieser Gegend sind die Leute sehr mißtrauisch Fremden gegenüber!«
»O nein!« sagte sie entsetzt. »Das würden sie nie tun!«
Doch genau das war in der Tat die Absicht der Bauersfrau, als die beiden seltsamen Reiter vor ihrem Haus erschienen. Ihre erste Reaktion war es, den beiden Fremden die Tür vor der Nase zuzuschlagen, als sie so plötzlich aus der grauen Dämmerung auftauchten. Ihre zweite war es dann, ihren Mann herbeizurufen. Kurz darauf streckte dieser seinen Kopf aus einem der Fenster; in der Hand hielt er eine altertümliche Vogelflinte und erklärte ihnen in unmißverständlicher Weise, daß sie schleunigst verschwinden sollten.
»Aber Sie können uns doch nicht einfach fortschicken!« rief Victoire entrüstet aus. »Der Herr ist schwer verletzt!«
»Betrunken wie nur was, alle beide!« keifte die erboste Bauersfrau hinter dem breiten Rücken ihres Mannes hervor. »Und ich wette, daß sie das Pferd gestohlen haben,

denn es hat nicht einmal einen Sattel. Knall ihnen eins über, Jeremiah, wenn sie näher kommen.«

Die eindringlichen Bitten Victoires konnten die Frau nicht von ihrer Harmlosigkeit überzeugen, und da Tarn sich nicht in den Disput einmischte, mußte Victoire annehmen, daß er im Augenblick nicht die Kraft dazu hatte.

In ihrer Verzweiflung fragte sie schließlich: »Können Sie mir dann vielleicht sagen, ob hier in der Nähe ein Gasthaus ist, wo ich ihn hinbringen kann? *Mon Dieu,* er braucht Hilfe!«

»Aha, sie ist eins von diesen fremden Weibern, jetzt hab ich's«, rief die Bauersfrau geringschätzig. »Schamloses Flittchen! Einfach zu dieser Tageszeit mit ihrem Kerl übers Land zu ziehen! Eine Tracht Prügel wäre die richtige Medizin für dieses Gesindel!«

Doch ihr Mann, der davon nicht so überzeugt zu sein schien, erklärte ihnen schließlich, daß der nächste Ort, Fairford, nicht weit weg sei, nur ein kleines Stück die Straße hinauf. Dies löste eine neuerliche Schimpfkanonade seitens seiner Frau aus, diesmal an ihren Mann gerichtet, weil er solchen Leuten, die alle eingesperrt gehörten, auch noch den Weg zeige.

Dann zog sie ihn ins Haus zurück und schlug das Fenster zu; Victoire gab es auf und lenkte das Pferd wieder zur Straße hin.

»Tut mir leid«, hörte sie Tarns schwache Stimme hinter sich. »Ich bin Ihnen nicht sehr nützlich. Es ist . . .«

»Versuchen Sie nicht zu sprechen«, sagte Victoire und bemühte sich, unbekümmert zu klingen. »Diese Frau ist eine *imbécile;* doch ganz in der Nähe ist ein Dorf, wie der Mann sagte. Wir werden dorthin reiten, und dann sind Sie in Sicherheit.«

Er gab keine Antwort, und sie konnte nur hoffen, daß er nicht wieder bewußtlos würde, bevor sie das nächste Dorf erreichten. Stunden schienen vergangen zu sein, ehe sie schließlich ein paar Häuser und eine Kirche vor sich sahen, die offensichtlich zu Fairford gehörten. Die Sonne brach gerade durch den Frühnebel, und ein kleines Mädchen, das aus einem der Häuser lief, um eine Katze einzufangen,

starrte das seltsame Paar auf dem klapprigen Gaul erstaunt an.
»O bitte, *petite*!« sagte Victoire mit schwacher Stimme. »Ist hier irgendwo ein Gasthaus? Kannst du mich dorthin führen?«
Das kleine Mädchen riß ihre Augen weit auf, stieß einen schrillen Schrei nach ihrem Pa aus und lief ins Haus zurück. Kurz darauf kam sie wieder heraus. Ihr Vater, ein stämmiger, muskulöser Mann in einem Lederwams, der hinter ihr aus der Türe trat, kam gerade noch rechtzeitig, um den großen Mann aufzufangen, der bewußtlos vom Pferd glitt.

8

An das, was anschließend geschah, hatte der Marquis später nur eine sehr vage Erinnerung. Er wußte noch, daß er, als er die Augen wieder aufschlug, sich im Schankraum eines kleinen Gasthauses oder einer Bierschenke befand. Er wußte auch noch, daß er mit einem Glas Brandy gestärkt und über eine Treppe hinauf in ein kleines Dachstübchen getragen wurde. Seine Erinnerung endete wie in einem Traum: Er wurde von einem stämmigen Mann ausgekleidet, der nach Bier und Pferden roch, und zwischen frische Laken in ein Federbett gelegt. Ein unbestimmtes, aber zwingendes Verantwortungsgefühl ließ ihn noch nach Victoire fragen; als sie neben ihm erschien und versicherte, daß alles in Ordnung sei, sank er in einen heilsamen Schlaf, aus dem er, da er ein gesunder junger Mann war, nachmittags erwachte und sich schon viel besser fühlte.

Er war etwas verwirrt und brauchte einige Minuten, um die Ereignisse in einen Zusammenhang zu bringen. Doch schließlich fiel ihm alles wieder ein, der Überfall hinter dem ›George‹, der feuchte Keller und die Flucht mit Victoire. Als er seinen Kopf betastete, spürte er eine große Beule, die immer noch heftig schmerzte.

Er blickte sich um und sah, daß seine Kleidungsstücke nicht da waren, und da keine Glocke im Raum war, rief er laut nach dem Wirt. Zu seiner Überraschung war es Victoire, die in das Zimmer schlüpfte und ihn strahlend ansah.

»Oh, Sie sind aufgewacht!« sagte sie. »Bin ich froh! Sie haben geschlafen wie ein Toter, und einmal habe ich auch gedacht, daß Sie wirklich tot sind, aber dann haben Sie gleich angefangen zu schnarchen . . .«

»Woher wissen denn Sie das?« fragte Tarn. »Wo zum Teufel sind wir eigentlich? Wie spät ist es? Wo sind meine Kleider? Und überhaupt dürften Sie eigentlich gar nicht hier sein!«

Victoire richtete sich stolz auf. »So viele Fragen auf einmal kann ich nicht beantworten, Mylord«, entgegnete sie. »Und es ist durchaus *convenable,* daß ich hier bin, denn ich habe dem Wirt erzählt, daß ich Ihre Schwester bin.«
»Davon werden Sie aber noch lange nicht meine Schwester«, erwiderte Tarn trocken. »Und er wird sich denken, daß etwas verdammt faul ist an der Geschichte, denn Sie sehen mir so ähnlich wie - nun, ich werde mich nicht mit Ihnen darüber herumstreiten. Gehen Sie jetzt auf jeden Fall hinaus, und lassen Sie mir meine Kleider bringen und Wasser zum Rasieren; ich werde mich mit Ihnen unterhalten, wenn ich angezogen bin. Und sagen Sie den Leuten, sie sollen mir etwas zum Frühstück bringen oder zum Abendessen oder was auch immer jetzt für eine Mahlzeit vorrätig ist«, rief er gebieterisch hinter ihr her, als sie folgsam aufgesprungen war, »denn ich habe einen verteufelten Hunger!«
Nach wenigen Minuten erschien der Wirt mit den Kleidern des Marquis über dem Arm, um die sich offensichtlich inzwischen eine erfahrene Hausfrau gekümmert hatte. Tarn hatte den Eindruck, als blicke er ihn sehr argwöhnisch an.
»Wir bringen Ihnen sofort das heiße Wasser, Sir«, sagte er, legte Frack und Breeches mit dem Respekt, den man solch teuren Kleidungsstücken entgegenzubringen hatte, auf einen Stuhl und stellte die Stiefel auf den Boden.
Er zögerte und wollte offensichtlich noch etwas sagen, doch Tarn ließ ihn gar nicht erst zu Wort kommen und fragte ihn statt dessen, was es zu essen gäbe.
Nachdem er zu seiner Genugtuung erfahren hatte, daß eine Platte mit Ochsenkeule, Kohl und Schinkenpastete bereitstehe, um seinen Hunger zu stillen, begann er, sich anzuziehen. Der Wirt zögerte immer noch.
»Wenn es Ihnen beliebt, Euer Ehren . . .«
»Ja? Was ist?«
»Nun - es ist nicht meine Sache, nach Ihrem Stand zu fragen . . .«, begann der Wirt und schwieg dann verlegen. Doch dann platzte er heraus: »Es ist wegen dem Ring, Euer Hoheit, den die junge Dame mir gegeben hat. Er ist sicher viel mehr wert als das Zimmer für nur eine Nacht und das, was es kostet, um den Jungen mit der Nachricht fortzu-

schicken. Aber, wenn es Ihnen recht ist, es wäre mir doch lieber, Sie würden mir mit guter Münze zahlen, was Sie mir schuldig sind.«
»Der Ring? Welcher Ring?«
Der Mann fuhr mit der Hand in die Tasche, und ein glitzernder Diamantring erschien auf seiner breiten Handfläche. Tarn nahm ihn und betrachtete ihn.
»Du lieber Himmel, das ist Nancys Ring«, sagte er betroffen. »Wie sind Sie . . .«
»Die junge Dame hat gesagt, sie konnte ihn verstecken, als diese Leute Sie überfallen haben, Sir«, meinte der Wirt unsicher. »Doch meine Alte, die von Natur aus mißtrauisch ist - obwohl ich ihr gesagt habe, wenn die junge Dame nicht ehrlich ist, warum sollte sie dann eine Nachricht an Lord Eastcott schicken, in Eastcott Park; das würde sie sicher nicht tun, wenn an der Sache etwas faul wäre . . .«
Tarn grinste und gab dem Wirt den Ring zurück. »Ein tüchtiges Mädchen, das muß ich sagen!« meinte er. »Sie brauchen sich wegen des Ringes keine Gedanken zu machen. Wenn Sie wirklich eine Nachricht an Lord Eastcott geschickt haben, wird man Sie noch vor dem Abend in barer Münze bezahlen.«
In diesem Moment wurde das heiße Wasser gebracht, und Tarn schickte den Wirt hinaus.
Inzwischen saß Victoire in der Wirtsstube und wartete auf Tarn. Sie hatte einen ziemlich unangenehmen Tag hinter sich - einmal wegen ihrer Sorgen um Tarn und zum zweiten wegen der mißtrauischen Wirtin, die ihr nur ein schmales Bett in einem winzigen Dachstübchen angewiesen hatte. Die Strapazen der letzten vierundzwanzig Stunden zeigten allmählich ihre Wirkung, und so stellte Tarn, als er eintrat, fest, daß sie sehr müde und außerordentlich nachdenklich aussah.
Da er jedoch gewohnt war, das für ihn Nächstliegende zuerst zu tun, sagte er nichts, bevor sie sich an den Tisch gesetzt hatten und das reichliche Essen aufgetragen war. Er schickte die Wirtin weg und erkundigte sich dann erst nach Victoires Befinden und fragte, was mit ihr los sei.
»N-nichts«, erklärte Victoire wenig überzeugend und

blickte mit deutlichem Widerwillen auf die große Portion Schinkenpastete, die Seine Lordschaft ihr auf den Teller gehäuft hatte. »Ich - ich habe nachgedacht.«
»Das sollten Sie nicht tun«, riet ihr Tarn. »Jedenfalls nicht, bevor Sie etwas gegessen haben. Was haben Sie den ganzen Tag über gemacht? Sie sehen nicht aus, als hätten Sie sich ausgeruht!«
»Nun, ich habe tatsächlich kaum geschlafen«, gab Victoire zu. »Zuerst mußte ich versuchen, den Wirt zu überreden, daß er seinen Sohn zu Lord Eastcott schickt, um ihm sagen zu lassen, daß er Ihnen helfen soll. Und dann habe ich immer daran denken müssen, daß Sie vielleicht schwer verletzt sind und sterben müssen.«
»Unsinn!« lachte Tarn. »Mir war sterbenselend, aber Sie hätten doch wissen müssen, daß es weiter nichts war. Es tut mir leid, daß ich Ihnen einen Schrecken eingejagt habe - so etwas ist mir noch nie passiert, einfach umzufallen. Aber jetzt fühle ich mich wieder pudelwohl.«
»Darüber bin ich auch sehr froh«, meinte Victoire, deren Stimme jedoch traurig klang. »Und - und ich nehme an, daß Sie nun in Sicherheit sind und daß Lord Eastcott bald kommen wird oder Ihnen einen Wagen schickt, und da - da habe ich gedacht, daß ich fort muß.«
»Fort?« sagte Tarn und blickte sie stirnrunzelnd an. »Wohin denn?«
Victoire machte eine hilflose kleine Geste. »Zurück zu diesem Haus«, sagte sie. »Ich muß doch meinen Vetter suchen.«
»Wenn Sie glauben, ihn dort zu finden, dann täuschen Sie sich sehr, das kann ich Ihnen sagen«, erklärte ihr Tarn offen. »Diese Kerle sind inzwischen längst in Calais, da gehe ich jede Wette ein. Du lieber Gott, Sie glauben doch nicht etwa, daß sie, nachdem sie meine Flucht entdeckt haben, friedlich dort sitzengeblieben sind, um auf die Polizei zu warten! Die sind schon lange fort, und was Sie dort vorfinden würden, wären nur noch die Ratten!«
Victoire nickte. »Ja - ich - das habe ich mir auch gedacht«, gab sie etwas gequält zu. »Doch was soll ich denn sonst tun? Ich habe kein Geld; und ich habe dem Wirt Nancys Ring ge-

geben, damit er uns hier übernachten und Lord Eastcott die Nachricht zukommen läßt.«
Entschlossen erklärte Tarn: »Als erstes werden Sie mit mir nach Eastcott Park kommen, sobald wir von meinem Onkel gehört haben. Hier können Sie nicht bleiben, und nach Irland zurück können Sie auch nicht.«
Victoire runzelte die Stirn. »Das könnte ich, wenn ich Geld hätte«, sagte sie. »Die Reise ist, glaube ich, nicht sehr teuer, aber ich habe kein Geld. Vielleicht, wenn Sie mir leihen würden, was ich brauche - obwohl ich nicht glaube«, fügte sie gewissenhaft hinzu, »daß Fitzhugh es jemals zurückzahlen würde.«
»Nein!«
»Oh!« Victoire blickte ihn enttäuscht an. »Ich dachte, daß Sie so reich sind . . .«
»Es spielt gar keine Rolle, wie reich ich bin. Ich werde nicht zulassen, daß Sie zu diesem Schurken zurückkehren, selbst wenn er Sie wiederhaben wollte, was ich sehr bezweifle, nachdem Sie mir zur Flucht verholfen haben.« Tarn grinste und nahm einen großen Schluck des selbstgebrauten Biers, das in einem großen Humpen neben seinem Teller stand. Dann sagte er bedeutungsvoll: »Und das waren Sie mir ja auch schuldig, liebe Victoire, nachdem Sie mir zuerst diesen Brief geschrieben haben, um mich ihm auszuliefern.« Er hielt überrascht inne und blickte Victoire an, die bei diesen Worten vom Stuhl aufgesprungen war und ihn wütend ansah.
»Ich habe diesen Brief nicht geschrieben!« erklärte Victoire heftig. »Nur ein Dummkopf kann so etwas glauben!« Plötzlich schossen ihr die Tränen in die Augen, und sie sagte, immer noch zornig: »Ich hätte nicht gedacht, daß Sie so - so -«
»Aber, aber«, sagte Tarn beschwichtigend. »Also gut. Sie haben den Brief nicht geschrieben. Kein Grund, sich so aufzuregen.«
Victoire blickte ihn zweifelnd an. »Sie glauben nun nicht mehr, daß ich ihn geschrieben habe! *Vraiment!*«
»Ich glaube Ihnen. Außerdem habe ich auch nie angenommen, daß es Ihre Idee war. Doch Sie sind ja von Duvenay abhängig, und er könnte Sie gezwungen haben.«

»Ich hätte so etwas nie getan, selbst wenn er mich bei Wasser und Brot eingesperrt hätte!« sagte Victoire entrüstet. »Ich habe nichts von diesem Brief gewußt - nichts -, bis er letzte Nacht angefangen hat, damit zu prahlen. Glauben Sie mir das?«
»Wenn Sie es sagen.« Tarn grinste immer noch, und auf Victoires Gesicht erschien langsam ein zögerndes Lächeln. »Setzen Sie sich und essen Sie weiter«, befahl Seine Lordschaft. »Ich muß darüber nachdenken, was ich mit Ihnen machen soll, und das ist schon schwierig genug, ohne daß Sie so aus dem Häuschen geraten. Aber Sie können nicht zurück nach Irland, das steht fest. Sie würden dort nur die Gerichtsvollzieher vorfinden, und wenn ich mich in Ihrem reizenden Vetter nicht täusche, wird er vorsichtig genug sein und außer Landes bleiben, ehe er nicht sicher ist, daß ich ihm wegen dieser Sache nicht die Polizei auf den Hals gehetzt habe.«
»Werden Sie das tun?« fragte Victoire besorgt.
Tarn blickte sie grimmig an. »Eigentlich sollte ich das«, erklärte er. »Doch es hätte gar keinen Zweck. Vor allem würde man auch Sie in die Sache hineinziehen. Und so undankbar bin ich nun auch nicht, nach alldem, was Sie für mich getan haben.«
Victoire blickte ihn ziemlich erleichtert an. »Dafür bin ich Ihnen sehr dankbar«, sagte sie. »Denn Fitzhugh ist schließlich mein Vetter und ein Duvenay, und obwohl ich ihm und diesen Männern allerhand Übles wünsche für das, was sie Ihnen angetan haben, wäre es doch eine große Schande, wenn er ins Gefängnis käme. Und außerdem glaube ich, wenn er wirklich nach Frankreich gegangen ist, dann wird es ihm dort sehr schlecht ergehen, denn er kennt dort niemanden und spricht nur sehr schlecht Französisch.«
Der Marquis erklärte wenig teilnahmsvoll, daß Mr. Duvenays schlechtes Französisch ihn wohl kaum daran hindern würde, in Frankreich neue Schurkereien auszuhecken, denn Spitzbube bleibe Spitzbube, ganz gleich in welchem Land.
»Das stimmt wahrscheinlich«, gab Victoire zögernd zu. »Es ist zwar sehr demütigend, aber ich glaube, daß Sie recht ha-

ben. Doch ich kann Ihnen sagen, daß es keineswegs angenehm ist, solch einen *coquin* als Vetter zu haben. Papa«, sagte sie und hob stolz ihren Kopf, »hat mir vor seinem Tod gesagt, daß er mir nichts zurücklassen könne als seinen Namen, doch der sei ehrenhaft. Und deswegen habe ich diesen Leuten hier gesagt, daß wir von Wegelagerern überfallen wurden, denn ich hätte es nicht ertragen, wenn sie von Fitzhugh erfahren hätten.«

»Haben Sie das auch meinem Onkel mitgeteilt?« fragte Tarn.

Victoire nickte etwas schuldbewußt, doch Seine Lordschaft brach in schallendes Gelächter aus und sagte, daß sein Onkel nun vielleicht zwei Nachrichten bekommen hätte, zuerst die eine von den Entführern und kurz darauf die zweite mit der Geschichte von den Wegelagerern; es würde ihn wundern, wenn er nicht ganz außer sich hier ankäme.

»Da wir gerade von meinem Onkel sprechen«, sagte er und lauschte hinaus, als plötzlich das Geräusch von Wagenrädern zu vernehmen war, »wer sagt denn, daß er nicht schon da ist?«

Er stand auf, ging zum Fenster und rief nach einer Weile grimmig aus: »Du großer Gott! Zwei Wagen, Vorreiter, und sogar diesen verdammten Knochenbrecher hat er mitgebracht.«

Ohne weitere Förmlichkeiten eilte er aus dem Zimmer, und Victoire, die schnell aufsprang und zum Fenster lief, konnte sehen, wie er heftig auf Lord Eastcott einredete, der gerade aus der vorderen der zwei eleganten Reisekutschen gestiegen war. Ein zweiter Herr, offensichtlich ein Arzt, stand daneben und blickte den Marquis in offenkundiger Verwirrung an. Diese Szene wurde noch belebt durch das Erscheinen von einigen schmutzigen Straßenjungen und Kötern, die sich um die beiden schönen Wagen scharten.

Während Victoire diese Szene beobachtete und nicht wußte, ob sie vor Lachen platzen oder sich vor Scham verbergen sollte - denn sie war es ja gewesen, die die Nachricht an Lord Eastcott geschickt hatte -, erschien nun auch der Wirt und trug noch zu der allgemeinen Verwirrung bei. Dies genügte offenbar, um Lord Eastcott und seinem Neffen bewußt zu machen, wie unangemessen es war, in aller Öffentlichkeit ihre Angelegenheiten zu besprechen, denn wenig später betraten sie das Haus. Der Wirt führte sie in den Schankraum - offenbar sehr zu Lord Eastcotts Entrüstung, denn als Victoire ihn sah, verlangte er schon mit lauter Stimme nach einem privaten Salon.

Der Wirt, der angesichts des prächtigen Reisemantels und der auf Hochglanz polierten Stiefel des Lords vor Ehrfurcht zitterte, sah sich gezwungen zu gestehen, daß eine solche Räumlichkeit nicht vorhanden sei - eine Bemerkung, die Seine Lordschaft zu der vernichtenden Frage an seinen Neffen veranlaßte, wie er eigentlich dazu käme, in so einer Spelunke abzusteigen.

»Und diese - diese . . .«, fügte er hinzu, als er jetzt Victoire erblickte, die wie erstarrt neben dem Tisch stand, ». . . diese junge Frau hier zusammen mit dir!« Er wandte sich wutschnaubend an seinen Neffen. »Du bist mir eine Erklärung schuldig, Tarn!« sagte er. »Verdammt noch mal, wenn das kein übler Scherz ist! Du hast alle in totale Verwirrung gebracht, deine Tante mußte mit Anfällen ins Bett, ich selbst war in höchster Sorge, weil ich annehmen mußte, daß du dem Tode näher seist als dem Leben. Und nun finde ich dich hier, in, wie mir scheint, bester Verfassung, und du amüsierst dich mit einem deiner Weiberröcke in einer gemeinen Bierschenke!«

»Nehmen Sie sich in acht, Onkel!« sagte Tarn mit gedämpfter Stimme, schloß die Türe dem Wirt vor der Nase und stellte sich beschützend an Victoires Seite. »Sie können mich von mir aus beschimpfen, soviel Sie wollen, aber bitte lassen Sie Miß Duvenay aus dem Spiel. Sie ist nur hier, weil sie mir zur Flucht verholfen hat - aus einer sehr ungemütlichen und gefährlichen Lage und unter Einsatz ihres eigenen Lebens.«

Lord Eastcott starrte ihn an. »Versuch nicht, mir einen Bären aufzubinden, Tarn!« sagte er scharf. »Das ist doch alles blanker Unsinn. Lösegeldforderungen - Wegelagerer - du glaubst doch nicht im Ernst, daß ich dir das abnehme!«

»Die Wegelagerer können Sie vergessen, Sir«, sagte Tarn, griff nach einem Krug auf dem Tisch und schenkte ein Glas

Bier ein. »Miß Duvenay mußte sich etwas ausdenken, damit Sie mir zu Hilfe kommen, ohne daß die Leute hier im Haus erfahren, was wirklich vorgefallen ist. Mir ging es heute morgen noch zu schlecht, als daß ich selber etwas hätte unternehmen können. Deshalb hat sie die Geschichte mit den Wegelagerern erfunden. Doch das mit dem Lösegeld stimmt, das versichere ich Ihnen.« Er reichte seinem Onkel das Glas und lächelte. »Hier, versuchen Sie etwas von dem Selbstgebrauten des Wirtes«, meinte er. Lord Eastcott, der immer noch zähneknirschend dastand, konnte dieser Einladung nicht widerstehen, und nachdem er das Bier getrunken hatte, meinte er, etwas beschwichtigt, daß das Gebräu wirklich sehr manierlich sei.

»Aber ich bestehe auf einer Erklärung, Lewis!« sagte er und kehrte zu seinem eigentlichen Thema zurück. »Wenn du wirklich einen Grund für dieses seltsame Betragen hast...«

»Ich habe einen sehr guten Grund, doch ich kann es Ihnen nicht hier und jetzt erklären«, sagte Tarn. »Da wir aber zusammen nach Eastcott Park fahren, werde ich Gelegenheit haben, es Ihnen unterwegs zu erzählen. Ich habe nicht die geringste Lust, auch nur eine Minute länger hier zu verbringen und schlage daher vor, daß wir sofort aufbrechen. Miß Duvenay wird übrigens mit uns kommen. Ich werde sie inzwischen der Obhut meiner Tante anvertrauen.«

»Der Obhut deiner Tante!«

Lord Eastcott blickte Victoire verblüfft an, die ihrerseits heftig errötete und Tarn flehentlich anblickte.

Doch der Marquis war schon mit seinem gewohnten Ungestüm aus dem Zimmer gerannt, rief nach dem Wirt, wandte sich dann noch einmal seinem Onkel zu und bat ihn, dem Wirt zu zahlen, was er schuldig sei, und von ihm dafür den Diamantring entgegenzunehmen. Dann ging er hinaus, um sich die beiden Kutschen näher anzusehen, die draußen bereitstanden.

Er stellte fest, daß die elegante Reisekutsche seiner Tante dabei war, die nicht nur außerordentlich gut gefedert, sondern auch mit allem Komfort für den Transport eines Kranken ausgestattet war: Kissen und Decken in Hülle und Fülle. Er entschied sofort, daß Victoire die Reise in diesem

Gefährt machen solle, während er selbst mit seinem Onkel und dem Arzt die andere Kutsche besteigen würde. Victoire jedoch, die ihm gefolgt war - da sie keine Lust hatte, dem prüfenden Blick Eastcotts ausgesetzt zu sein -, blickte ihn entschlossen an. »Nein! Ich werde nicht mit Ihnen kommen!« sagte sie. »Ich werde - ich werde dieses Pferd verkaufen. Und mit dem Geld gehe ich nach Irland, wo ich sicher eine Arbeit finde, denn ich habe gut kochen gelernt und nähen und *faire le ménage;* die Haushälterin meines Vetters, die eine *femme très sympathique* ist und in der Nachbarschaft gut bekannt, wird mich sicher empfehlen.«
Sie hätte sich ihre Worte sparen können, denn Tarn, der dem letzten Teil ihrer Rede überhaupt nicht zugehört hatte, rief nur aus: »Du guter Gott! Das Pferd! Ich hatte es ganz vergessen. Wir werden das arme Vieh dem Wirt schenken.« Dann schob er seine Hand unter ihren Ellbogen und zwang sie unwiderstehlich zu der Türe der Kutsche, wobei er erklärte: »Und was Sie angeht, kleine Victoire, so will ich keinen weiteren Unsinn mehr hören - von wegen eine Reise nach Irland. Ich habe Ihnen schon gesagt, daß Sie mit mir nach Eastcott Park kommen.«
»Nein, bitte!« sagte Victoire flehentlich. »Ihr Onkel will mich nicht, und ich bin sicher, daß Ihre Tante . . .«
»Er wird sich schon damit abfinden!« sagte Tarn unbekümmert. »Und meine Tante ebenfalls. Sie sollen ja nicht den Rest Ihres Lebens dort verbringen. Wir werden uns schon etwas für Sie ausdenken.«
Sie kannte Seine Lordschaft nun schon gut genug, um zu wissen, daß er sie, wenn sie sich sträubte, ohne Umschweife in die Kutsche heben würde. Daher tat sie widerstrebend, was er wollte; und nach wenigen Minuten rollte sie, in weichen Kissen vergraben, einsam die kleine Straße hinab.
Die Wirkung all dieses Komforts war, daß sie paradoxerweise in Tränen ausbrach - ein Luxus, den sie sich in den vergangenen qualvollen Stunden nicht erlaubt hatte. Doch sie war zu jung und viel zu erschöpft, um sich dieser unangenehmen Beschäftigung lange hinzugeben, und fiel bald in einen tiefen Schlaf, eingelullt von dem Schaukeln der Kutsche. Als sie in Eastcott Park ankamen, war es fast dunkel.

9

Tarn war es während der Fahrt offenbar gelungen, seinen Onkel davon zu überzeugen, daß Miß Duvenay in dieser Nacht den Schutz seines Hauses verdiente, denn als die Gesellschaft in Eastcott Park ankam, genügten einige schnell geflüsterte Worte von Lord Eastcott, um seine Frau dazu zu bewegen, Victoire in ein sehr komfortables Schlafzimmer bringen zu lassen. Victoire schlüpfte, bekleidet mit einem von Lady Eastcotts kostbar bestickten Nachtgewändern, gleich in das große Himmelbett und schlief sofort ein.
Tarn, der festgestellt hatte, daß die strapaziösen Ereignisse der letzten vierundzwanzig Stunden es ihm unmöglich machten, die Pläne für Miß Duvenays Zukunft eingehender mit seinem Onkel und seiner Tante zu besprechen, war froh, daß man ihn sofort nach Tarn House brachte.
Sobald er jedoch am nächsten Morgen aufgestanden war, regte sich sein Verantwortungsgefühl für Miß Duvenay, und er begab sich nach Eastcott Park. Dort fand er seine Tante mit Miß Standfield und Mr. Bruce Fearon beim Frühstück vor, während Lord Eastcott bereits mit seinem Verwalter unterwegs war.
Kaum war Tarn eingetreten, bestürmte Lady Eastcott ihn mit Fragen.
»Ich schwöre, daß ich gar nichts mehr begreife!« erklärte sie. »Zuerst sieht es so aus, als seist du wegen eines Lösegelds überfallen worden, dann ist wieder von Wegelagerern die Rede, und dann erscheinst du auf einmal völlig gleichmütig und stellst mir das Duvenaykind vor die Haustür, das nicht einmal ein Nachthemd bei sich hat, und erzählst mir, daß ich mich um sie kümmern soll. Warum muß ich mich um sie kümmern? Wo ist denn, wenn ich bitten darf, ihr Bruder?«
»Sie hat keinen Bruder«, sagte Tarn.

Er setzte sich an den Tisch und blickte mit ungeteiltem Interesse auf das Frühstück, das Philbrook ihm servierte - was Mylady zu der strengen Bemerkung veranlaßte, daß Seine Lordschaft für sich selber sorgen könne und daß der Butler mitsamt seinen Gehilfen gehen möge.
»Und nun«, sagte sie, als die Tür sich hinter den Dienern geschlossen hatte, »möchte ich wissen, du unmöglicher Junge, was du mit so einer albernen Feststellung sagen willst. Du weißt doch genau, daß ich selbst mit Miß Duvenays Bruder gesprochen habe - in diesem Haus und erst vor ein paar Tagen!«
»Hierin irren Sie sich, Madam«, sagte Tarn gelassen und legte sich einige Scheiben von dem köstlichen Yorker Schinken auf den Teller. »Er ist nicht ihr Bruder, er ist ihr Vetter.«
»Ihr Vetter?« Lady Eastcott starrte ihn ungläubig an. »Ihr Vetter! Er hat uns doch aber selbst gesagt . . .«
»Alles gelogen«, versicherte Tarn. »Es ist eine zu lange Geschichte, um jetzt alles zu erzählen, doch Sie können sich darauf verlassen, daß er ihr Vetter ist. Und außerdem ist er geflüchtet, wahrscheinlich auf den Kontinent, so daß jetzt ich mich um Victoire kümmern muß.«
Lady Eastcott legte verwirrt die Hand an die Stirn. »Victoire!« rief sie. »Aber ihr Name ist doch Nancy!«
»Nein, das war die andere«, verbesserte sie Tarn. »Duvenays Schwester, das Mädchen, das ich in Irland kennenlernte. Ich habe Victoire nie gesehen, bis sie neulich hier aufgetaucht ist. Sie hat in den letzten fünf Jahren in Frankreich gelebt, verstehen Sie?«
Lady Eastcott erklärte mit schwacher Stimme, daß sie keineswegs verstehe, und Miß Standfield, die sich in diesem Augenblick in das Gespräch mischte, sagte Seiner Lordschaft in aller Ruhe, daß er seiner Tante einen vollständigen Bericht über die Geschehnisse schuldig sei, da er Miß Duvenay ja schließlich in ihrem Haus untergebracht habe.
»Gut, aber ich will nicht, daß jedermann in der Nachbarschaft es erfährt«, erwiderte Tarn mit mißmutigem Blick auf Mr. Fearon. »Es ist eine verdammt faule Angelegenheit, aber das Mädchen konnte nicht anders, und sie war unge-

heuer tapfer, als sie mir geholfen hat, diesen Leuten zu entkommen.«
Miß Standfield schüttelte tadelnd den Kopf. »Das ist keine Erklärung, Lewis. Meinst du nicht, daß es dir möglich ist, uns einen eingehenderen Bericht zu geben, wenn du dich bemühst? Das wäre sehr wünschenswert, denn andernfalls ist Miß Duvenays Situation hier höchst ungewöhnlich. Ich fürchte, daß das arme Kind im Augenblick sogar zu verwirrt ist, um ihr Zimmer zu verlassen.«
Dieser Aspekt der Lage schien Seiner Lordschaft noch gar nicht aufgegangen zu sein; ziemlich indigniert sagte er, daß er nicht einsehe, weshalb er eine junge Dame nicht in das Haus seiner Tante bringen könne, ohne daß jedermann ihre ganze Lebensgeschichte erfahre.
»Das mußt du doch verstehen«, murmelte Mr. Fearon, der sich nun auch ins Gespräch mischte, »es stellt sich doch unvermeidlich die Frage - ist sie eine Dame? Dein beneidenswerter Ruf bezüglich Frauen einer bestimmten Sorte, Lewis . . .«
Tarn errötete leicht. »Du hast eine verdammt scharfe Zunge, Bruce«, erklärte er. »Aber ich rate dir, sie nicht diesem Mädchen gegenüber zu gebrauchen, denn dann würde ich mich genötigt sehen, dagegen einzuschreiten.«
Mr. Fearon zog die Brauen hoch. »Du meine Güte!« sagte er spöttisch. »Wie ritterlich! Ich muß gestehen, daß ich das nicht von dir erwartet hätte, lieber Vetter! Ist es möglich - ich wittere eine Romanze!«
»Da täuschst du dich!« erwiderte Tarn. »Sie ist noch ein Kind, doch sie hat viel durchgemacht und ist obendrein mutig, und ich lasse nicht zu, daß du oder sonstwer etwas von ihr sagt, was sie nicht ist.«
Er bedachte daraufhin die Gesellschaft mit einer kurzen Zusammenfassung von Miß Duvenays Herkunft und Geschichte und der Ereignisse, die zu der gemeinsamen Ankunft in Eastcott Park geführt hatten. Als er geendet hatte, nickte Miß Standfield beifällig und sagte, daß sie von Anfang an so etwas erwartet habe.
»Es war mir klar, daß dieses Kind nicht die Sorte Frau sein konnte, die deinem Geschmack entspricht, Lewis«, meinte

sie. »Und daß sie in eine Rolle gezwungen wurde, die ihr sehr zuwider war. Doch nun frage ich mich«, fuhr sie fort und blickte nachdenklich aus dem Fenster, »was du damit bezweckst, sie hierherzubringen. Sicherlich hast du allen Grund, ihr dankbar zu sein, doch daß auch deine Tante und dein Onkel dankbar sein müssen und sich um ihre Zukunft Gedanken machen sollten, ist wirklich zuviel verlangt.«
Sie blickte den Marquis fragend an. Zu ihrer Genugtuung entdeckte sie in seinem Blick eine leichte Unsicherheit.
»Verdammt noch mal, das weiß ich!« sagte er. »Ich habe sie ja nur hierhergebracht, weil ich sonst niemanden habe, zu dem ich sie bringen kann, und ich konnte sie nicht in dieser Bierschenke lassen!« Nach einer Weile fuhr er mit ungewohnter Niedergeschlagenheit fort: »Vielleicht können Sie mir sagen, was ich mit ihr tun kann, Madam. Es ist nämlich ausgeschlossen, daß wir sie zu ihrem Vetter zurückschicken, selbst wenn man ihn finden würde; und sie hat keine Ahnung, wo ihre Mutter und ihr Stiefvater sind oder wann diese in der Lage sein werden, ihr ein Zuhause zu bieten.«
Lady Eastcott sagte nach kurzem Schweigen, daß man dem Mädchen vielleicht eine Stelle als Gouvernante verschaffen könnte, wenn es nicht so jung wäre.
»Doch ich fürchte, daß keine angesehene Familie sie im Augenblick als solche beschäftigen würde«, meinte sie. »Trotzdem, ich bin überzeugt, daß es auch andere Stellungen gibt, die sie annehmen könnte.«
»Als Zimmermädchen, Madam?« fragte Tarn mit Schärfe. »Danke! Nicht, solange sie unter meinem Schutz steht!«
Mr. Fearon hielt ihm entgegen: »Tatsache ist doch, lieber Vetter, daß sie nicht unter deinem Schutz steht - jedenfalls stellst du es ja selbst so hin. Wenn du jedoch so ein brennendes Interesse an dem Kind hast, ist das vielleicht die Lösung für das Problem. Du könntest dich ein oder auch zwei Jahre sehr gut mit ihr amüsieren.«
»Und es wird dich vielleicht amüsieren«, sagte Tarn schneidend, »wenn ich dir bald mal die Zähne einschlage, Bruce, was ich sicherlich tun werde, wenn du in diesem Ton fortfährst!« Er wandte sich noch einmal Miß Standfield zu.

»Aber Sie, Madam«, sprach er sie an, »haben Sie keine Vorschläge?«
Miß Standfield ließ ihren Blick noch einmal aus dem Fenster schweifen. »Warum, nein«, sagte sie heiter. »Du hast sicher ganz recht gehabt, Lewis, als du bei deinem letzten Gespräch sagtest, die einzige Möglichkeit, Miß Duvenays Lage zu bessern, wäre, ihr deine Hand zur Ehe anzubieten. Doch das hast du natürlich durchaus nicht vor.«
Sie hielt inne, und ihr majestätischer Blick, der sich langsam auf den Marquis richtete, entdeckte in seinen Augen eine gewisse Verblüffung. Doch noch bevor er etwas sagen konnte, hatte Lady Eastcott sich schon eingemischt. »Natürlich wird er ihr so etwas nicht anbieten, Cousine Amelia. Es ist wirklich nicht sehr sinnvoll, derlei überhaupt ins Spiel zu bringen. Nein, wir müssen uns etwas anderes ausdenken, um das Mädchen loszuwerden.«
Tarns Augen verengten sich, und er sagte kühl: »Keine Sorge, Tante. Ich kann Ihnen versichern, daß Sie sie bald los sein werden. Ich halte in der Tat die Idee von Tante Amelia für ganz ausgezeichnet.«
»Ganz - ganz ausgezeichnet!« sagte Lady Eastcott mit schwacher Stimme und blickte ihn besorgt an. »Wieso, was um alles in der Welt meinst du, Lewis? Du willst doch das Mädchen nicht etwa heiraten!«
»Weshalb nicht?« fragte Tarn und widmete sich in aller Ruhe seinem Frühstück. »Seit ich aus dem Ausland zurückgekommen bin, liegen Sie mir ständig damit in den Ohren, daß ich heiraten und mich häuslich niederlassen soll. Nun, was letzteres betrifft, so werde ich es nicht tun, doch mit ersterem könnte ich dienen.«
Lady Eastcott zog ihre Schultern hoch und wirkte sehr gereizt. »Ich finde das gar nicht witzig, Lewis!« sagte sie. »Du wirst natürlich keine - keine Abenteurerin heiraten!«
»Eine Abenteurerin? Victoire?« Der Marquis lachte laut heraus. »Das glauben Sie doch selbst nicht, Madam!« sagte er. »Sie wissen genauso gut wie ich, daß sie noch ein Kind ist.«
»Ein sehr raffiniertes Kind, wenn sie es fertiggebracht hat, dich in ihr Netz zu locken«, erwiderte Lady Eastcott heftig. »Doch ich kann nicht glauben, daß es dir ernst ist, Tarn!

Warum solltest du sie heiraten? Du willst uns doch nicht erzählen, daß du dich in diesen wenigen Tagen in sie verliebt hast!«
»Ich will Ihnen nichts dergleichen erzählen«, stimmte Tarn ihr zu. »Ich suche in der Ehe keine ›Liebe‹, Madam. Doch wenn ich eines Tages heiraten muß - und es wird mir wohl nichts anderes übrigbleiben, der Erhaltung unseres Namens wegen -, kann ich mir keine andere Frau denken, die mir das Leben weniger ungemütlich machen würde als Miß Duvenay. Und zudem wäre damit auch das Problem bezüglich ihrer Zukunft gelöst.«
Lady Eastcott blickte hilflos zu Mr. Fearon hinüber, der jedoch nur seine Achseln zuckte und betont sanft sagte: »O nein, Tante, verlangen Sie nicht, daß ich mich auf Ihre Seite stelle. Sie sollten auf jeden Fall dankbar dafür sein, daß das Kind nicht ganz vulgär ist. Haben Sie nicht gesagt, daß sie zumindest wie eine Dame aussieht? Wenn Sie Ihre Löffel wegschließen, falls sie oder ihre charmanten Verwandten in Ihr Haus kommen, werden Sie sicher durch die Ehe keine großen Unannehmlichkeiten haben.«
Nur die Anwesenheit der beiden Damen hielt den Marquis davon ab, seinen Gefühlen so deutlich Ausdruck zu geben, wie er es am liebsten getan hätte. Daher stand er nur abrupt auf und sagte: »Damit wäre also alles geklärt. Ich werde das Mädchen heiraten, sobald ich eine Sondergenehmigung bekomme. Ich schätze, daß ich eines von diesen verfluchten Papieren brauche, damit das sofort geschehen kann.«
Lady Eastcott stieß einen leisen Schrei aus. »Sofort!« rief sie entsetzt. »O Lewis, nein! Das kannst du nicht! Bedenke doch bitte . . .«
»Ich habe es bedacht«, sagte Tarn. Dann fügte er drohend hinzu: »Und ich möchte Euch allen ans Herz legen, daß sie in dieser Familie mit dem Respekt aufgenommen wird, der meiner Frau zukommt!«
Mr. Fearon lachte spöttisch. »Oh, in dieser Familie!« sagte er. »Wir haben ja eigentlich keine Wahl, nicht wahr, da du schließlich ihr Oberhaupt bist. Aber um alles in der Welt, mein lieber Lewis! Wenn du glaubst, daß du Miß Duvenays Stellung in der Gesellschaft durch eine so übereilte Hand-

lung festigen kannst, dann befindest du dich in einem traurigen Irrtum! Es wird das unterhaltsamste *on-dit* der Saison sein, das alle übrigen Skandale übertreffen wird, selbst die bei Hof.«

Das Gesicht des Marquis war zornrot geworden, doch obwohl es ihm unangenehm war, es zuzugeben, mußte er doch anerkennen, daß ebensoviel Wahrheit wie Bosheit in den Worten des Vetters steckte. Die plötzliche Heirat eines Gentleman, der den Rang eines Marquis einnahm, mit einer Dame, die in der vornehmen Gesellschaft gänzlich unbekannt war, würde sicher Anlaß zu Spekulationen und Gerede geben. Und wenn dieser Gentleman dann noch der Marquis of Tarn war, würde aus anfänglicher Neugierde sicher bald reine Lästerei. Ihm war nur allzu bewußt, was sehr bald getuschelt werden würde: Er sei in die Falle gegangen, weil der Köder zu verlockend war oder das Mädchen zu viele entschlossene männliche Verwandte hatte. Bei White's würde man Wetten darüber abschließen, wieviel Monate unter den obligaten neun wohl vergehen würden zwischen Hochzeit und Geburt eines Sohnes und Erben. Und die gesamte Damenwelt würde die neue junge Marquise nur mit der eisigen Höflichkeit bedenken, die ihrem Rang zukäme, und sie mit Entschiedenheit aus ihren eigenen Häusern ausschließen.

All dies ging Seiner Lordschaft durch den Sinn und erfüllte ihn mit einer Niedergeschlagenheit und Unentschiedenheit, die bei ihm ganz ungewohnt war. Schließlich wandte er sich mit gebieterischer Miene an seine Tante. »Bruce hat ausnahmsweise einmal recht«, gab er zu. »Ich bin auch der Ansicht, daß es wenig sinnvoll ist, sie sofort zu heiraten; das würde zuviel Staub aufwirbeln. Doch wenn Sie so freundlich sein wollen, liebe Tante, sie ein oder zwei Monate bei sich zu behalten, zur Saison mit in die Stadt zu nehmen und Ihren Freunden vorzustellen, dann könnten wir die Angelegenheit so regeln, daß wir die Klatschmäuler zum Schweigen bringen.«

Er kam nicht weiter, denn Lady Eastcott stieß einen Entsetzensschrei aus.

»Zur Saison in die Stadt nehmen, sie meinen Freunden vorstellen - Lewis, du bist wohl nicht ganz bei Sinnen!« rief sie aus. »Ein Geschöpf dieser Herkunft!«

Tarn blickte sie finster an. »Mit ihrer Herkunft ist alles in Ordnung, Madam«, sagte er kurz. »Ihr Vater war ein Gentleman, und seine Familie ist ein gut Teil älter als die meiner Mutter. Und wenn Sie jedermann aus Ihrer Bekanntschaft ausschließen wollten, der einen Schurken im Stammbaum hat, dann müßten Sie ein sehr einsames Leben führen, fürchte ich.«

Er wandte sich plötzlich Miß Standfield zu. »Würden Sie es übernehmen, Madam?« fragte er bittend.

Miß Standfield blickte ihn prüfend an, ehe sie ihm eine Antwort gab. Was sie in seinem Blick sah, schien ihr zu gefallen, denn nach einer Weile nickte sie entschlossen.

»Ja«, sagte sie. »Ich werde es tun.«

Tarns Gesicht hellte sich auf, aber Lady Eastcott rief ungläubig aus: »Amelia! Meine Liebe! Das kannst du doch nicht ernst meinen! Denke doch . . .«

»Genau das tue ich, Eleanor«, unterbrach Miß Standfield sie mit Nachdruck. »Wenn du dich bemühen würdest, dasselbe zu tun, dann würdest du einsehen, daß ich die vernünftigste Entscheidung getroffen habe. Und nun«, fuhr sie zu Tarn gewandt fort, »werde ich hinaufgehen und Miß Duvenay mitteilen, daß du sie sprechen möchtest, Lewis.«

Gemessenen Schrittes verließ sie den Raum, während Lady Eastcott ihr entrüstet nachblickte. Tarn lachte. »Sie ist wirklich großartig!« sagte er. »Tante, in einer halben Stunde können Sie mir gratulieren, und ich hoffe, Sie sind nicht so hochnäsig, daß Sie einen Besuch in Albermarle Street versäumen - falls Tante Amelia Sie dorthin einladen sollte, während sie Victoire bei sich hat. Denn sie steht in hoher Gunst bei allen blaublütigen alten Damen in London, müssen Sie wissen. Es könnte sogar Ihrem Ansehen gut bekommen, dort gesehen zu werden, liebe Tante!«

Daraufhin machte er sich auf den Weg zum kleinen Salon und kümmerte sich nicht um den ›impertinenten Jungen‹, den seine erboste Tante hinter ihm herrief.

Lady Eastcott wandte sich ihrem anderen Neffen zu, der

mit zusammengekniffenen Augen dasaß und sehr merkwürdig vor sich hin lächelte.
»Du lieber Himmel! Hat man denn so etwas schon erlebt!« rief sie, wobei ihre Augen ärgerlich blitzten. »Er ist in einer seiner verruchten Stimmungen, wo er vor nichts haltmacht. Wenn wir nicht sofort etwas unternehmen, wird er diesem Mädchen tatsächlich einen Antrag machen!« Sie sprang auf. »Ich werde nach Eastcott schicken!«
Mr. Fearon blickte sie ungerührt an. »Ich glaube, daß das keinen Zweck hat, Tante«, sagte er ganz ruhig. Sie schlug ungeduldig die Hände zusammen, und er fuhr leicht gereizt fort: »Bitte, Madam, seien Sie doch nicht so unvernünftig! Immerhin heiratet er das Mädchen ja noch nicht, sondern verlobt sich nur mit ihr. Verlassen Sie sich darauf, wenn Sie meinen Onkel dazu bewegen, mit ihm zu reden, wird er nur mit Trotz reagieren. Er wird mit ihr durchbrennen und sie heiraten, sobald er einen Priester findet. Tante Amelia hat vollkommen recht - sie versucht, Zeit zu gewinnen, indem sie sich einverstanden erklärt, das Mädchen zu sich zu nehmen.«
»Zeit zu gewinnen?«
»Genau das. Sie werden wohl kaum annehmen, daß sie mehr darauf erpicht ist als Sie, daß Lewis dieses Kind heiratet. Sie ist nur klug genug, um zu wissen, daß er nur noch mehr auf seinem Entschluß beharrt, wenn man ihm Widerstand entgegensetzt. Sie kennen ja seine Eigensinnigkeit. Lassen Sie ihm aber einen Monat Zeit oder auch weniger, und er wird ein neues Abenteuer an der Hand haben und an eine Ehe überhaupt nicht mehr denken.«
Lady Eastcott setzte sich wieder hin und blickte ihn zweifelnd an. »Meinst du wirklich?« fragte sie.
»Meine liebe Madam, da bin ich mir ganz sicher. Im Augenblick hat er nichts anderes im Sinn, als den Anschein einer üblichen formellen Werbung um das Mädchen aufrechtzuerhalten, die dann in einem Monat oder so mit der öffentlichen Ankündigung ihrer Verlobung enden wird. Doch Sie können sich darauf verlassen, daß er nicht bedacht hat, was das heißt: das Mädchen zu vornehmen Gesellschaften zu begleiten, mit ihr im Park spazierenzufah-

ren und so weiter. Nein, ich kann mir Lewis wirklich nicht in dieser Rolle vorstellen. Er wird sich nach einer Woche zu Tode langweilen, und ich müßte mich sehr täuschen, wenn er nicht noch im Laufe eines Monats einem neuen Abenteuer nachjagt und dann nicht mehr im geringsten an eine Heirat denkt.«

»Er ist wirklich sehr unbeständig«, stimmte Lady Eastcott zu und schien jetzt beruhigter zu sein. »Und ich kann mir nicht vorstellen - so wie er von ihr spricht -, daß das Mädchen seine Zuneigung gewonnen hat. Wenn uns nur etwas einfallen würde, wie wir sie angemessen unterbringen . . .«

»Genau das ist das Problem!« sagte Mr. Fearon. »Vielleicht könnten wir sie sogar verheiraten - obwohl kaum, wie ich wohl nicht betonen muß, mit Lewis. Doch wenn das Mädchen so gut aussieht, wie Sie es beschrieben haben, könnte sie in ein paar Monaten die Aufmerksamkeit eines weniger hochgeborenen Gentleman auf sich ziehen. Der würde sie dann gerne von Lewis übernehmen.«

»Nun ja - vielleicht«, sagte Lady Eastcott nachdenklich. »Und da ist natürlich auch noch das Mädchen selbst. Niemand von uns hat wohl an die Möglichkeit gedacht, daß sie Lewis Werbung ablehnen könnte.«

»Aus dem guten Grunde, daß keine solche Möglichkeit besteht«, sagte Mr. Fearon und erhob sich vom Tisch. »Ich bitte Sie - die Chance nicht ergreifen, eine Marquise zu werden! Meine liebe Tante, da muß man doch ganz realistisch denken!«

10

Inzwischen hatte Victoire sich angekleidet und saß neben dem Fenster, in ungeduldiger Erwartung der Dinge, die da kommen sollten. Sie hatte sich gerade zum soundsovielten Mal entschlossen, hinunterzugehen und Lady Eastcott zu bitten, ihr Geld zu leihen, damit sie nach Irland zurückkehren könne, als es an die Tür klopfte und Miß Standfield eintrat.

»Kann ich hereinkommen?« fragte Miß Standfield, als sie schon im Zimmer stand - eine würdevolle Gestalt in purpurfarbenem Morgengewand und hübschem Spitzenhäubchen. Sie blickte die errötende junge Dame, die bei ihrem Eintreten aufgesprungen war, wohlwollend an. »Ich bringe eine Nachricht für Sie, meine Liebe«, fuhr sie fort. »Doch erst müssen wir uns einen Moment unterhalten, wenn ich Sie bitten darf.«

»Ja, Madame, *comme vous voulez*«, sagte Victoire und blickte sie fragend an, wobei sie noch stärker errötete. »Wenn es sich darum handelt, daß Lady Eastcott mich fortschicken will . . .«

»Nein, keineswegs. Ich komme auch nicht von Lady Eastcott, sondern von Lord Tarn. Er möchte Sie, sobald es geht, im kleinen Salon sprechen.« Miß Standfield, die Victoire beobachtete, bemerkte, daß sich in ihren Augen nicht nur Verwunderung, sondern auch Erschrecken spiegelte. Sie fragte daher sanft: »Haben Sie - haben Sie Angst vor Lord Tarn, Miß Duvenay?«

»Angst?« fragte Victoire überrascht. »Aber nein, weshalb sollte ich?«

Miß Standfield blickte sie fest an. »Wissen Sie, er hat ein ziemlich unbeherrschtes Temperament«, erklärte sie. »Und da ich recht gut beobachte, bemerkte ich, daß Sie erschraken, als ich sagte . . .«

»Oh, deswegen«, sagte Victoire verständig. »Nein. Es ist nur - er wird ungehalten sein, wenn ich nach Irland zurückkehre, denn er sagt, daß mein Vetter Fitzhugh nicht dort sein wird und ich nur die Gerichtsvollzieher antreffen werde. Doch mir bleibt wirklich nichts anderes übrig. Und wie ich ihm schon sagte, habe ich gut kochen und nähen gelernt und kann mich im Haus nützlich machen - nein, nein, das stimmt wirklich«, versicherte sie ernst, als sie eine leichte Skepsis in Miß Standfields Gesicht bemerkte. »In Frankreich muß eine *jeune fille bien élevée* solche Dinge lernen; und deswegen wird die Haushälterin meines Vetters, die eine sehr respektable Frau ist, und sehr *bien-veillante,* mir sicherlich eine Arbeit verschaffen können, bis mein Vetter zurückkehrt oder *Maman* nach mir schickt, damit ich zu ihr nach Amerika komme.« Sie zuckte sorglos die Achseln. »Lord Tarn wird mich sicher schelten, aber das macht mir nichts aus«, erklärte sie. »Männer sind manchmal sehr dumm - oder etwa nicht, Mademoiselle? Sie bedenken die praktische Seite nicht genügend.«
Miß Standfield, die sie bei dieser bemerkenswerten Feststellung erstaunt anblickte, stimmte ihr zu und sagte, sie sei froh, daß Miß Duvenay keine Angst vor dem Marquis habe.
»O nein!« bekräftigte die junge Dame ernst. »Ich kann es nämlich gut verstehen, wie es ist, wenn man zornig wird; auch ich kann sehr zornig sein.«
»Tatsächlich?« sagte Miß Standfield und blickte sie angesichts dieser Eröffnung belustigt an. »Dann kann ich nur hoffen, daß ihr euch gegenseitig nicht umbringt.« Mit dieser rätselhaften Bemerkung verließ sie das Zimmer und überließ es Victoire, die ihr die Treppe hinunter folgte, sich über deren Bedeutung zu wundern.
Am Fuß der Treppe blieb Miß Standfield noch einmal stehen und wandte sich ihrer jungen Begleiterin zu.
»Mein Kind, es gibt noch etwas, was ich Ihnen sagen möchte, ehe Sie zu Lord Tarn gehen«, sagte sie. »Wenn Sie das Gefühl haben, daß die Zukunft, die er für Sie plant, Ihnen nicht zusagt, dann zögern Sie nicht, ihm das mitzuteilen und dann gleich zu mir zu kommen. Verstehen Sie mich?«

»Ja, Mademoiselle.« Wieder blickte Victoire sie verwundert an. »Aber wenn er sich etwas wirklich Praktisches ausgedacht hat . . .«
»Etwas überaus Praktisches«, sagte Miß Standfield trocken. »Doch erinnern Sie sich daran, was ich Ihnen gesagt habe. Wenn Ihnen sein Vorschlag nicht gefällt, kommen Sie bitte zu mir.«
Dann deutete sie auf die Tür zum kleinen Salon und ging weiter, während Victoire sich dieser Tür zuwandte.
Sie fand Tarn vor, der mit offenkundiger Ungeduld am Fenster stand und hinausschaute, als wäre er an diesem schönen Frühlingstag viel lieber draußen, anstatt das Gespräch zu führen, um das er sie gebeten hatte.
»Da sind Sie ja!« rief er aus und wandte sich erfreut zu ihr um. »Warum hat es so lange gedauert? Hat Tante Amelia Ihnen nicht gesagt, daß ich Sie sprechen will?«
»Doch, das hat sie.«
Victoire blickte ihn fragend an, da sie nicht wußte, ob sie sich setzen sollte. Seine Lordschaft antwortete, indem er sie zu einem Sessel führte; er selbst setzte sich nicht, sondern blieb am Fenster stehen und blickte sie etwas ratlos an.
»Mein Gott, ich habe gedacht, daß es einfach sein würde! Das kommt daher, daß ich so etwas noch nie gemacht habe!« Nach einer Weile erst fuhr er fort: »Hat Tante Amelia Ihnen gesagt, weshalb ich Sie sehen wollte?«
»Sie sagte, daß Sie einen Plan für meine Zukunft haben«, antwortete Victoire. »Und ich verstehe nicht, weshalb es Ihnen unangenehm ist, darüber zu sprechen, denn ich bin dankbar für jede Stellung, ganz gleich, wie niedrig sie ist.«
»Sie ist überhaupt nicht niedrig«, sagte Tarn und blickte sie gekränkt an. »Es ist - ich möchte Sie heiraten!«
»Sie - heiraten?« Victoire wiederholte die Worte ungläubig, als habe sie nicht recht gehört. »Pardon, Mylord, Sie wollten sagen . . .«
»Ich wollte genau das sagen, was Sie gehört haben!« sagte Tarn, dem ihre Reaktion auf seine Ankündigung nicht zu gefallen schien. »Und versuchen Sie nicht, sich zu zieren und so zu tun, als würden Sie mich nicht verstehen! Ich bin zu dem Schluß gekommen, daß dies die beste Lösung ist!«

»Die beste Lösung?« sagte Victoire und blickte ihn verdutzt an. »Die beste . . .« Sie brach ab. »*Voyons,* Sie sind nicht ganz bei Sinnen«, erklärte sie mit Überzeugung. »Ein Schlag - mehrere Schläge auf den Kopf . . .«
Der Marquis schien Mühe zu haben, sich zu beherrschen. »Victoire«, sagte er drohend. »Reizen Sie mich nicht! Es ist gar nichts los mit meinem Kopf - ausgenommen vielleicht, daß ich auf die Idee gekommen bin, mit Ihnen einen Handel abzuschließen. Ich habe gedacht, Sie seien ein vernünftiges Mädchen.«
»Das bin ich auch. Sehr vernünftig sogar«, erklärte Victoire bestimmt. »Deswegen ist mir auch klar, daß Sie nicht ganz bei Sinnen sind oder aber betrunken, Mylord. Denn wenn das nicht der Fall wäre, würde Ihnen bewußt sein, daß es völlig unangemessen ist, was Sie mir vorschlagen. *D'ailleurs* - Sie lieben mich doch gar nicht.«
Der Marquis blickte sie ärgerlich an. »Was zum Teufel hat denn das damit zu tun?« fragte er. »Wir müssen an Ihre Zukunft denken - und ich brauche eine Frau. Oder vielmehr, ich brauche eine, wenn Sie erwachsen genug sind, um Kinder zu haben; und wenn es nur wäre, um sicherzugehen, daß mein Vetter Bruce nicht eines Tages meine Nachfolge antritt. Nach dem, was ich von Ihnen weiß, habe ich das Gefühl, daß ich mit Ihnen besser auskommen werde als mit einem der zimperlichen Mädchen, die von ihren Müttern bei Almack's zur Schau gestellt werden. Aber wenn Sie so schrecklich viel dagegen haben . . .«
Er schwieg. Victoire, die sehr aufrecht vor ihm saß, ihre Hände im Schoß gefaltet, blickte ihn an und schien plötzlich zu begreifen.
»Ich verstehe«, sagte sie langsam. »Wir sollen also eine *mariage de convenance* schließen.« Sie holte tief Luft und nickte dann entschlossen. »Also gut. Ich habe nichts dagegen, Mylord«, sagte sie. »Es soll so sein, wie Sie es wünschen. Ich werde Sie heiraten - wenn Sie sicher sind, daß Sie das auch wollen.«
»Natürlich bin ich sicher!« sagte Tarn ungeduldig. »Warum hätte ich Sie sonst überhaupt fragen sollen?«
»Also gut«, sagte Victoire noch einmal, erhob sich, ging zu

ihm und reichte ihm die Hand, als sei dies ein ernstes kleines Ritual, um die Vereinbarung zwischen ihnen feierlich zu bekräftigen. Tarn nahm sie und gab ihr - mit einer Unbeholfenheit, die seine Bekannten, die seine Unbekümmertheit im Umgang mit Frauen kannten, sehr verwundert hätte - einen Kuß auf die erwartungsvoll hingehaltene Stirn.

»Also!« sagte er erleichtert. »Das wäre erledigt. Tante Amelia - Miß Standfield - hat sich einverstanden erklärt, dich mit nach London zu nehmen. Das erste wird wohl sein«, sagte er und warf einen kritischen Blick auf die einfach gekleidete Gestalt seiner Verlobten, »daß sie einige Kleider kauft. Dann wird sie dafür sorgen, daß du in die Gesellschaft eingeführt wirst, wie es sich gehört. Das wird zwar verdammt langweilig werden, aber es ist notwendig, damit es so aussieht, als seist du ebenso ehrenhaft wie diese Schandmäuler selbst.«

»Ich bin ehrenhaft«, erklärte Victoire indigniert. »Sehr sogar!«

»Nun, ich bin es nicht«, gestand Seine Lordschaft freimütig. Er blickte auf die kleine Gestalt vor ihm hinab. »Ich bin ein Tunichtgut, mußt du wissen«, sagte er plötzlich. »Das wird dir auch jeder sagen. Doch es wird für dich kein schlechter Handel sein. Du wirst eine Marchioness werden - ich vermute, daß dir das gefallen wird. Außerdem habe ich mein Vermögen noch nicht ganz durchgebracht, obwohl die Leute das sagen.«

Victoire lächelte, runzelte dann die Stirn und sah auf einmal sehr jung aus.

»Eine Marchioness?« sagte sie amüsiert. »Nicht eine Marquise? *Tiens, c'est bien drôle,* Mylord!«

Tarn grinste. »Ja, das ist wirklich lustig«, stimmte er zu. »Und bitte nicht ›Mylord‹, sondern ›Lewis‹.«

»Lewis«, wiederholte sie nachdenklich. »Das ist dein Name? Es ist sehr eigenartig, wenn man sich mit jemandem verlobt, dessen Namen man gar nicht kennt.«

»Nun, jetzt kennst du ihn«, sagte Tarn und nahm ihren Arm. »Komm jetzt mit. Ich muß mit Tante Amelia sprechen. Sie wird mit meiner Tante und meinem Onkel in ein paar Tagen nach London fahren, und ich habe noch einige Dinge mit ihr zu klären.«

Als sie Miß Standfield im Damenzimmer antrafen, einen Stickrahmen vor sich aufgebaut, zeigte sich, daß ›diese Dinge‹ vor allem finanzieller Art waren. Er bat seine Tante, ihm eine genaue Aufstellung der Ausgaben zu schicken, die sie haben würde, wenn sie Miß Duvenay in die Gesellschaft einführte - einschließlich aller Rechnungen für Putzmacherinnen, Schneiderinnen und dergleichen.

Miß Standfield setzte ihren Stickrahmen beiseite, betrachtete prüfend das frisch verlobte Paar und fragte zunächst Victoire, ob sie mit den Plänen einverstanden sei, die für ihre Zukunft gemacht wurden.

»O ja!« platzte Victoire heraus und blickte den Marquis mit einer Begeisterung an, die jeden Argwohn zerstreute, daß der Marquis in irgendeiner Weise Druck auf sie ausgeübt habe. Der Marquis jedoch bemerkte dies gar nicht und erklärte lediglich, er könne ja nun, da alles geregelt sei, nach Tarn House aufbrechen.

Miß Standfield hielt ihn mit einer kleinen Handbewegung zurück. »Einen Augenblick noch, Lewis«, sagte sie. »Es ist vielleicht deiner Aufmerksamkeit entgangen, daß deine zukünftige Frau noch nicht mündig ist und daher die Erlaubnis ihrer Mutter oder ihres Vormunds einholen muß, ehe du sie heiraten kannst.« Sie wandte sich Victoire zu. »Weißt du, mein Kind«, fragte sie freundlich, »ob deine Mama oder dein Stiefvater deinen Vetter zum gesetzlichen Vormund bestimmt haben, als sie dich seiner Obhut anvertrauten?«

Victoire blickte sie etwas ängstlich an und erwiderte, daß dies sicher nicht der Fall gewesen sei und daß ihre *Maman* gewiß nichts dagegen hätte, wenn sie einen Marquis heirate.

Miß Standfield bemerkte trocken, daß ihre Mutter bestimmt sehr erfreut sein würde, aber immerhin sei es üblich, eine offizielle Bewilligung vorzulegen.

»Aber das ist doch in diesem Fall Unsinn«, sagte Tarn ungeduldig. »Wenn ihre Mutter und ihr Stiefvater verschwunden sind . . .«

»Mein lieber Lewis«, sagte Miß Standfield ruhig, »bitte, ver-

suche dich zu beherrschen. Ich werde Dilworth um Rat fragen«; das war ihr Anwalt, ein älterer Herr mit großer Erfahrung, der schon lange im Dienst der Familie Standfield stand. »Er wird sicher in der Lage sein, entweder Madame Rollon - so war doch der Name? - ausfindig zu machen oder, wenn ihm das nicht gelingt, uns geeignete Schritte vorzuschlagen, die wir unternehmen können, damit die Ehe rechtskräftig wird. Denn nicht einmal das Gesetz«, fuhr sie mit ihrer gewohnten Selbstsicherheit fort, »kann von einer jungen Dame verlangen, daß sie ihre besten Jahre verstreichen läßt und eine alte Jungfer wird, nur weil sie das Pech hat, von ihren Eltern getrennt zu leben.«
Der Marquis, der volles Vertrauen in seine Tante hatte - er wußte, daß sie sich an die höchsten Würdenträger des Parlaments und der Kirche wenden und dafür sorgen würde, daß seine Heirat notfalls per Parlamentsbeschluß legalisiert würde -, sagte mit Genugtuung, daß er diese Dinge ganz ihr überlasse. Dann verabschiedete er sich mit der allergrößten Lässigkeit von seiner Verlobten, was Miß Standfield zu der spitzen Bemerkung veranlaßte, daß er gut daran täte, sich seiner zukünftigen Frau gegenüber ein angemessenes Verhalten anzugewöhnen; in London würde man sonst kaum glauben, daß seine Absichten ihr gegenüber ernster Natur seien.
Sie wiederholte diese Bemerkung wenig später auch vor Lady Eastcott, die sie zusammen mit der Haushälterin im Wohnzimmer vorfand. Als sie diese achtbare Dame hinausgeschickt hatte, beeilte sich Miß Standfield, ihre Cousine über das Verlöbnis des Marquis zu informieren. Diese Nachricht empfing Lady Eastcott mit leidensvoller Miene; sie meinte, daß er unter diesen Umständen das Mädchen wenigstens nicht auf der Stelle heiraten würde, und fügte hinzu, es sei sehr geschickt von Miß Standfield, die Angelegenheit dadurch hinauszuzögern, daß sie eingewilligt habe, Miß Duvenay mit sich nach London zu nehmen.
»Nicht Miß Duvenay, sondern Victoire«, erinnerte sie Miß Standfield gelassen. »Wir müssen uns daran gewöhnen, sie so zu nennen, da sie jetzt zur Familie gehört, Eleanor. Sie ist ein ganz reizendes Kind, finde ich - ein munteres, freundli-

ches kleines Ding. Genau die Art von Frau, wie man sie sich für Tarn nur wünschen kann.«
Lady Eastcott öffnete entsetzt den Mund. »Genau die Art von Frau . . .«, rief sie. »Amelia, bist du denn verrückt geworden? Diese - diese kleine Intrigantin, mit dieser Herkunft und ohne Familie!«
»Ganz im Gegenteil, sie ist weder eine Intrigantin, noch läßt sich etwas Nachteiliges über ihre Herkunft sagen«, antwortete Miß Standfield in aller Ruhe. »Du weißt, daß ich meinen Debrett recht gut kenne, und darin steht, daß die Duvenays eine sehr alte normannisch-irische Familie sind und das Oberhaupt der Familie den Rang eines Barons hat. Natürlich ist dieser Vetter des Mädchens, Mr. Fitzhugh Duvenay, ein Schandfleck auf dem Familienwappen, aber mit ihr selbst hat das überhaupt nichts zu tun.«
Lady Eastcott schien dies nicht im mindesten zu trösten. »Das ist ja alles schön und gut«, brachte sie schließlich hervor. »Doch das ändert nichts daran, daß sie in keiner Weise die geeignete Frau für Tarn ist.«
»Dürfte ich dich bitten«, sagte Miß Standfield ziemlich scharf, »mir zu erklären, welche Art von Frau du für geeignet hältst? Nein, nein, mach dir nicht die Mühe, mir diese Frage zu beantworten, denn ich weiß ganz genau, was du mir erzählen wirst: ein Mädchen von makelloser Geburt und guter Erziehung, mit allen Fähigkeiten, die sie für die hohe Position geeignet machen, die sie in der Gesellschaft einnehmen wird. Doch ich kann dir eines sagen: Es besteht sehr wenig Wahrscheinlichkeit, daß Lewis mit solch einem Ausbund von Tugend vor den Altar treten wird. Wir haben die Wahl: Entweder macht er so weiter wie bisher und heiratet dann - wenn überhaupt - irgendeine, die geschickt genug ist, ihn zur Legalisierung ihrer ungehörigen Verbindung zu überreden - oder wir akzeptieren Victoire. Sie ist wenigstens anständig und intelligent und kommt aus einer guten Familie. Sie wird ihm keine Schande machen, meine Liebe - eine andere Frage ist es, ob nicht er ihr Schande machen wird!«
Lady Eastcott blickte sie immer noch entgeistert an, aber sie hatte es gelernt, den Scharfblick ihrer Cousine zu respektie-

ren. Sie mußte zugeben, daß gegen Miß Standfields Schlußfolgerungen nichts einzuwenden war.
Dennoch hob sie verzweifelt die Hände. »Ich weiß nicht, was ich davon halten soll!« gestand sie. »In meinem Kopf geht alles durcheinander. Das Mädchen akzeptieren, sie in die Familie aufnehmen - du lieber Himmel, was wird Eastcott dazu sagen? Und Bruce war sich so sicher, daß alles nur ein geschickter Schachzug von dir war, um Zeit zu gewinnen!«
»Das kann ich mir denken«, sagte Miß Standfield. »Denn genau das ist es, was er sich wünscht. O Eleanor, du kannst doch nicht so naiv sein zu glauben, daß Bruce Interesse daran hat, Lewis verheiratet zu sehen! Im Gegenteil, er wird alles tun, um das zu verhindern. Die letzten sechs Jahre gaben ihm ja auch allen Anlaß zu glauben, daß Lewis durch irgendeine unbesonnene Handlung sein dreißigstes Jahr nicht mehr erleben würde. Und in dem Fall - *voilà,* Bruce Fearon, der neue Marquis of Tarn. Das wird jedoch nicht geschehen, wenn Tarn einen rechtmäßigen Leibeserben hat.«
Lady Eastcott, bei der Mr. Fearon in hoher Gunst stand, fiel ihrer Cousine sofort energisch ins Wort, daß sie ihm solche hinterhältigen Gedanken einfach nicht zutraue. Und sie hätte noch lange so gezetert, hätte nicht Miß Standfield der Unterhaltung ein Ende gemacht.
»Ich habe noch viel zu tun, wenn ich morgen nach London fahren will«, sagte sie. »Und wenn du dir Gedanken darüber machst, wie Eastcott darauf reagieren wird, so schlage ich vor, daß du ihn zu mir schickst.«
Damit erhob sie sich, um das Zimmer zu verlassen, wies jedoch abschließend noch darauf hin, daß es besser sei, die Gesellschaft anläßlich der Ankündigung des Verlöbnisses in Eastcott Park zu geben und nicht bei ihr, da ihr Stadthaus nicht geräumig genug sei.

11

Als sie in London angekommen waren, verschickte Miß Standfield als erstes Einladungskarten für die kleine Abendgesellschaft, bei der sie ihren jungen Schützling in die Gesellschaft einführen wollte. Als nächstes zog sie ihren Neffen, den Honourable Marmaduke Standfield, ins Vertrauen, denselben, der Tarns Affäre mit Captain Fryde geregelt hatte. Mr. Standfield war ein junger Gentleman, fast im gleichen Alter wie der Marquis, jedoch im Gegensatz zu diesem ein anerkannter Beau der Gesellschaft. Ihm wies Miß Standfield - unter würdevoller Mißachtung aller Vorbehalte, die er selbst vielleicht hatte - die Aufgabe zu, sich ihres unerfahrenen Schützlings bei ihrem ersten Auftreten in der Gesellschaft anzunehmen.
»Was du sicher sehr gerne tun wirst, Marmaduke«, sagte sie, als sie ihn in Albermarle Street über ihr Vorhaben informierte. Mr. Standfield, der mehr wegen seiner ausgezeichneten Manieren als wegen einer besonders ausgeprägten Intelligenz bekannt war, erklärte liebenswürdig, daß es ihm ein Vergnügen sein werde. Doch die Nachricht, daß sein Vetter zu heiraten beabsichtige, verblüffte ihn doch sehr, und er bemerkte nach einer Weile, er glaube, er habe seine Tante nicht recht verstanden; es scheine ihm, sie habe gesagt, es sei Tarn, der die junge Dame zu heiraten gedenke.
»Das ist genau das, was ich sagen wollte«, erklärte Miß Standfield.
»Aber er kann doch - er würde doch - verdammt noch mal, doch nicht Tarn!« sagte Mr. Standfield ungläubig. »Sie müssen ihn mit jemandem verwechseln, Madam! Ich weiß doch, daß er gar nicht heiraten will. Er hat es mir doch erst neulich gesagt!«
»Seitdem«, bemerkte Miß Standfield gelassen, »hat er eben seine Ansicht geändert. Die junge Dame, die er sich auser-

wählt hat«, fuhr sie fort, »ist in Frankreich aufgewachsen, und aufgrund der gegenwärtigen verworrenen Lage in diesem Land ist sie zur Zeit von ihren Eltern getrennt und lebt in meiner Obhut. Ich möchte sie für ihre Einführung in die Gesellschaft mit einer geeigneten Garderobe ausstatten, und zu diesem Zweck werden wir heute die entsprechenden Geschäfte aufsuchen. Und mit ›wir‹«, schloß sie und blickte Mr. Standfield gebieterisch an, »meine ich natürlich mich selbst, Miß Duvenay und dich.«
Mr. Standfield sagte, daß es ihm selbstverständlich eine Ehre sei, doch seine Miene ließ deutlich erkennen, daß er entweder seinen Ohren nicht traute oder am Verstand seiner Tante zweifelte. Das Eintreten von Victoire versetzte ihn erst recht in einen Zustand hilfloser Ungläubigkeit. Sie trug immer noch ihr einfaches Kleid, das sie seit ihrer Ankunft in Eastcott Park zu tragen genötigt war, und selbst der elegante Hut, den sie aufgesetzt hatte - ein sittsames Gebilde aus Lady Eastcotts Bestand, das diese ihr für die Reise nach London geliehen hatte -, konnte nicht die ungekünstelte Schlichtheit des jungen Gesichts darunter verbergen.
Als seine Tante ihn vorstellte, zögerte Mr. Standfield indes nicht, eine seiner anmutigen Verbeugungen auszuführen, für die er allgemein bekannt war; als jedoch Miß Standfield sich erhob und erklärte, daß sie nur Hut und Handtasche holen werde und daß man dann aufbrechen könne, blickte er nicht ohne Unruhe hinter ihr her. Diese nahm noch zu, als er feststellte, daß Miß Duvenay ihn mit unverhohlener Neugierde musterte; vor allem sein makelloser blauer Frack, die kunstvoll geschlungene Krawatte und die rote Nelke im Knopfloch schienen sie sehr zu beeindrucken.
»Sie sind ein Vetter von Lord Tarn, *n'est-ce pas*?« fragte sie ihn höflich. »*Tiens*, er hat offenbar sehr viele Verwandte!«
»Tarns Großvater hat eine Standfield geheiratet«, erklärte er ihr. »Unsere Väter waren Vettern ersten Grades. Was wir dann sind, habe ich nie ausrechnen können, doch darüber brauchen Sie sich wirklich nicht den Kopf zu zerbrechen.«
Victoire versicherte ihm, daß sie sich deswegen keineswegs irgendwelche Sorgen mache.
»Es ist nur, weil Miß Standfield mir gesagt hat, daß ich sehr

viele Menschen kennenlernen werde und daß es notwendig ist, mich genau daran zu erinnern, wer sie sind, und ob sie mit Lord Tarn verwandt sind«, vertraute sie ihm an. »Und Sie müssen nicht glauben«, fügte sie freundlich hinzu, als sie bemerkte, daß er sie immer noch bestürzt anblickte, »daß ich so etwas jemand anderem außer Ihnen sage. Miß Standfield meint, daß Sie sehr diskret sind und mir sagen werden, wie ich mich zu verhalten habe, denn Lewis traut sie das nicht zu.«

Mr. Standfield, der durch diese neue Verantwortung ziemlich überwältigt schien, sagte, daß er sein Bestes tun werde, und erlaubte sich dann zu fragen, wo sie den Marquis kennengelernt habe und ob sie ihn schon lange kenne.

Miß Duvenay blickte ihn eine Weile nachdenklich an. »Ich glaube nicht«, entschied sie sich schließlich, »daß ich Ihnen das erzählen muß. Er wird mir zum ersten Mal bei der Abendgesellschaft vorgestellt werden, die Miß Standfield gibt, sobald ich die passenden Kleider habe; dann wird er sich sehr schnell in mich verlieben und sich mit mir verloben, so daß alles *comme il faut* aussehen wird.«

Das Erscheinen von Miß Standfield machte zum Glück dieser Unterhaltung ein Ende, denn die Verwirrung ihres Neffen war inzwischen so vollständig, daß er nicht mehr in der Lage war, die geeigneten Worte zu finden.

Miß Standfields Landaulet stand vor der Tür, und sie wies ihren Kutscher an, sofort zu dem Geschäft einer berühmten Modistin in der Bruton Street zu fahren. Dabei bemerkte sie zu Mr. Standfield, daß sie selbst Mme. Fanchons Geschäft zwar nicht beehre, doch erinnere sie sich, gehört zu haben, daß viele junge Mitglieder der Gesellschaft die Kreationen dieser Dame für die besten von ganz London hielten.

Diesbezüglich konnte ihr Mr. Standfield nur zustimmen, und es entspann sich eine fachmännische Unterhaltung zwischen Tante und Neffen, welche Modelle und Farben der gegenwärtigen Mode Miß Duvenay wohl am besten stehen würden. Dies führte schließlich zu einer Diskussion darüber, daß sie bedauerlicherweise sehr klein sei, was man mittels eines geeigneten Schnitts der Kleider sowie Schal

und Pelerine auszugleichen gedachte. Als man schließlich in Bruton Street ankam, war Victoire - die zunächst sehr viele angenehme Komplimente zu hören bekommen hatte - tatsächlich etwas unsicher geworden und betrat Mme. Fanchons elegantes Geschäft mit deutlichen Anzeichen von Niedergeschlagenheit.
Dieser Zustand sollte jedoch nicht lange andauern. Ein Blick in den Spiegel auf die strahlende junge Dame im meergrünen Tüllkleid über einem Unterkleid aus weißem Satin, geschmückt mit kleinen Perlmuttschließen - von Mr. Standfield ohne Zögern für sie ausgesucht -, und sie fühlte sich in eine Märchenprinzessin verwandelt. »Oder wenigstens in eine Marquise«, wie sie Mr. Standfield ernsthaft anvertraute, als Mme. Fanchon außer Hörweite war. »Finden Sie, daß ich jetzt wie eine - eine Marchioness aussehe? *Au vrai* - glauben Sie, daß es Lewis gefallen wird?«
Als Französin hatte sie eine angeborene Liebe für Kleider, dazu ein sicheres Auge und einen guten Geschmack, der ganz mit dem von Mr. Standfield übereinstimmte. Und wenn sie nicht gewußt hätte, daß all diese Pracht verheerend viel Geld kosten würde, wäre sie sicherlich ganz glücklich gewesen.
Doch ihre Skrupel in dieser Hinsicht wurden von Miß Standfield durchaus nicht geteilt. Diese erklärte ihr gelassen, daß der Marquis sehr wohl in der Lage sei, für seine Braut eine standesgemäße Garderobe zu bezahlen - auch wenn es nicht ganz den Regeln entspreche, daß er dies an Stelle ihrer Familie tue.
»Und schließlich«, fügte sie hinzu, »ist das schicklicher, als wenn er die Rechnungen für all die eher fragwürdigen Damen bezahlt, über deren Beziehungen zu ihm allgemein geklatscht wird. Ich sehe nicht ein, meine Liebe, weshalb du im Vergleich mit diesen Frauen irgendwie benachteiligt werden solltest. Ich kann dir nämlich versichern, daß jeder Herr es mit Geringschätzung bestraft, wenn eine Frau nicht elegant gekleidet ist.«
Victoire, die gerade im Spiegel die Wirkung eines Straßenkleides aus rehbraunem Musselin mit weiten russischen Ärmeln ausprobiert hatte, wandte sich zu ihr um. »*Eh bien,* Sie

haben zweifellos recht, Mademoiselle«, sagte sie. »Man darf manchmal nicht *faire des economies, n'est-ce pas*?«

»Genauso ist es!« sagte Miß Standfield und reagierte gelassen darauf, daß Victoire eine solche Auskunft über ihren Verlobten, die die meisten jungen Damen mit heftigem Erröten und schockiertem Getue quittiert hätten, als Selbstverständlichkeit hingenommen hatte. Mr. Standfield jedoch, der Miß Duvenay weniger gut kannte, rang eine Weile um Atem, behielt aber letztlich die Fassung und sagte nur, daß man also dann wohl das Straßenkleid und den dazu passenden flachen Hut nehmen werde, und widmete sich wieder der ernsten Aufgabe, die Garderobe seiner zukünftigen Cousine zu komplettieren.

Miß Standfield hatte für Victoires erstes Auftreten in der Gesellschaft kein großes Fest vorgesehen, obwohl sie aufgrund ihres hohen Ranges auch ohne längere Vorankündigung die ganze Hautevolee Londons zu sich hätte laden können, wenn sie gewollt hätte.

Lady Jersey, die anerkannte Königin von Almack's, war eingeladen, und obwohl sie die Karte mit einem kleinen gelangweilten *moue* gelesen hatte - sie ahnte, daß Miß Standfield sie auf diese Weise dafür gewinnen wollte, die unbekannte junge Dame bei Almack's zu akzeptieren -, hatte sie doch eine Zusage geschickt. Außerdem waren Lady Cowper vom Melbourne House und Lord Petersham, Lady Sefton und Lord Alvanley eingeladen - eine kleine, aber illustre Auswahl der besten Namen der Londoner Gesellschaft. All dies war für Miß Standfield ein stiller Triumph, doch das wußte Victoire nicht. Für sie bedeuteten all diese Namen gar nichts, und sie hätte mit dem größten Gleichmut die Absagen von Lord Alvanley, Lady Jersey und all den anderen Leuchten der Gesellschaft zur Kenntnis genommen, solange es sicher war, daß Tarn kommen würde. Denn ihm wollte sie in ihrem meergrünen Tüllkleid imponieren - wie ein *coup de foudre*, den Miß Standfield vorhergesagt hatte.

Und um die Wahrheit zu sagen: Als man ihr an dem Abend das Kleid angelegt hatte, war das schlicht gekleidete junge Mädchen, das aus Eastcott Park nach London gekommen war, kaum mehr wiederzuerkennen. Sogar Miß Standfield,

die sie kritisch betrachtete, mußte zugeben, daß sie wirklich gut aussah.
Als die Gäste wenig später in Albermarle Street eintrafen, hatte Miß Standfield die Genugtuung, ihre eigene Meinung bestätigt zu sehen, denn Victoire schien allgemein zu gefallen. Mr. Bruce Fearon, der Victoire noch nicht kennengelernt hatte, war ebenfalls beeindruckt von der jungen Dame, denn er machte ihr, als er sich über ihre Hand beugte, ein sehr artiges Kompliment.
»*Bien sûr!* Sie sind der Vetter, Monsieur Fearon«, sagte Victoire und musterte ihn neugierig, weil es ihr ein Rätsel war, daß Tarn diesen so höflichen, gut aussehenden jungen Mann nicht leiden konnte.
Mr. Fearons Brauen hoben sich leicht. »Das klingt beinahe, als hätten Sie schon von mir gehört«, bemerkte er ruhig. »Und wenn es von Lewis kam, dann war es sicher nichts Gutes.«
»Von - Lewis?«
Victoire, die sich der ihr zugedachten Rolle wohl bewußt war, blickte ihn erstaunt an, doch Mr. Fearon lachte nur. »Nein, nein, bei mir brauchen Sie diese Komödie nicht zu spielen. Ich kenne Ihr kleines Geheimnis, *ma chère*«, sagte er. »Aber hier kommt schon Ihr Zauberprinz«, fügte er etwas sarkastisch hinzu, als er sah, wie Tarn den Raum betrat. »Diese hübsche kleine Szene darf ich mir nicht entgehen lassen. Soll ich mich vielleicht hier hinstellen?«
Und er postierte sich - trotz des etwas mißbilligenden Blicks von Miß Standfield - auf einen Platz, von wo aus er den besten Überblick über die nun folgenden Vorgänge hatte. So sah er, wie Tarn zu seiner Gastgeberin ging und sich über ihre Hand beugte.
»Wie nett, daß du gekommen bist, Lewis«, sagte Miß Standfield mit so viel Selbstverständlichkeit, daß Victoire - deren Herz beim Anblick Seiner Lordschaft einen kleinen Hüpfer getan hatte - es sogar fertigbrachte, ihn mit höflichem Interesse anzublicken. »Victoire, meine Liebe, darf ich dir meinen Neffen vorstellen, Lord Tarn? Miß Duvenay, Lewis, die im Augenblick bei mir wohnt . . .«
Der Marquis verbeugte sich und nahm Victoires Hand, wo-

bei er sie mit einer Mischung aus Belustigung und Ernst anblickte, die sie beinahe aus der Fassung gebracht hätte. Sie lächelte ihn jedoch verschmitzt an und sagte sittsam: *»Je suis enchantée, Mylord.«*

»Nicht entzückt, sondern - entzückend«, antwortete Tarn sehr selbstbewußt und hätte sich noch länger mit ihr unterhalten, wenn nicht ein Ausruf des Erstaunens ihn unterbrochen hätte. »Lewis!« rief eine junge Dame, eine sehr hübsche Brünette in einem etwas gewagten, durchscheinenden Kleid aus rosa Seide; ihre Locken waren im modischen Sappho-Stil hochgesteckt. »Was um alles in der Welt tust du denn hier! Dir ausgerechnet hier über den Weg zu laufen!«

»Deine Bemerkung, Ernestine, ist für mich nicht sehr schmeichelhaft«, bemerkte Miß Standfield und stellte Victoire Lady Eastcotts frisch vermählte Tochter, Lady Whittingham, und ihren Mann vor, einen ernst dreinblickenden Gentleman von ungefähr dreißig Jahren.

»Ich bitte dich - weshalb solltest du Lewis nicht in meinem Salon antreffen? Wenn er sich dazu herabgelassen hat, wenigstens einmal auf einen Besuch im Cribb's Parlour oder im Daffy Club zu verzichten und uns hier mit seiner Gegenwart zu beehren, dann sollten wir doch nicht allzu erstaunt sein; immerhin ist er alt genug, um einigermaßen vernünftig zu sein.«

Lady Whittingham kicherte und meinte, dies sei zweifellos richtig; aber trotzdem sei es merkwürdig, ihren Vetter ausgerechnet an einem Abend hier zu sehen, wo Whist noch das aufregendste Vergnügen sein würde. Sie wandte dann ihre Aufmerksamkeit Victoire zu und sagte, sie habe von ihrer Mama, Lady Eastcott, gehört, daß sie erst in England angekommen sei, und wie London ihr denn gefalle.

»Oh, sehr gut«, erwiderte Victoire und entnahm Lady Whittinghams Worten zu ihrer Erleichterung, daß Lady Eastcott wenigstens dieser ihr Geheimnis nicht anvertraut hatte.

Lord Whittingham, der mit seiner Nüchternheit die allzu große Lebhaftigkeit seiner Frau auszugleichen schien, fragte Victoire, ob sie bereits die Elgin Marbles gesehen habe oder

Somerset House, wo Mr. Lawrences jüngste Werke zu sehen seien - beides Ausstellungen, die nicht nur lehrreich, sondern auch unterhaltend seien.
»Nein, bisher noch nicht«, begann Victoire, doch sie wurde von Tarn unterbrochen, der rücksichtslos dazwischenfuhr: »Sie möchten sicher ein Eis, Miß Duvenay - verdammt heiß hier.« Worauf er sie ohne Umschweife mit sich zog.
Lady Whittingham blickte ihnen erstaunt nach. »Nanu!« sagte sie. »Ich muß sagen, ich habe noch nie erlebt, daß Tarn sich so umgehend für ein wirklich nettes Mädchen interessiert hat! Nicht, daß sie nicht äußerst hübsch wäre - aber sie entspricht so gar nicht seinem Geschmack! Wer ist sie eigentlich, Tante Amelia?«
Miß Standfield antwortete, es handle sich um die Tochter von Colonel John Duvenay - eine Erklärung, die Lady Whittingham gar nichts sagte, die jedoch ihr Mann sofort begeistert aufgriff und so angelegentlich erörterte, daß es ihr schließlich zu langweilig wurde. Sie meinte, es gehöre sich wirklich nicht, daß ausgerechnet Ehepaare sich in der Öffentlichkeit so ausschließlich füreinander interessierten. Im übrigen käme da gerade Emily Cowper zur Türe herein. Sie rauschte in einer Wolke von rosa Seide davon und hatte bald - zusammen mit Lady Cowper - eine Reihe von jungen Gentlemen um sich geschart, die sie umschwärmten wie Nachtfalter ein Licht.
Inzwischen hatte Tarn Victoire in den angrenzenden Raum geführt, holte für sie ein Eis und für sich selbst ein Glas Champagner und fragte sie, wie sie zurechtkäme.
»Oh, ganz wunderbar!« sagte sie und blickte ihn mit leuchtenden Augen an. »Mademoiselle ist sehr freundlich, und wir haben so viele Sachen gekauft, daß ich mich schon gar nicht mehr an alles erinnern kann. Doch, ein Kleid aus indischem Musselin - *oh, tout à fait ravissante*! Mademoiselle sagt, ich soll es auf meinem ersten Ball tragen. Nur, wir haben sehr viel Geld ausgegeben - oh, sehr, sehr viel!« versicherte sie ihm und blickte ihn etwas besorgt an. »Aber Mademoiselle meint, daß das ganz in Ordnung sei und Sie - du nicht ungehalten darüber sein würdest.«
Tarn lachte. »Nein, das bin ich nicht«, beruhigte er sie.

»Nicht, wenn mein Geld für so einen guten Zweck ausgegeben wird! Wie gefällt es dir in London?«
Victoire erklärte, daß es ihr sehr gut gefalle. »Ich habe den Prinzregenten im Park in seiner Kutsche gesehen«, begann sie, »und die Schwester des Zaren und St. Paul's Cathedral, und Mr. Standfield ist mit mir ausgefahren, um die Florida Gardens anzusehen.«
Sie plauderte munter weiter, lebhaft und voller Begeisterung über ihre erste Abendgesellschaft und die Anwesenheit des Marquis, bis er schließlich belustigt sagte: »Halt, Kleine! Ich habe dich doch nur gefragt, wie es dir in London gefällt, und nicht nach einer Liste all deiner Unternehmungen! Ich fürchte, du verwandelst dich allmählich in eine von diesen Plaudertaschen, bei denen man selbst nicht mehr zu Wort kommt!«
»Nein - wirklich?« sagte sie schuldbewußt. »Das tut mir leid. Aber es ist so lange her, daß ich etwas derart Aufregendes erlebt habe. Doch ich will nun ganz still sein und nur noch dich sprechen lassen.« Sie faltete sittsam ihre Hände im Schoß und blickte ihn erwartungsvoll an. »Mademoiselle hat mir erklärt, daß Männer immer sehr gern von sich selbst sprechen«, meinte sie weise.
»Mademoiselle«, erwiderte er, »weiß ein bißchen zuviel. Doch ich kann mich nicht über sie beklagen, da sie dich so nett behandelt - ganz zu schweigen davon, wie hübsch sie dich ausstaffiert hat. Du siehst nämlich heute abend sehr gut aus, weißt du das?«
»Ja, nicht wahr?« meinte Victoire und blickte so zufrieden an ihrem meergrünen Kleid hinab, daß Tarn sie belustigt ansah. »Aber es war nicht Mademoiselle, die dieses Kleid für mich ausgesucht hat«, fuhr sie fort. »Es war Mr. Standfield.«
»Duke? Wie zum Teufel ist der denn dazu gekommen?« fragte der Marquis, der von dieser Mitteilung nicht sehr angenehm berührt zu sein schien.
»Ist dir das nicht recht?« fragte Victoire stirnrunzelnd. »Mademoiselle hat ihn gebeten, mit uns in die Geschäfte zu gehen; sie meint, er habe einen sehr guten Geschmack und sei diskret und könne mir sagen, wie ich mich verhalten soll.

Doch wenn es dir nicht angenehm ist«, bot sie ihm großzügig an, »dann werde ich ihn nicht mehr fragen, und du kannst mir statt dessen alles erklären.«
Tarn grinste reumütig. »Nein«, sagte er. »Tante Amelia hat recht. Wenn ich dich beraten würde, dann geht das sicher in den Graben.«
»Dann bin ich lieber im Graben, wo immer das auch sein mag«, erklärte Victoire mit Nachdruck.
»Nein, bestimmt nicht! Das wäre verteufelt ungemütlich, wenn all die Klatschbasen und Schandmäuler über dich herziehen würden. Nein, verlaß dich nur auf Duke; der kennt sich in solchen Dingen aus.«
»Du siehst heute abend auch sehr gut aus«, versicherte sie ihm ihrerseits und blickte bewundernd auf seinen ausgezeichnet geschnittenen schwarzen Frack und das schneeweiße Halstuch, das sein Diener in dem hochmodischen ›mathematischen‹ Stil geschlungen hatte. »Ich habe dich noch nie so - so *à la mode* gesehen, und ich mag das sehr gern.«
Er lachte schallend auf, was die Aufmerksamkeit der Leute erregte - oder vielmehr, es hätte sie erregt, wenn die meisten seiner Bekannten nicht schon eine ganze Weile die merkwürdige Tatsache bestaunt hätten, daß der Marquis sich einzig und allein einer sehr jungen und offenbar sehr unerfahrenen jungen Dame widmete.
Mr. Fearon hatte neben Lady Eastcott Platz genommen.
»Und das«, sagte er resignierend, »werden wir nun auf uns nehmen müssen, bis Lewis seines neuesten Abenteuers müde geworden ist. Das Kind ist übrigens ganz in Ordnung, Tante - ein sehr attraktives, vielversprechendes Mädchen. Doch ich kann mir nicht denken, daß sie auf die Dauer sein Interesse auf sich ziehen kann.«
»Meinst du?« fragte Lady Eastcott ziemlich beunruhigt. »Ich wünschte, es wäre so, denn Eastcott gefällt diese ganze Sache absolut nicht. Doch Amelia ist fest davon überzeugt, daß Tarn das Kind heiraten wird und daß es zu seinem Besten sein wird.«
Mr. Fearon lächelte herablassend. »Es ist traurig, aber wahr, meine Liebe«, sagte er, »daß unsere geschätzte Verwandte

ein bißchen sehr alt wird. O ja, ich weiß, daß sie einst wegen ihres Scharfsinns berühmt war - doch diese letzte Idee von ihr ist ein deutlicher Beweis dafür, daß sie geistig nicht mehr das ist, was sie einmal war. Eastcott hat ganz recht - es ist empörend, daß sie diese Heirat unterstützt.«

»Aber was sollen wir denn tun?« fragte Lady Eastcott verzweifelt. »Du hast selbst gesagt, daß Lewis erst recht entschlossen sein wird, das Mädchen zu heiraten, wenn wir ihm Widerstand entgegensetzen!«

»Das wäre sicher der Fall«, stimmte Mr. Fearon ihr zu. »Doch was meinen Sie, wie viele solche Abende er ertragen kann, bis er sich ein Ende der Affäre herbeiwünscht? Ich glaube, wir können dies der Zeit überlassen, und wenn es uns dann gelingt, ihm ein geeignetes Arrangement für Miß Duvenays Zukunft vorzuschlagen, so daß nicht er sie heiraten muß . . .« Er unterbrach sich, als er Lady Whittingham vorbeihuschen sah, und folgte ihr mit den Blicken. »Ja - das müßte gehen«, meinte er nach einer Weile nachdenklich. Er wandte sich seiner Tante zu. »Sagen Sie mir«, fragte er, »kennen Sie einen jungen Mann namens Swanton?«

Lady Eastcott blickte ihn verdutzt an. »Ich glaube nicht . . .«

»Nun, vielleicht kennen Sie ihn nicht«, sagte Mr. Fearon. »Aber ich bin mir sicher, daß Tina ihn kennt, denn ich habe ihn erst vor ein paar Wochen bei einem ihrer Abende gesehen. Nicht, daß er sich üblicherweise in diesen Kreisen bewegt, doch sein Vater scheint in der City einige Bedeutung zu haben und hat erst kürzlich Whittingham in einer geschäftlichen Angelegenheit geholfen. Ich glaube, daß der ältere Swanton Ambitionen hat, seinen Sohn in die Gesellschaft einzuführen, und Tinas Einladung kann als ein *quid pro quo* angesehen werden.«

»Um alles in der Welt, was hat das mit Tarns Absicht zu tun, Miß Duvenay zu heiraten?« fragte Lady Eastcott und blickte ihn immer noch verwundert an.

Mr. Fearon lächelte etwas ungeduldig. »Nur dies, Madam«, sagte er, »daß der junge Mr. Swanton - der bei einer Ehe nicht an die Mitgift zu denken braucht - eine Frau sucht, die nicht nach Kaufmannsluft riecht, eine Frau, die ihm Zutritt zu der vornehmen Welt verschafft. Und auf der anderen Seite haben wir da unsere kleine Miß Duvenay, die unbedingt einen reichen Mann braucht und die als Miß Standfields Protegé auf einen in gesellschaftlichen Dingen so unerfahrenen Menschen wie Swanton vermutlich den Eindruck einer vornehmen Dame macht, die zu ergattern sich lohnt . . .«

Lady Eastcott, die allmählich zu begreifen schien, blickte ihn bewundernd an.

»Oh!« sagte sie. »Wie klug du bist, Bruce! Du meinst, wenn es uns gelingen könnte, eine Ehe zwischen Mr. Swanton und Miß Duvenay . . .«

»Genau das! Seit Tarn diesen unsinnigen Gedanken gefaßt hat, habe ich mir den Kopf zerbrochen, um einen geeigneten Kandidaten zu finden, der in des Mädchens - hm - Zuneigung Tarns Platz einnehmen könnte. Es sind mir auch einige eingefallen, aber keiner ist so vielversprechend wie dieser Swanton. Ich müßte mich sehr irren, wenn Miß Duvenay nicht bereit wäre, seine Hand und sein Vermögen anzunehmen, sobald sie merkt, daß Tarn nicht mehr bereit ist, ihr die seine anzubieten.« Er blickte Lady Eastcott an. »Aber Sie, Madam«, ermahnte er sie, »müssen Ihr möglichstes tun, um das zu bewerkstelligen.«

»Oh, ich werde alles tun!« versicherte ihm Lady Eastcott eifrig.

»Dann überreden Sie Tina dazu, dem jungen Swanton und Miß Duvenay eine Einladung für die Abendgesellschaft zu schicken, die sie am Montag gibt«, riet ihr Mr. Fearon. »Das wird für den Anfang genügen. Es ist sehr kurzfristig, doch wenn wir diese Sache bald in Ordnung bringen wollen, müssen wir schnell handeln.«

Er erhob sich, und seinem glatten Lächeln, das er bei solchen gesellschaftlichen Anlässen aufzusetzen pflegte, wich ein zynischer Ausdruck. »Ich bin überzeugt«, fügte er abschließend hinzu, »daß weder Mr. Swanton noch Miß Duvenay die Einladung ablehnen werden - ganz gleich, wie überraschend sie kommt. Im Gegenteil, sie werden beide *aux anges* sein. Und dann, Madam, werden wir unsere kleine Komödie spielen - zum Vorteil, wie ich hoffe, aller Beteiligten.«

12

Entgegen allen Prophezeiungen von Mr. Fearon reagierte Victoire auf die Einladung von Lady Whittingham in das prächtige Haus in Marylebone mit der größten Gleichgültigkeit - ganz im Gegensatz zu den Swantons. Ihr Interesse begann sich erst zu regen, als Miß Standfield ihr mitteilte, daß Tarn ebenfalls am Montag abend bei den Whittinghams sein würde. Darum hatte Miß Standfield sich selbst gekümmert.

Der Marquis, der für diesen Abend ein ganz andersartiges Vergnügen in Aussicht genommen hatte - er wollte eigentlich mit seinen Zechkumpanen die Slums von Tothill Fields besuchen -, reagierte auf dieses Ansinnen mit einer verärgerten Grimasse. Doch immerhin mißachtete er den Wunsch seiner Tante nicht und fand sich zur verabredeten Zeit in Albermarle Street ein.

Als sie es sich in Miß Standfields Landaulet bequem gemacht hatten, erzählte Victoire Seiner Lordschaft, daß Mr. Standfield so freundlich gewesen sei, ihr in Albermarle Street die Tänze beizubringen, die zur Zeit in London Mode waren.

»Denn heute abend, bei der Gesellschaft von Lady Whittingham, wird getanzt«, sagte sie. »Und ich habe von diesen Dingen bisher keine Ahnung gehabt, *bien entendu.* Aber er hat gesagt, daß ich sehr gut vorankomme und daß er sich nicht schämt, heute abend mit mir zu tanzen, und ich dachte - ich dachte . . .«

Sie unterbrach sich und blickte Tarn unter ihren langen Wimpern hervor erwartungsvoll an.

»Du dachtest, du könntest dir in mir noch einen Tanzpartner fangen?« fragte Tarn mit wenig ermutigender Stimme, wobei sie jedoch den Schalk in seinen Augen wegen der Dunkelheit nicht sehen konnte.

»Ja - bitte - wenn es dir nicht sehr unangenehm ist«, sagte Victoire unsicher.
»Kind, er neckt dich doch nur«, beschwichtigte sie Miß Standfield. »Du wirst ein Dutzend Partner haben, nur keine Angst, und Lewis wird unter ihnen sein, das möchte ich schwören.«
»Vielleicht«, meinte Tarn. »Wenn sie mir verspricht, mir nicht auf die Zehen zu treten . . .«
»Aber *naturellement* werde ich das nicht tun!« sagte Victoire gekränkt. »Duke sagt, ich sei sehr - sehr *adroite.*«
»Oh, wir sind also schon bei ›Duke‹! Und ich dachte, er sei so förmlich.«
»Willst du nicht, daß ich ihn so nenne?« fragte Victoire, wiederum unsicher geworden. »Er sagt, es sei ganz *convenable* - wenn auch noch nicht in der Öffentlichkeit -, weil wir doch Verwandte werden.«
Der Marquis wollte ihr im Ton tugendhafter Mißbilligung antworten, doch Miß Standfield erklärte ihm ungehalten, daß er nicht die Unerfahrenheit eines Kindes ausnützen solle. Und wenn er vor ihrem ersten Ball ihr Selbstvertrauen erschüttern wolle, würde sie ihn bitten, sich nicht mehr mit ihr zu unterhalten.
»Aber ich mag es doch, wenn er sich mit mir unterhält, Mademoiselle!« protestierte Victoire, was den Marquis veranlaßte, in herzhaftes Lachen auszubrechen, so daß allesamt in bester Laune am Berkeley Square ankamen. Als der Landaulet sich der Reihe der ankommenden Kutschen anschloß, die anhielten, um die eleganten, mit Schmuck beladenen Damen sowie die prächtig mit Orden dekorierten Herren abzusetzen, wurden Victoires Augen groß vor Staunen.
»Mon Dieu«, sagte sie atemlos. »Ich habe nicht gewußt, daß es so *magnifique* werden würde! Muß ich denn all diese Leute begrüßen, Mademoiselle?«
»Nicht alle, mein Kind«, sagte Miß Standfield lächelnd. »Aber hab keine Angst, du wirst es sehr gut machen.«
»Glauben Sie?« Victoire holte tief Atem, bevor sie sich anschickte, die Kutsche zu verlassen. »Ich weiß nicht - aber ich will es versuchen«, sagte sie. »Doch ich freue mich trotz-

dem«, fügte sie kindlich hinzu, »daß ich ein schönes neues Kleid anhabe!«
Miß Standfields Vertrauen in ihren jungen Schützling wurde nicht enttäuscht. Victoires Augen leuchteten zwar vor Staunen, als sie die breite, mit einem roten Läufer ausgelegte Treppe hinaufschritt, doch als sie von Lord und Lady Whittingham begrüßt wurde, gelang es ihr, mit aller Selbstverständlichkeit ihren Knicks zu machen. Auch bewahrte sie ihre Haltung, als sie in den großen blumengeschmückten Ballsaal mit den hohen Spiegeln trat, der von Hunderten von Kerzen in Wandleuchtern und Kristalllüstern erhellt wurde. Mr. Standfield kam sofort auf sie zu, um sie aufs Parkett zu führen, wo man sich gerade für den Kontertanz aufstellte.
»Ich habe mir gedacht, Sie würden sich wohler fühlen, wenn Sie zuerst mit mir tanzen«, erklärte er mit einem entschuldigenden Blick auf Tarn. »Ich will dich nicht ausstechen, Vetter, aber sie ist meine Schritte gewöhnt, und der erste Ball ist eine verdammt heikle Angelegenheit.«
»Natürlich«, stimmte Tarn zu, während sein Blick durch den Raum schweifte. »Ich bilde mir auch nicht ein, auf deinem Niveau zu sein, Duke.«
Miß Standfield sagte bedeutungsvoll zu Victoire: »Du kannst den nächsten Tanz für Lewis reservieren, meine Liebe. Tarn, hörst du? Ich habe gesagt, daß Victoire dir den nächsten Tanz reservieren wird.«
»Ja, ich habe Sie verstanden«, sagte Tarn und wandte sich von ihr ab, woraufhin Miß Standfield nur entrüstet den Kopf schüttelte.
Sie konnte jedoch zu ihrer Genugtuung bald feststellen, daß es andere Gentlemen gab, die mehr Interesse an einem Tanz mit Victoire hatten als der Marquis.
Die Nachricht - von den Gästen der kleinen Abendgesellschaft bei Miß Standfield eifrig verbreitet -, daß Tarn neuerdings seine Aufmerksamkeit einer sehr jungen Dame zuwandte, die zusammen mit Miß Standfield nach London gekommen war, hatte das allgemeine Interesse der Gesellschaft erregt. Als man nun sah, daß es sich um ein sehr attraktives und elegantes junges Mädchen handelte, das ir-

gendwie außergewöhnlich wirkte, wurde bei den Herren die Neugierde wach. Als Tarn sie nach dem Tanz, den er pflichtbewußt mit ihr absolviert hatte, wieder zu Miß Standfield brachte, fand er schon einige Kandidaten vor, die sie um den nächsten Kontertanz baten. Mr. Fearon war der erste, der sich um diese Gunst bewarb; aber gerade als Miß Standfield dabei war, Victoire klarzumachen, daß es angebracht sei, ihm zu erlauben, sie aufs Parkett zu führen, zog er sich höflich zugunsten eines anderen jungen Gentleman zurück. Dieser trug eine auffällige geblümte Weste und ein ›orientalisches‹ Halstuch; er wurde als Mr. Alfred Swanton vorgestellt.

»Er hat sich solche Mühe gemacht, jemand zu finden, der ihn Ihnen vorstellen kann, Miß Duvenay, daß ich mich unbedingt seiner annehmen muß«, bemerkte Mr. Fearon. »Ich bin sicher, daß er sein ganzes Vermögen, das er einst erben wird, dafür geben würde, mit Ihnen tanzen zu dürfen.«

Miß Standfield, der es nicht entging, daß Mr. Fearon ganz ungeniert auf Mr. Swantons Reichtum anspielte, blickte den jungen Gentleman mißbilligend an und schätzte ihn als genau das ein, was er war - der Sohn eines reichen Bürgers, eifrig bestrebt, in die vornehme Gesellschaft aufgenommen zu werden. Doch Victoire war es ziemlich gleichgültig, ob sie mit Mr. Swanton oder mit Mr. Fearon tanzte, wobei sie die linkische Verlegenheit des ersteren entschieden der sarkastischen Liebenswürdigkeit des letzteren vorzog. Und als sie ihm ihre Hand reichte, hatte auch Miß Standfield nichts dagegen einzuwenden.

Miß Standfield wäre jedoch weniger einverstanden gewesen, wenn sie das Vorspiel zu dieser kleinen Szene erlebt hätte, denn es war keineswegs Mr. Swanton gewesen, der sich an Mr. Fearon herangemacht hatte, sondern umgekehrt; Mr. Fearon war es gewesen, der geschickt Mr. Swantons Aufmerksamkeit auf Miß Duvenay gelenkt und in seiner Erklärung ihrer Stellung in der Gesellschaft weit übertrieben hatte. Mr. Swanton - ein empfänglicher junger Mann und sehr geschmeichelt durch die Aufmerksamkeit eines Gesellschaftslöwen wie Mr. Fearon - war nur allzu bereit, ihm zu glauben, daß Miß Duvenay die attraktivste

junge Dame auf dem Ball sei, der nur ein entsprechendes Vermögen fehle, um sie zu einer der künftigen Königinnen der Gesellschaft zu machen.
»Verdammt reizend von Ihnen, mit mir zu tanzen, Miß Duvenay«, sprudelte es mit einer Naivität aus ihm heraus, die ebenso natürlich war wie ihre eigene. »Ich hätte niemals gewagt, Sie darum zu bitten, wenn Mr. Fearon nicht so freundlich gewesen wäre. Ich kenne nämlich von all den Gästen überhaupt niemand«, gestand er ihr, als er sie auf die Tanzfläche führte.
Victoire, die im Moment nur für Tarn Augen hatte, der neben Miß Standfield stand und es sich deutlich anmerken ließ, daß er sich ungeheuer langweilte, bemerkte ziemlich uninteressiert, daß Mr. Swanton doch zumindest den Gastgeber und dessen Frau kennen müsse.
»Aber natürlich«, beteuerte Mr. Swanton und wurde feuerrot bei dem schrecklichen Gedanken, daß Miß Duvenay nun vielleicht annehme, er sei ohne Einladungskarte auf den Ball gekommen. »Und - und noch einige andere Leute, denen ich vorgestellt wurde, als ich vor einigen Wochen hier war - nur fürchte ich, daß sich die meisten nicht mehr an mich erinnern«, fügte er traurig hinzu. Victoire, deren Anteilnahme durch die mißliche Lage ihres Partners sofort geweckt wurde, versicherte ihm freundlich, daß es ihr genauso gehe.
»O nein! Das kann nicht sein!« entgegnete ihr Mr. Swanton eifrig. »Das heißt - ich will sagen - Mr. Fearon hat mir erzählt, daß Sie gerade aus Frankreich gekommen sind, und daher können Sie ja hier noch nicht so viele Bekannte haben, aber - aber *Sie* könnte man wirklich nicht vergessen, Miß Duvenay! Nicht, wenn man Sie einmal gesehen hat!«
Victoires Herz hüpfte, als sie merkte, daß sie ihre erste Eroberung gemacht hatte, und sie hatte Mühe, ihm die sittsame Antwort zu geben, die von einer wohlerzogenen jungen Dame angesichts männlicher Bewunderung erwartet wurde. Sie konnte es kaum erwarten, Tarn von ihrem Erfolg zu berichten - eine Ungehörigkeit, die ihr von Miß Standfield strengen Tadel eingebracht hätte. Diese werte

Dame jedoch, die von den Gedanken ihres Schützlings keine Ahnung haben konnte, war im Augenblick in angeregtester Unterhaltung mit Lady Eastcott begriffen, die, zusammen mit ihrem Mann, noch zur rechten Zeit gekommen war, um Tarn mit Victoire tanzen zu sehen. Dieser Anblick hatte Lord Eastcott so sehr mißfallen, daß er seinen Neffen nur mit einem brummigen »hm« bedachte, als er ihm über den Weg lief, und sich in einen der kleineren Salons begab. Dort wollte er sich bei einer Partie Whist ablenken, um nicht in die Gefahr zu geraten, sich ärgern zu müssen, wenn er zufällig Tarn noch einmal mit Victoire vorbeitanzen sähe.

Es zeigte sich jedoch, daß er sich diese Mühe hätte sparen können, denn Tarn - der beobachtete, wie Victoire nach dem Kontertanz zum Boulanger und Kotillon überging und jedesmal den Partner wechselte - hatte es nicht für nötig gehalten, sie noch einmal um einen Tanz zu bitten. Und noch bevor er sich dazu entschlossen hatte, in dieser Richtung etwas zu unternehmen, ereignete sich etwas, was ihn im Augenblick ganz auf Victoire vergessen ließ.

Dieses ›Etwas‹ war das Auftreten einer Gruppe von drei Personen: ein kleiner, verhutzelter alter Herr mit dem blauen Band des portugiesischen Ordens vom Turm und Schwert, das seinem schäbigen und nicht sehr reinlichen Anzug eine gewisse Würde verlieh, dazu eine Dame, die ebenso groß und stattlich war, wie ihr Begleiter unansehnlich und klein, und die zu purpurrotem Turban und Kleid eine überdimensional lange Perlenkette trug. Als dritte befand sich an ihrer Seite eine sehr viel jüngere Dame, die sofort die Augen aller Männer auf sich zog und auch von den anwesenden Damen nicht übersehen werden konnte. Sie trug ein Kleid aus Goldsatin, das im griechischen Stil geschnitten war und eine Schulter und ein gut Teil der Brust unbedeckt ließ; in ihrem dunklen Haar glänzten Smaragde; selbst ihre Füße, kaum bedeckt von den Riemchen zierlicher griechischer Sandalen, deren Nägel mit Goldbronze bemalt waren, wirkten wie zierlicher Schmuck. Dazu ein sehr eigenwilliges, ganz und gar nicht klassisches Gesicht mit vollem, reifem Mund und mandelförmigen grünen Augen. Kaum waren

die drei eingetreten, verstummte die allgemeine Unterhaltung und wich erstauntem Geraune.
»Wer ist denn das?« fragte Lady Eastcott, die sonst keineswegs prüde war, ziemlich mißbilligend Mr. Fearon, mit dem sie gerade sprach. »Mein lieber Bruce - diese Zehennägel! Und ich müßte mich sehr täuschen, wenn sie unter diesem Kleid überhaupt etwas anhat. Ich kann mir nicht denken, daß Tina mit ihr bekannt ist!«
Mr. Fearon mußte ihr gestehen, daß er ebenso ahnungslos sei wie seine Tante, ging dann jedoch gehorsam zu Lord Whittingham, um ihm die Frage ins Ohr zu flüstern. Er kehrte kurz darauf mit einem merkwürdig triumphierenden Blick zurück, um Lady Eastcott mitzuteilen, daß diese auffällige Dame niemand anderer sei als die Condessa de Vilamil. Die Whittinghams hätten sie einladen müssen, weil sie Gast bei einem der hohen portugiesischen Würdenträger sei, die im Augenblick wegen der Friedensfeiern in London weilten.
»Ein Glücksfall, Madam«, sagte er, »für den wir äußerst dankbar sein müssen . . .«
»Dankbar!« unterbrach ihn Lady Eastcott tadelnd. »Nun, ich muß sagen, du könntest - obwohl ich das von dir nicht erwartet hätte, Bruce.«
»Meine liebe Tante«, unterbrach sie Mr. Fearon etwas ungeduldig. »Sie verstehen mich völlig falsch! Mein Interesse an der Condessa ist nicht im geringsten persönlicher Natur. Ich denke, Sie werden es besser verstehen, wenn ich Ihnen sage, daß es dieselbe portugiesische Gräfin ist, mit deren Namen Lewis während des letzten Jahres, als er im Ausland war, so skandalös in Zusammenhang gebracht wurde.«
»Nein!« rief Lady Eastcott aus, und ihre Augen huschten noch einmal zur Condessa hinüber. »Bist du dir auch ganz sicher? Mein Gott, sie muß es sein, denn er geht gerade auf sie zu! Und das ist ihr Mann?« fragte sie und blickte fasziniert auf den verhutzelten alten Mann, der die Condessa begleitete.
»Nein, er und die Amazone mit den Perlen sind die Freunde, bei denen sie wohnt«, antwortete Mr. Fearon. »Der Conde ist, soviel ich weiß, unglücklicherweise - oder

vielleicht sollte ich sagen: glücklicherweise - durch einen Gichtanfall verhindert und mußte in Lissabon bleiben.«

»Er bittet sie um einen Tanz, glaube ich«, unterbrach ihn Lady Eastcott, halb amüsiert, halb entsetzt. »Mein Gott, er hat wirklich überhaupt kein Schamgefühl! Noch bevor er die erste Runde mit ihr getanzt hat, wird jeder hier die Geschichte erfahren haben - und natürlich weiß er das ganz genau!«

»Natürlich«, stimmte Mr. Fearon zu, auf dessen Gesicht sich Genugtuung zeigte. Seine Augen suchten schnell nach Victoire, und er entdeckte sie neben Miß Standfield auf einem kleinen Sofa sitzen. »Ein Walzer - die kleine Miß Duvenay darf diesmal nicht tanzen«, murmelte er. »Die liebe Tante Amelia wird schon dafür sorgen. Ich schätze, sie hat immer noch Hoffnung, daß Sally Jersey oder Maria Sefton bei Almack's Bürgen für das Kind beschaffen, daher ist es ihr nicht erlaubt, in der Öffentlichkeit Walzer zu tanzen, bis sie dazu die Erlaubnis dieser ehrwürdigen Patroninnen hat.«

»Sieh dir doch nur einmal an, wie er sie an sich drückt!« sagte Lady Eastcott, die sich im Augenblick nicht besonders für Miß Duvenay interessierte. »Immerhin ein hübsches Paar, Bruce!«

»Ich hoffe, Miß Duvenay denkt das auch«, entgegnete Mr. Fearon spöttisch und wandte seine Augen nicht von Victoire. »Ich glaube, ich werde sie bitten, mit mir die Quadrille zu tanzen, Madam. Sie platzt bestimmt vor Neugierde, und es wäre wirklich schade - nicht wahr? -, wenn man diese Neugierde nicht befriedigen würde!«

13

Victoire war - wie Mr. Fearon ganz recht vermutete - das Erscheinen der Condessa nicht entgangen, ebensowenig, daß Tarn sofort auf sie zugegangen war. Und es schien ihr, daß er dies auf ein Zeichen der Dame hin getan hatte - ein kleines schnelles Augenzwinkern oder ein kurzes Lächeln -, denn im nächsten Moment schon beugte er sich über ihre Hand, blickte sie lächelnd an, nahm sie kühn in den Arm und sie wirbelten zusammen über das Parkett.

Wenn sie die ersten Worte der Condessa gehört hätte, als die beiden die Mitte der Tanzfläche erreicht hatten, wäre ihre Eifersucht, die schon geweckt war, noch größer geworden.

»Lewis, *mi amor!* Wer hätte gedacht, daß ich Sie hier treffe!«

»Sie haben es sich gedacht«, erwiderte der Marquis prompt. »Deshalb sind Sie ja auch hier, nicht wahr, Eva? Was machen Sie überhaupt in London? Ich dachte, Sie könnten diese Stadt nicht ausstehen!«

Sie hob lächelnd ihre Schulter. »Ich habe gehört, daß Sie hier sind, *caro.* Das ist es doch, was Sie von mir hören wollen, nicht wahr?«

»Ich will von Ihnen die Wahrheit hören«, sagte der Marquis gelassen. »Doch ich schätze, da verlange ich zuviel. Übrigens ist es mit Ihrem Akzent bedeutend besser geworden, meine Liebe. Niemand würde vermuten, daß Sie mitten in der City geboren wurden. Ich nehme an, man hat meinen bedauernswerten Verwandten die rührende Geschichte von dem verarmten spanischen Adeligen erzählt?«

»Seien Sie doch nicht so ungalant, Lewis. Mein Vater stammte tatsächlich aus Spanien, und zwar aus einer sehr guten Familie.«

»Er stammte aus Spanien, das gestehe ich Ihnen zu. Doch daß er aus adeliger Familie kam, das ist ein bißchen zu dick

aufgetragen, meine Liebe! Ein notleidender alter Gauner, der einmal eine Spielhölle betrieben hat - so haben Sie es mir doch erzählt, oder?«
»Liebster Lewis, Sie sind so abscheulich wie eh und je«, sagte die Condessa und lächelte ihn betörend an. »Und wenn Sie es wagen, hier in London nur ein Sterbenswörtchen darüber zu verlieren, werde ich Ihnen die Augen auskratzen.«
»Das würden Sie mit Sicherheit«, erklärte der Marquis liebenswürdig. »Doch Sie brauchen sich nicht aufzuregen - ich mißbrauche nie das Vertrauen, das man mir entgegenbringt, vor allem dann nicht, wenn man mir im Suff etwas anvertraut hat.«
»Ich war nicht betrunken!«
»Doch, das waren Sie, meine Liebe. Das ist Ihre einzige Schwäche - eine andere habe ich nicht an Ihnen entdeckt.«
»Ich hatte - einst - eine Schwäche für Sie«, murmelte die Condessa. »Erinnern Sie sich?«
»O ja, ich erinnere mich daran. Aber es war nicht wirklich eine Schwäche, nicht wahr? Und wenn es eine war, hätten Sie ihr sicherlich widerstehen können - wenn nicht zugleich ein Titel und Vermögen damit verbunden gewesen wären!«
Sie blickte ihn herausfordernd an. »Sind Sie ein Zyniker geworden, Lewis, wie Byron?« zirpte sie.
»Dieser *poseur?* Er war im Ausland tödlich langweilig und ist es hier in London, wo er berühmt ist, noch mehr. Den sollten Sie lieber vergessen, wenn Sie in der Richtung Ambitionen haben«, fügte er mit seiner gewohnten Direktheit hinzu. »Denn der wird von fast allen Damen der Gesellschaft umschwärmt. Der kann sich seine Gräfinnen aussuchen, meine Liebe, auch ohne unechten portugiesischen Titel.«
Die Condessa, die seine Offenheit kannte, entgegnete ihm ebenso direkt: »Ich möchte ihn ja gar nicht haben, ich möchte viel lieber Sie, *caro*!« Und sie blickte ihn so verführerisch an, daß Victoire, an der sie gerade eben vorbeitanzten, zusammenzuckte.
»Ein hübsches Paar, die beiden, nicht wahr?« sagte auf ein-

mal eine Stimme neben ihr. Sie blickte überrascht auf und entdeckte Mr. Fearon, der gelangweilt auf sie hinablächelte.
»Die Lady ist die Condessa de Vilamil, wenn es Sie interessiert«, fuhr er mit seiner öligen Stimme fort, die Victoire allmählich unangenehm wurde.
Er hätte noch weitergesprochen, doch diesmal war es Miß Standfield, der es einen deutlichen Ruck gab.
»Also wirklich . . .«, sagte sie und musterte die Condessa, die nun, da der Tanz zu Ende war, mit Tarn auf der Tanzfläche stand und lächelnd ihre Hand auf seinen Arm legte.
»Bist du dir da auch ganz sicher, Bruce?«
»Ganz und gar!« erklärte Mr. Fearon, nahm Victoires Hand und zog sie vom Sofa. »Ich denke, ich darf Sie um diesen Tanz bitten, Miß Duvenay«, sagte er. »Als Ersatz für den, den ich an Mr. Swanton abgetreten habe.«
Sie nahm widerstrebend ihren Platz in der Reihe der Tänzer ein, denn ihre Gedanken waren immer noch bei der Condessa. Ihr Partner blickte sie spöttisch an, doch sie bemerkte es nicht.
»Ist die Condessa eine - eine Freundin von Lewis?« fragte sie unvermittelt.
»Ja, eine sehr gute Freundin.«
»Oh!« Sie nahm die Auskunft mit leichtem Stirnrunzeln hin.
»Tja, meine Liebe«, sagte Mr. Fearon und blickte sie belustigt an. »Es ist genau das, was Sie denken. So naiv sind Sie doch auch wieder nicht, oder? Und das ist auch gut so - denn wenn Sie Lewis heiraten wollen, müssen Sie sich schon mit seinen *chères-amies* abfinden, ohne jedesmal gleich hysterisch zu werden.«
»*Moi,* ich werde nie hysterisch«, erklärte Victoire mit Würde und bemühte sich krampfhaft, es sich nicht anmerken zu lassen, was für ein Gefühl der Verzweiflung sie plötzlich überkommen hatte.
»Das beruhigt mich außerordentlich«, sagte Mr. Fearon. »Eifersucht ist nämlich ein sehr unliebenswürdiger Charakterzug, finden Sie nicht auch? Abgesehen davon, daß es ganz nutzlos ist, was Lewis betrifft.« Dann fügte er hinzu - wobei ihm nicht entging, daß Victoires Gesicht plötzlich sehr blaß

geworden war -: »Natürlich ist die Condessa eine sehr schöne Frau, und jeder Mann könnte ihretwegen den Kopf verlieren.«
Victoire, die Tarn unablässig beobachtete, erklärte tapfer: »Ich glaube nicht, daß Lewis den Kopf verliert, wie Sie sagen. Er amüsiert sich nur.«
Mr. Fearon lachte. »Mit der Condessa?« sagte er. »Mein liebes Kind, ich fürchte, das verhält sich doch etwas anders. Man erzählt sich, daß er sehr *épris* war und ihretwegen die verrücktesten Dummheiten begangen hat. Die beiden haben über ein Jahr lang in Lissabon für den interessantesten und aufregendsten Skandal gesorgt. Und ich habe das Gefühl, daß sie jetzt wieder damit anfangen.«
Victoire sagte nichts, doch ihr Partner bemerkte mit Genugtuung, daß ihr Gesicht immer noch sehr blaß und ernst und ihre Fröhlichkeit wie weggeblasen war.
Um die Wahrheit zu sagen, hatte sich der Ball, der so verheißungsvoll begonnen hatte, in eine höchst traurige Angelegenheit für sie verwandelt. Und um alles noch schlimmer zu machen, hatte es sich Miß Standfield - als sie sah, daß der Erfolg ihres Schützlings gesichert war - erlaubt, sich mit einigen ihrer Freundinnen in einen der kleineren Salons zurückzuziehen, um dort den neuesten Hofklatsch zu besprechen. Vorher hatte sie Victoire noch gesagt, daß Lady Eastcott sich ihrer annehmen würde, wenn sie ohne Partner sei. Doch Victoire hatte vor Lady Eastcott eine große Scheu. So wagte sie es nicht, sich an diese zu wenden, als sie - nachdem sie nicht weniger als drei Herren die Einladung zum Supper ausgeschlagen hatte, da sie annahm, Tarn würde sie begleiten - sich plötzlich allein fand, während die Gäste sich in den großen Salon begaben, wo das kalte Büfett aufgebaut war.
Sie sah sich nach Tarn um, doch der war nirgends zu sehen. Plötzlich kam sie sich genauso allein und deplaciert vor, wie Mr. Swanton es ihr beschrieben hatte, und sie suchte Zuflucht in einem kleinen Nebenraum, der an den Ballsaal grenzte. Es war niemand da, und so setzte sie sich auf einen der Stühle, ließ wie ein kleines Kind den Kopf hängen und kämpfte mit den Tränen. Seit dem Tag, als sie Frankreich

verlassen hatte, war sie sich nicht mehr so verlassen vorgekommen.
»Miß Duvenay?«
Als sie ihren Namen hörte, blickte sie schnell auf. Mr. Swanton stand in der Türe und blickte sie unschlüssig an.
»Ich habe gedacht . . . ich habe gesehen . . . ich habe Sie hier hineingehen sehen . . .«, stammelte er. »Ich hätte Sie schon früher gefragt, doch ich hätte nie gedacht . . . ich will sagen, es waren so verteufelt viele Herren um Sie herum . . .«
»Wenn Sie damit sagen wollen, daß Sie mich zum Supper begleiten wollen«, sagte Victoire und sprang auf, »dann dürfen Sie es. Und es ist sehr freundlich von Ihnen, mich darum zu bitten.«
»Oh - nicht im geringsten«, sagte Mr. Swanton überwältigt. Er reichte ihr seinen Arm und führte sie durch den nun leerer werdenden Ballsaal und die Treppen hinunter in den großen Salon. Die schönsten Köstlichkeiten waren dort aufgetragen: Hummer und Räucherlachs, Wachteln und gefüllte Rebhühner, die verschiedensten Pasteten - und trotzdem hatte Victoire, der der Appetit völlig vergangen war, alle Mühe, sich erfreut zu zeigen, als Mr. Swanton ihr eine Auswahl dieser Herrlichkeiten brachte.
Mr. Swanton hatte kaum Zeit, sich seinerseits darüber zu freuen. Eben hatte er sich neben sie gesetzt, da erschien auf einmal Tarns große Gestalt unheilverkündend neben ihnen. Der Marquis blickte ihn drohend an und erklärte ohne Umschweife: »Sie sind hier fehl am Platz, glaube ich. Miß Duvenay war für das Supper mit mir verabredet.«
Victoire blickte ihn erstaunt an, denn sie hatte ihn noch nie so arrogant und unfreundlich erlebt. Mr. Swanton wurde plötzlich ganz klein, begann Entschuldigungen zu stammeln und blickte Victoire so mitleidheischend an, daß diese sich gezwungen fühlte, ihm zu Hilfe zu kommen.
»Nein, nein, bitte, bleiben Sie sitzen, Mr. Swanton!« sagte sie. »Seine Lordschaft hat die Sache wohl mißverstanden.«
»Habe ich das - bei Gott!« sagte Tarn zornig. »Das werden wir ja sehen!«
Heftig griff er mit seiner rechten Hand nach Mr. Swantons Ellbogen, als dieser auf Victoires Bitte hin wieder Platz neh-

men wollte. Auf diese Weise nötigte er ihn, schnell wieder aufzustehen - was einige Umstehende dazu veranlaßte, sich neugierig umzublicken und durch das Lorgnon diese Szene zu beobachten. Mr. Swanton errötete tief, murmelte einige unzusammenhängende Entschuldigungen und hastete davon, hinaus aus dem Salon. Tarn setzte sich zufrieden in den Stuhl, den jener verlassen hatte.
»So ist es schon besser«, sagte er gelassen, die Lorgnons völlig mißachtend, die immer noch auf ihn gerichtet waren. »Was gibt es denn Gutes? Hummerpasteten! Exzellent!« Und er machte sich auf der Stelle daran, eine dieser Herrlichkeiten zu verspeisen. Victoire blickte ihn empört an.
»Tiens!« sagte sie. »Glaubst du - glauben Sie«, verbesserte sie sich, denn schließlich befanden sie sich auf einem Ball, und die Leute sollten nicht wissen, daß sie und Lewis heimlich verlobt waren. «Glauben Sie vielleicht, Sie können sich so einfach hierher setzen und essen, als sei nichts geschehen!«
»Natürlich werde ich essen«, antwortete Seine Lordschaft gänzlich ungerührt. »Und Sie sollten es auch tun, wenn Sie etwas davon haben wollen, denn ich habe nicht vor, den Rest meines Lebens in diesem Haus zu verbringen. Und wir müssen noch einen zweiten Tanz absolvieren, denn wir wollen damit ja einen bestimmten Zweck erfüllen.«
Victoire schob ihren Teller zurück. »Ich werde nicht essen, Mylord!« sagte sie und blickte ihn zornig an.
»Dann tun Sie es eben nicht, doch Sie bringen sich damit um einen großen Genuß. Diese Hummerpasteten zum Beispiel . . .«
Victoire sagte mit halb erstickter Stimme: »Sie sind - Sie sind heute abend wirklich ganz und gar abscheulich! Erst sind Sie nicht gekommen, um mich zum Essen zu begleiten, dann waren Sie sehr unfreundlich zu Mr. Swanton - und jetzt sprechen Sie von Hummerpasteten!«
»Sie sollten verdammt froh sein, daß ich über Hummerpasteten spreche«, sagte Tarn nun ebenso zornig, »anstatt Sie zu fragen, was zum Teufel Sie sich dabei gedacht haben, mit diesem Bürschchen zu flirten.«
»Ich habe nicht geflirtet! Sie sind nicht gekommen, um

mich zum Supper zu bringen, und er war so freundlich, es zu tun. Das ist alles.«

»Ja, das ist alles, nur daß Sie ihm damit völlig den Kopf verdreht haben!«

»Das habe ich nicht getan! Im Gegenteil, Sie sind es, der sich den Kopf hat verdrehen lassen, so daß jeder auf Sie schaut und über sie tuschelt.«

Tarn blickte sie an. »Das ist es also - die Condessa«, sagte er. »Nun, die Leute hätten auch dann geschaut und getuschelt, wenn ich gar nicht mit ihr gesprochen hätte, das kann ich Ihnen versichern.«

»Mir ist es ganz gleich, ob man über sie tuschelt, aber es ist mir nicht gleich, wenn Sie sich vor all diesen Leuten so töricht benehmen.«

Sie schwieg, weil sie sah, wie zornig er sie anblickte. Er sagte jedoch kein einziges Wort mehr zu ihr, sondern aß die Lekkerbissen, die Mr. Swanton so freundlich herbeigebracht hatte, wobei es ihm ganz gleichgültig zu sein schien, daß Victoire in trotziges Schweigen verfallen war und die Umstehenden sie neugierig anblickten. Dann stand er auf, faßte sie beim Handgelenk und zog sie zu sich hoch.

»Kommen Sie«, sagte er. »Wir werden jetzt zusammen tanzen.«

»Ich will aber nicht mit Ihnen tanzen!« erklärte Victoire; sie kochte vor Wut.

»Es ist mir gleich, ob Sie wollen oder nicht, denn Sie werden es tun«, erklärte Tarn unerbittlich. Er hatte seine Hand fest um ihren Arm gelegt und zwang sie, mit ihm die Treppe hinaufzugehen.

Wie das Schicksal es wollte, stimmte gerade die Kapelle einen Walzer an. Dies gab Victoire neue Munition, und sie wich triumphierend einen Schritt zurück. »Sehen Sie, nun spielen sie einen Walzer, so daß ich nicht mit Ihnen tanzen kann!« Dann fügte sie unversöhnlich hinzu: »Gehen Sie und tanzen Sie mit Ihrer Condessa, denn das ist es doch, was Sie wollen. Es ist sehr schade, *bien entendu,* daß sie einen Mann hat - doch man merkt ja, daß das Sie beide nicht daran hindert, trotzdem Ihren Spaß zu haben.«

Kaum hatte sie dies gesagt, packte er sie so hart am Handge-

lenk, daß sie zusammenzuckte. Ein kräftiger Arm umfaßte sie, und ehe sie sich's versah, befand sie sich mitten auf dem Tanzparkett mit ihm und drehte sich im wirbelnden Walzertakt.
»Scélérat!« keuchte sie. »Lassen Sie mich los - lassen Sie mich sofort los!«
Der Marquis dachte nicht daran, ihr ihren Willen zu tun, sondern blickte nur grimmig auf sie herab.
»Jetzt hören Sie mir einmal zu, Sie kleines Biest!« sagte er. »Wenn ich noch ein einziges Mal so etwas höre . . .«
»Ich sage genau das, was ich will! Und Sie werden mich nicht davon abhalten! Und wenn Sie mich nicht sofort loslassen, wird Mademoiselle so böse mit Ihnen sein, daß Sie niemals mehr mit Ihnen sprechen wird! Sie hat mir gesagt, daß ich auf keinen Fall in der Öffentlichkeit Walzer tanzen darf, denn die Damen von Almack's werden dann nicht erlauben . . .«
»Sie werden es sowieso nicht erlauben, daß Sie die heiligen Hallen von Almack's betreten, wenn Sie mich heiraten«, erklärte Tarn frei heraus. »Und wenn Sie meinen, daß Sie mit diesem bürgerlichen Schnösel besser fahren, dann irren Sie sich sehr, meine Liebe!«
»Das ist kein Schnö . . . was immer das Wort bedeuten soll, das Sie gesagt haben. Er ist ein junger Mann *entièrement respectable,* was bedeutend mehr ist, als man von Ihrer Condessa sagen kann!«
Ihre Auseinandersetzung wurde erst jetzt richtig temperamentvoll, so daß sie gar nicht merkten, welches Aufsehen sie erregten. Miß Standfield, die den schwerverdaulichen Verlockungen von Hummer und Pasteten widerstanden und sich die ganze Zeit über mit ihren Freundinnen in dem kleinen Salon aufgehalten hatte, kehrte zur rechten Zeit in den Ballsaal zurück, um sehen zu müssen, wie ihr junger Schützling den verbotenen Walzer tanzte und sich augenscheinlich heftig mit ihrem Partner stritt - sehr zum Vergnügen der anderen Gäste.
»Bezaubernd, nicht wahr?« hörte sie Mr. Fearons belustigte Stimme neben sich. »Meine liebe Madam, Sie waren nicht beim Supper, glaube ich, so daß Sie den Ausbruch der Feind-

seligkeiten nicht miterleben konnten. Es begann offenbar damit, daß Lewis Miß Duvenay Vorhaltungen machte, weil sie Mr. Swanton erlaubt hatte, sie zum Supper zu begleiten. Im Gegenangriff warf sie ihm seine Aufmerksamkeiten gegenüber der Condessa de Vilamil vor. Und nun scheinen die beiden ihre schwere Artillerie aufgefahren zu haben . . .« Er blickte mit bösem Lächeln auf sie herab. »Liebe Tante, glauben Sie denn immer noch«, sagte er, »daß man aus den beiden ein Paar machen kann? Sie kennen doch Lewis' unbeherrschtes Temperament! Im Augenblick habe ich eher das Gefühl, daß er das Mädchen ermorden wird, statt sie zu heiraten!«

Miß Standfield, die niemals viele Worte verschwendete, blickte ihn nur kühl an und ging davon, um Lady Whittingham zu bitten, sofort einen Lakaien loszuschicken, damit ihre Kutsche herbeigeholt werde.

»Oh, Sie gehen schon?« fragte Lady Whittingham und bemühte sich höflich, enttäuscht zu klingen. Doch die deutliche Erleichterung, die sich auf ihrem hübschen Gesicht zeigte, wies darauf hin, daß sie soeben von ihrem Mann gemaßregelt worden war, weil sie Tarn in ihr Haus gebeten hatte.

»Wo immer der hinkommt, gibt es Unannehmlichkeiten!« hatte er gesagt. »Und wirklich, meine liebe Ernestina, diese Condessa de Vilamil! Jedermann in London - außer dir - scheint zu wissen, daß sie seine Geliebte war!«

Lady Whittingham konnte daher nur dankbar sein, als sie sah, wie Miß Standfield eine heftig errötete Miß Duvenay hinunter zum Haupteingang brachte, gefolgt von Tarn, dessen Miene trotzige Wut verriet. Sie kehrte erleichtert zu ihren anderen Gästen zurück, wurde jedoch gleich von der Condessa de Vilamil aufgehalten.

»Entschuldigen Sie, Madam«, erklang die schleppende Altstimme neben ihr, »ich glaube, Sie sind die Cousine von Lord Tarn? Dieses Kind, mit dem er gerade fortgeht - ist das seine Verlobte?«

»Seine Verlobte?« sagte Lady Whittingham und blickte sie erstaunt an. »Nein, bestimmt nicht!« sagte sie. Dabei starrte sie fasziniert auf das elegante enthüllende Kleid und

wünschte sich, daß sie sich wenigstens ein halb so kühnes leisten könnte, ohne daß ihr Mann ihr deswegen Vorhaltungen machte.
»Nein?« fragte die Condessa mit hochgezogenen Brauen. »Doch er streitet so heftig mit ihr, daß sie ihm wahrscheinlich nicht völlig gleichgültig ist . . .«
Inzwischen saß ein sehr stilles Trio in der Kutsche von Miß Standfield und fuhr zurück zur Albermarle Street. In Gegenwart von Miß Standfield war noch nicht einmal der Marquis mutig genug, seinen Streit mit Victoire fortzusetzen, und Miß Standfield war einsichtig genug, ebenfalls zu schweigen. Victoire selbst hatte alle Mühe, ihre Tränen zurückzuhalten, biß sich auf die Lippen, blickte aus dem Fenster und vermied es, Tarn anzusehen.
Sie wäre nach diesem anstrengenden und höchst enttäuschenden Abend am liebsten sofort in ihr Zimmer gegangen, doch Miß Standfield hatte andere Vorstellungen. Sie führte, als sie zu Hause angekommen waren, ihren jungen Schützling unerbittlich die Treppe hinauf zu ihrem eigenen Schlafzimmer, wo sie - nachdem sie ihre Zofe zu Bett geschickt hatte - Victoire bat, sich zu setzen, und dann ihr gegenüber Platz nahm.
»Und jetzt, meine Liebe«, sagte sie, »wirst du mir alles über diese lächerliche Geschichte erzählen. Warst du so töricht, Lewis wegen seiner Aufmerksamkeiten für diese skandalöse Frau zur Rechenschaft zu ziehen - diese Person, die sich als Condessa ausgibt?«
Victoire blickte sie trotzig an, doch im Innern hatte schon ihre französische Vernunft gegen das irische Temperament gesiegt.
»Ja!« gestand sie aufrichtig. »Das heißt, er hat mir Vorhaltungen gemacht, weil ich Mr. Swanton erlaubt habe, mich zum Supper zu begleiten. Er selbst kam ja nicht, und so habe ich *naturellement* . . .«
»*Naturellement* hast du dich sehr geärgert und ihm die Sache mit der Condessa vorgeworfen«, seufzte Miß Standfield. »Mein liebes Kind, wenn du nicht lernst, ihm in solchen Situationen weniger deutlich deine Meinung zu sagen, mußt du es dir aus dem Kopf schlagen, jemals die Marchio-

ness of Tarn zu werden. Eine kluge Frau darf auf ein solches Schauspiel, wie Tarn es heute mit der Condessa aufgeführt hat, nicht in aller Öffentlichkeit mit einer derartigen Ungehörigkeit reagieren.«

Victoire blickte zu Boden. »Ich weiß«, sagte sie leise. »Es war sehr dumm von mir - und ich habe ihn sehr, sehr verärgert, so daß er mir wahrscheinlich nie verzeihen wird. Aber ich konnte nicht anders«, verteidigte sie sich, und ihre Augen blitzten, »als ich gesehen habe, wie töricht er sich mit dieser - dieser - *salope* benahm!«

Miß Standfield blickte sie entsetzt an. »Du hast hoffentlich vor Lewis nicht diesen Ausdruck gebraucht«, fragte sie bestürzt.

»Nein, aber ich habe etwas beinahe ebenso Schlimmes gesagt«, gab Victoire ziemlich schuldbewußt zu. »Und zwar, als er mir erklärt hat, daß ich den Walzer mit ihm tanzen werde, ob ich wolle oder nicht . . .«

Miß Standfield seufzte noch einmal. »Du meine Güte«, sagte sie. »Du hast nicht übertrieben, als du gesagt hast, daß du ebenso zornig werden kannst wie er. Und was hast du nun vor?«

Victoire senkte den Kopf noch tiefer und schluchzte auf. »Sie glauben auch, daß er mir nie, nie mehr vergeben wird, Mademoiselle«, stammelte sie.

»Dir niemals vergeben? Unsinn!« entgegnete Miß Standfield energisch. »Wenn er dich das nächste Mal sieht, hat er es bestimmt längst vergessen. Denn so unbeherrscht Tarn auch sein mag, nachtragend ist er nicht.« Als sie sah, daß Victoire wieder die Tränen kamen, erklärte sie ernst: »Du darfst auch nicht so töricht sein und ihm das Gefühl geben, daß er es ist, der etwas zu verzeihen hat. Im Gegenteil, du mußt von ihm erwarten, daß er dich um Entschuldigung bittet.« Nachdenklich fügte sie hinzu: »Er wird dies zwar nicht tun, und ich würde an deiner Stelle auch gar nicht darauf bestehen, aber du kannst ihm durch eine gewisse Reserviertheit zu verstehen geben, daß er dich sehr verletzt hat.«

Obwohl ihr noch Tränen in den Augen standen, mußte Victoire jetzt lachen. »*Vous êtes bien sage,* Mademoiselle«, sagte sie, »doch wenn er nicht verärgert über mich ist, weiß ich wirklich nicht, wie ich es fertigbringen soll, mich über ihn zu ärgern. Und er würde nur lachen, wenn ich ihm mit, wie Sie sagen, Reserviertheit begegnen würde. Wenn er dann noch ›Kleine‹ zu mir sagt, komme ich mir wirklich nicht sehr würdevoll vor.«

»Das fürchte ich auch«, sagte Miß Standfield resignierend. »Ich glaube, keiner von euch beiden hat die geringste Ahnung, wie man sich bei einer solchen *affaire du cœur* verhält. Wahrscheinlich sollte ich meine Finger davon lassen - doch ich werde es nicht tun. Und sei es nur, um sicherzugehen, daß Lewis nicht eine Person wie diese abscheuliche Condessa heiratet!« Sie erhob sich. »Und nun geh ins Bett und vergeude nicht deine Zeit damit, dir seinetwegen die Augen auszuweinen. Ich werde ihn vermutlich dazu überreden müssen, bei dieser lächerlichen Werbung den nächsten Schritt zu tun. Doch es ist noch nicht alles verloren - wenn es dir in Zukunft gelingt, deine Zunge in Zaum zu halten!«

14

Es zeigte sich jedoch, daß ein Eingreifen Miß Standfields gar nicht nötig war, denn schon am nächsten Tag wurde ein Brief von Tarn abgegeben, in dem dieser um das Vergnügen bat, die beiden Damen an einem der nächsten Abende ins Theater begleiten zu dürfen. Victoire, die jetzt noch größere Gewissensbisse wegen ihres Verhaltens hatte, versank angesichts der Großmut ihres Verlobten in einem Abgrund von Selbstanklagen. Diese Stimmung hielt jedoch nur so lange an, bis sie ihn noch am gleichen Tag neben der blau ausgeschlagenen Kutsche einer strahlenden Blondine im Hyde Park herreiten sah.

Als er jedoch seinen rassigen Grauschimmel neben Miß Standfields Landaulet anhielt, war sie trotzdem in der Lage, ihn mit einem selbstsicheren Lächeln zu begrüßen, als habe er sich eben noch mit einer der angesehensten älteren Damen der Stadt unterhalten.

Was den Marquis betraf, so schien er tatsächlich nicht verärgert zu sein; er blickte sie nur abwartend an, als erwarte er von ihrer Seite erneut Vorwürfe; er selbst erwähnte jedoch die Auseinandersetzung vom Vorabend mit keinem Wort.

Es war schließlich Miß Standfield, die das Thema anschnitt und ihm erklärte, es sei sinnlos, Victoire in die Stadt gebracht zu haben, wenn er nicht mehr Zeit mit ihr gemeinsam verbringe.

»Wenn du weiter anderen Frauen den Hof machst, kannst du nicht erwarten, daß die Öffentlichkeit annimmt, du würdest dich für Victoire interessieren«, sagte sie ihm. »In deinem Alter solltest du dieser Aufgabe gewachsen sein.«

Victoire errötete. »Aber mir ist es doch gleich, wenn er anderen Frauen den Hof macht, Mademoiselle!« sagte sie tapfer, auch wenn es nicht gerade überzeugend klang. Als sie bemerkte, daß Tarn erstaunt seine schwarzen Brauen hoch-

zog, wurde sie noch unsicherer. »Ich weiß, daß ich mich gestern abend sehr schlecht benommen habe, aber ich werde das nicht mehr tun. Nein, es ist mir ernst! *Assurément!*« fügte sie mit Nachdruck hinzu, als er sie skeptisch angrinste. »Wir werden eine *mariage de convenance* schließen, *n'est-ce pas?* Und deshalb werde ich auch keine weiteren Szenen mehr machen.«
»Noch ist diese Ehe nicht geschlossen«, sagte Miß Standfield streng. »Und es wird wohl auch kaum dazu kommen, wenn Lewis nicht wenigstens ein paar Wochen lang so tut, als hätte er einigermaßen Interesse daran, dies zu bewerkstelligen.«
Der Marquis schien ihr wieder eine unüberlegte Antwort geben zu wollen, doch Victoire kam dem zuvor, indem sie ihre Hand nach dem glänzenden Hals des Pferdes ausstreckte, das sich dicht an die Kutsche herangedrängt hatte. »Was für ein wunderbares Tier! Das würde ich gerne einmal reiten! Wie heißt es denn?«
»Grey Boy«, sagte Tarn. Er blickte auf sie nieder, und sein finsteres Gesicht hellte sich auf. »Für dich ein bißchen zuviel Pferd, Kind«, meinte er. »Doch wenn du gern einmal mit mir ausreiten möchtest, werde ich dir ein Pferd satteln lassen, das für ein kleines Mädchen besser geeignet ist . . .«
»Nein, kein *petit cheval!*« rief sie und richtete sich stolz auf. »Ich will keines von diesen uralten, fetten Ponys, auf denen Kinder reiten . . .«
»Nein, nein!« versicherte ihr Tarn. »Ich habe ja in Kent selbst erlebt, was für eine tüchtige Reiterin du bist. Doch du wirst mir diesmal hoffentlich erlauben, daß ich einen Sattel auflegen lasse.«
Sie mußte nun auch lachen, und Miß Standfield, die in der Nähe Lady Seftons Kutsche erblickt hatte und erklärte, sie müsse jetzt weiterfahren, da sie sich mit dieser Dame unterhalten wolle, versprach dem Marquis, für Victoire einen Reitdreß besorgen zu lassen. Dann gab sie dem Kutscher den Befehl, weiterzufahren.
Mr. Fearon, der ebenfalls gerade im Park ausritt und diese Szene aufmerksam verfolgt hatte, sah sich gezwungen, seine Meinung über die kleine Miß Duvenay zu revidieren.

Ganz so naiv war sie also doch nicht, daß sie noch einmal in die gleiche Falle laufen und noch mehr solche Eifersuchtsszenen machen würde, die Tarn mit der Zeit auf die Nerven gehen müßten. Er mußte sich etwas anderes einfallen lassen, wenn er Tarn daran hindern wollte, Victoire zu heiraten, und er würde mächtigere Verbündete brauchen als einen Mr. Alfred Swanton. Mr. Fearon ritt zurück zum Stanhope Gate und beschloß, zunächst einmal die Condessa de Vilamil aufzusuchen.
So wurde am nächsten Tag seine Visitenkarte in die Suite des ›Ellis Hotels‹ gebracht, wo die Condessa mit ihren portugiesischen Freunden abgestiegen war. Nach wenigen Minuten wurde er hinaufgeführt und fand die Condessa in einem rosa Morgengewand mit durchbrochener Spitze vor - ein Kleidungsstück, das ebenso freigebig ihre Reize enthüllte wie ihr Ballkleid bei Lady Whittinghams Einladung. Sie saß auf einer Chaiselongue und trank ihre Schokolade - seine Visitenkarte noch in der Hand.
»Bruce Fearon«, begrüßte sie ihn ohne Umschweife, wobei ihre dunklen Augen anerkennend seine große Gestalt in dem eleganten Stadtfrack musterten. »Ich nehme an, ein Verwandter von Mylord Tarn?«
Mr. Fearon lächelte, ließ seine Zähne blitzen und beugte sich über ihre lässig ausgestreckte Hand.
»Sein Vetter, Madame. Ich war neulich auf dem Ball bei Lady Whittingham, hatte aber leider nicht das Vergnügen, bei der Gelegenheit Ihre Bekanntschaft zu machen.«
»Tarn hat mir von Ihnen erzählt.« Die grünen Augen der Condessa sahen ihn prüfend an. »Sie sind der nächste in der Erbfolge, nicht wahr? Wie enttäuschend muß es für Sie sein, daß er so unverwüstlich ist. Die meisten Männer, die sich auch nur halb so vielen Gefahren ausgesetzt hätten wie er, wären schon längst tot - und dann wären Sie Lord Tarn, *verdad?*«
Mr. Fearon, dem Frauen wie die Condessa nicht fremd waren, hatte diesem Gespräch ohne weitere Befürchtungen entgegengesehen, doch angesichts dieser Worte wurde er unsicher. Noch bevor er sich wieder gefangen hatte, lachte ihm die Condessa ins Gesicht und sprach weiter.

»Mein lieber - mein sehr lieber Mr. Fearon«, sagte sie spöttisch. »Soll ich Sie aus Ihrer Verlegenheit befreien und Ihnen sagen, weshalb Sie hierher gekommen sind, da Sie es selbst nicht fertigzubringen scheinen? Sie wollen, daß ich zwischen Tarn und seiner Verlobten irgendein Unheil anrichte - sie ist doch seine Verlobte, nicht wahr, obwohl die Verlobung offenbar noch nicht bekanntgegeben worden ist?«
Mr. Fearon hatte inzwischen wieder seine Fassung zurückgewonnen und konnte ihr lächelnd sagen: »Ich habe gehört, Madame, daß Sie eine sehr schöne Frau sind, was tatsächlich der Wahrheit entspricht, wie ich bereits vor zwei Tagen feststellen konnte. Es hat mir jedoch niemand gesagt, daß Sie auch sehr klug sind . . .«
Die Condessa lachte wieder. »Sparen Sie sich die Mühe, denn Komplimente langweilen mich. Wir wollen doch offen miteinander sprechen, oder? Sie wollen, wenn ich recht verstehe, verhindern, daß Ihr Vetter dieses Kind heiratet, mit dem er sich aus mir unbegreiflichen Gründen verlobt hat . . .«
»Das kann ich mir denken«, fiel Mr. Fearon ihr ins Wort. »Es ist nicht Liebe, Madame . . . so viel kann ich Ihnen sagen.«
»Nein?« Die Condessa stellte nachdenklich ihre Tasse auf den Tisch. »Nein«, sagte sie dann entschieden. »Es ist nicht Liebe - jedenfalls nicht die Liebe, die ich bei ihm gewohnt bin. Aber es ist auch durchaus nicht Gleichgültigkeit, Mr. Fearon.«
Mr. Fearon zuckte die Achseln. »Auf jeden Fall scheint Miß Duvenay entschlossen zu sein, eine Ehe einzugehen, die für sie beträchtliche Vorteile bietet . . .«
»Weshalb kommen Sie dann zu mir?« fragte die Condessa und hob erstaunt die Brauen.
Mr. Fearon lächelte. »Madame«, sagte er, »wir wollen doch nicht Versteck miteinander spielen. Ich bin gekommen, weil wir beide ein Interesse daran haben, diese geplante Ehe meines Vetters zu verhindern, und weil wir uns gegenseitig dabei helfen können. Sie sind, wie ich annehme, in finanziellen Schwierigkeiten, denn man hört ja, daß das Vermö-

gen des Conde bedauerlich zusammengeschmolzen ist. Und Kleider, wie Sie neulich eines getragen haben, sind sehr kostspielig, ganz zu schweigen von den Kutschen, Pferden, Juwelen und den Spielschulden - denn Sie sind doch dem Spiel zugeneigt, Madame, nicht wahr? Und Lewis ist, wie ich gehört habe, ein großzügiger Gönner, so daß, wenn diese absurde Heirat verhindert wird und Ihre - Beziehung zu ihm durch meine Hilfe wiederauflebt, Sie sich um Ihre nähere Zukunft keine Sorgen mehr zu machen brauchen. Und was meine etwas fernere Zukunft betrifft - wenn sein unheilbarer Leichtsinn ihn schließlich in ein Abenteuer verwickelt, das bedauerlicherweise seiner Existenz ein Ende setzt . . . Sagen wir, ein Schuldschein auf eine nicht unbeträchtliche Summe, wenn er unverheiratet stirbt . . .«
Er schwieg bedeutungsvoll. Die Condessa erhob sich und sagte mit ausdrucksloser Stimme: »Sie können gehen, Mr. Fearon.«
»Was? Ich . . .« Mr. Fearon, den diese Aufforderung völlig unvorbereitet traf, starrte sie ungläubig an. Dann stand er schnell auf und ging einen Schritt auf sie zu. »Madame«, sagte er, »ich habe Sie verletzt und muß mich entschuldigen . . .«
»Ich will Ihre Entschuldigung nicht, Mr. Fearon. Ich will, daß Sie gehen . . . Was für ein armseliger Mensch Sie doch sind!« fügte sie hinzu. »Glauben Sie denn wirklich, daß ich Ihre Hilfe brauchen würde, um Tarn zurückzuerobern, wenn ich das wollte? Oder daß ich mich - während ich ihn liebe - darauf freuen könnte, nach seinem Tod in den Besitz eines beträchtlichen Vermögens zu kommen?«
Mr. Fearon, der sich immer noch nicht gefaßt hatte, murmelte einige unverständliche Worte und wünschte sich insgeheim voller Zorn, daß die Condessa es eines Tages bereuen würde, was sie gesagt hatte. Seine unbeherrschte Wut und seine funkelnden Augen beeindruckten die Condessa nicht. Sie kniff ihrerseits die Augen zusammen und sagte: »Oder vielleicht dachten Sie, man bräuchte doch gar nicht erst zu warten, bis dieses glückliche Ereignis auf natürliche Weise eintritt, Mr. Fearon? Es gibt schließlich Mittel und Wege, um einen leichtsinnigen Mann aus der Welt zu

schaffen, es so einzurichten, daß ihm ein Unglück zustößt, ohne daß man selbst die Hand unmittelbar im Spiel haben muß, nicht wahr!«

Mr. Fearon blickte sie wütend an; er war jetzt totenbleich. »Ich glaube, Sie sind verrückt!« stammelte er.

»Glauben Sie? Das könnte sein - doch ich werde Lewis trotzdem vor Ihnen warnen, Mr. Fearon. Und nun werden Sie gehen«, fügte sie hinzu, »und sicherlich nicht noch einmal hierher kommen . . .«

Mr. Fearon hatte seine Sprache wiedergefunden. »Nein«, sagte er, und seine Stimme bebte vor Wut. »Ich werde nicht zurückkommen, doch wenn Sie so unvorsichtig sind und Lewis von diesem Gespräch erzählen, dann wird es mir ein großes Vergnügen sein, meiner gesamten Bekanntschaft von Ihrem kleinen Geheimnis zu berichten - *Condessa*!«

Sie drehte sich schnell nach ihm um und blickte ihn an; er lächelte hämisch. »O ja, ich weiß alles, Madame! Die kleine Eva Morales ist die Condessa de Vilamil geworden, doch es gibt immer noch Leute, die sich an sie erinnern, wenn man sich nur die Mühe macht, sie ausfindig zu machen.«

Die Condessa, eine passionierte Spielerin, wußte genau, wann sie verloren hatte. Sie ging nachdenklich zu dem Diwan zurück, setzte sich wieder, ordnete die Falten ihres Gewandes so, daß man sich neben sie setzen konnte, und klopfte einladend auf das Kissen.

»Kommen Sie und setzen Sie sich, Mr. Fearon«, sagte sie. »Wir haben einen schlechten Anfang gemacht, nicht wahr? Doch nun, da wir einander verstanden haben, werden wir sehr viel besser vorankommen, glaube ich.«

Die Condessa erschien an diesem Abend in der Oper. Wenn man sie genauer beobachtete, mußte man annehmen, daß sie nach jemand Ausschau hielt, der noch nicht erschienen war. Schließlich sah man jedoch Mr. Fearon, der nach dem ersten Akt zu ihr in die Loge kam und ihr etwas ins Ohr flüsterte. Sie sah daraufhin ins Parkett hinunter, wo gerade einige junge Offiziere beträchtliches Aufsehen erregten. Sie lachten und plauderten miteinander, ohne sich im geringsten um die Vorgänge auf der Bühne zu kümmern, wobei

sie mit den Augen die Logen nach bekannten Gesichtern oder den dort versammelten weiblichen Schönheiten absuchten.
Natürlich wurde auch die Condessa mit einer Reihe anerkennender Blicke bedacht. Doch sie lächelte nur einem dieser Bewunderer zu - einem blonden jungen Mann in der prächtigen Uniform eines Hauptmanns der preußischen Husaren. Ein kleines Kopfnicken ließ ihn sofort aufspringen, und wenig später klopfte es an die Tür ihrer Loge; er trat mit dem Ausruf ein: »Condessa! Ich ahnte nicht, daß Sie hier sein würden!«
Die Condessa reichte ihm ihre Hand zum Kuß. Ihre anderen Bewunderer musterten eifersüchtig den jungen Eindringling und ergingen sich in den finstersten Vermutungen über den Grund dieser Bevorzugung. Ein Offizier der Leibgarde murmelte seinem Begleiter zu, daß es sich nur um den jungen Lanner handle - »...ich glaube, ein Österreicher, obwohl er jetzt eine preußische Uniform trägt. Gute Familie, doch ein Glücksritter, der überall auftaucht, wo es hoch hergeht. Vermögen hat er keines - es sei denn, er hat gerade am Spieltisch Glück gehabt.«
Wie auch immer sein Glück beim Spiel heute gewesen war - an diesem Abend hatte der junge Hauptmann auf jeden Fall Glück in der Liebe. Die Condessa verkündete nämlich unmißverständlich, daß sie und der Hauptmann sich sehr für die Vorstellung interessierten - obwohl das ganz offensichtlich nicht der Fall war - und daß die vielen Herren, die in ihrer Loge plauderten, sie stören würden. Daraufhin mußten Hauptmann Lanners Rivalen sich zurückziehen und er selbst setzte sich glückstrahlend neben die Condessa.
»Nun, mein Engel, was soll ich für Sie tun? Denn bei aller Eitelkeit kann ich mir nicht einbilden, daß Sie nach mir geschickt hätten, wenn Sie nicht irgend etwas von mir wollten!«
»Constant - lieber Constant!« sagte die Condessa völlig ungerührt von dieser Direktheit. »Wie scharfsinnig Sie sind! Und wie verständnisvoll für Ihr Alter...«
Die Condessa ließ ihr kehliges Lachen hören, und der herausfordernde Blick, den sie ihm unter ihren Wimpern zu-

warf, mußte Hauptmann Lanner mit Hoffnung erfüllen. Er legte seine Hand auf ihren Arm. Sie machte sich nicht los, aber sagte ganz gelassen: »Seien Sie doch nicht so aufdringlich - noch dazu vor diesen entsetzlich prüden Engländern! Ich muß Sie etwas fragen. Haben Sie mir nicht einmal erzählt, daß Sie unter Colonel John Duvenay gedient haben?«

»Unter Colonel . . .?« Hauptmann Lanner blickte sie bei diesem unerwarteten Themawechsel überrascht an, erholte sich jedoch schnell, zog seine Hand zurück und setzte sich bequem in seinem Sessel zurecht. »Warum - ja!« sagte er. »Wollten Sie mich deswegen sehen? Nur, um mich das zu fragen? Aber das ist völlig überflüssig, denn er ist schon seit fünf Jahren tot.«

»Das weiß ich. Doch er hinterließ eine Tochter, nicht wahr?«

»Victoire?« Ein erinnerndes Lächeln flog über sein Gesicht. »Mein Gott, ja, Victoire!« sagte er. »Ich habe sie seit Wien nicht mehr gesehen. Wollen Sie mir etwa erzählen, daß Sie sie kennen?«

»Ich habe sie gesehen«, sagte die Condessa. »Der springende Punkt ist - wie gut kennen Sie sie?«

Der Hauptmann lächelte immer noch. »Ich weiß zwar nicht, weshalb es Sie interessiert«, erwiderte er, »aber ich habe sie in Wien sehr gut gekannt. Sie war ein richtiger kleiner Wildfang und ich ein sehr junger Fähnrich; Hauptmann Duvenay . . .«

»Schon gut. Immerhin . . .« Die grünen Augen der Condessa musterten ihn unverwandt. »Kurzum«, sagte sie, »wenn Sie ihr wiederbegegnen sollten, würde sie sich freuen, Sie zu sehen?«

»Das nehme ich doch an«, sagte Hauptmann Lanner. »Auf jeden Fall würde ich mich sehr freuen, sie zu sehen.«

»Und würden Sie das Mädchen vielleicht auch - verführen wollen?« Der Hauptmann wahrte zwar seine Haltung, aber er war doch etwas überrascht und blickte sie ziemlich fassungslos an. »Wie bitte?« sagte er ungläubig. »Sie verführen? Aber sie ist doch noch ein Kind!«

»O nein!« sagte die Condessa. »Sie ist alt genug, um Gegen-

stand Ihrer Aufmerksamkeit zu werden, mein Lieber. Allerdings ist sie Mylord Tarns neuester Schwarm.«
»Tarns Schwarm?« Der Hauptmann blickte sie zweifelnd an. »Zum Teufel, das kann ich mir nun wirklich nicht vorstellen!« rief er aus. »Eine *jeune fille* - das ist doch nicht sein Fall!«
»Sie kennen ihn also?«
»Ich habe ihn gesehen - und von ihm gehört, kann aber nicht sagen, daß ich ihn kenne.« Auf einmal schien ihm etwas einzufallen. »Verdammt!« stieß er hervor. »Er gehörte doch vor nicht allzu langer Zeit zu Ihrem Gefolge, wenn ich mich nicht irre. Ich habe gehört . . .«
»Wir können sehr gut auf das verzichten, was Sie gehört haben«, sagte die Condessa mit Nachdruck. Nach einer Weile fuhr sie nachdenklich fort: »Ich will Ihnen so viel sagen, daß ich ihm einmal außerordentlich zugeneigt war und daß er mich sehr schlecht behandelt hat - und weiter nichts. Doch jetzt scheint er sich mit dieser Kleinen amüsieren zu wollen, und um ihretwillen, aber auch um meinetwillen, möchte ich ihm ein Hindernis in den Weg legen.« Sie blickte ihn noch einmal lange und herausfordernd unter ihren dunkel gefärbten Wimpern an. »Und Sie, lieber Constant«, sagte sie, »Sie könnten dieses Hindernis sein, wenn Sie wollten . . .«
Sie wartete ab. Der Hauptmann blickte sie mit einer merkwürdigen Mischung aus Bewunderung, Vorsicht und Belustigung an.
»Erinnern Sie mich bitte daran«, sagte er nach einer Weile, »daß ich niemals bei Ihnen in Ungnade fallen darf, Condessa! Ich glaube, ich beginne für Lord Tarn Sympathie zu empfinden.«
Die Condessa zuckte mit den Achseln. »Wenn Sie die Sache so auffassen, dann wollen wir überhaupt nicht mehr davon sprechen! Tarn soll sich mit Ihrer jungen Freundin amüsieren, und ich . . .«
»Sie haben eine Wut auf Tarn und wollen ihn als Rache in aller Öffentlichkeit als einen Mann hinstellen, der nicht nur verlassen kann, sondern der auch verlassen wird. Doch weshalb soll ausgerechnet ich den Spielverderber abgeben?«

»Weil Sie das Mädchen kennen, sie schätzen - und von ihr geschätzt werden«, sagte die Condessa prompt und offen, da ihre Weltklugheit ihr gebot, ihre Verstellung für eine Weile aufzugeben. »Es würde für einen Mann, der sie nicht kennt, zu lange dauern, bis er mit Tarn ernsthaft um ihre Zuneigung rivalisieren könnte - und Zeit ist gerade das, was ich nicht habe. In wenigen Wochen wird er sie verführt haben oder, wenn er in der Stimmung für eine solche Donquichotterie ist, sich offiziell mit ihr verloben. Ich weiß nicht, in welchem Fall sie mehr zu bedauern ist!«
»Ich kann es mir außerordentlich gut vorstellen, wie sehr ihr Schicksal Sie bekümmert!« sagte der Hauptmann sarkastisch. »Doch was geschieht mit mir? Lord Tarn wird mich zum Duell fordern - ganz gleich, unter welchem Vorwand: daß ihm meine Krawatte nicht gefällt oder meine Haarfarbe. Alles wird einem Mann recht sein, der entschlossen ist, sich mit einem erfolgreichen Rivalen zu schlagen. Auf jeden Fall genießt Tarn den Ruf, solch ein Mann zu sein.«
Die grünen Augen der Condessa blickten ihn spöttisch an. »Armer Constant!« sagte sie. »Haben Sie Angst, daß er Ihnen eine Kugel durch den Kopf jagen könnte?«
Der Hauptmann zuckte die Schultern und lächelte. »Auf jeden Fall habe ich nicht die Absicht, ihm die Gelegenheit zu geben, es zu versuchen«, antwortete er. »Nicht wegen eines Mädchens, das ich zuletzt gesehen habe, als es zwölf Jahre alt war! Wenn ich aus Liebe zu sterben gedenke, *ma mie,* dann werde ich mir die Dame selbst aussuchen - nein, recht herzlichen Dank!«
Die Condessa lachte. »Nein, nein, er wird Sie nicht fordern!« sagte sie unbekümmert. »Darauf können Sie sich verlassen.«
»Kann ich das tatsächlich?« Der Hauptmann blickte sie skeptisch an. »Und weshalb meinen Sie, da so sicher sein zu können?«
»Weil ich, wenn es notwendig sein sollte, ihm genau sagen werde, was Sie vorhaben«, sagte die Condessa ruhig. »Ich werde ihm erzählen, daß Sie Miß Duvenay nur den Hof machen, um mir einen Gefallen zu tun, und daß, wenn er mit

Ihnen darüber in Streit gerät, die ganze Welt von mir erfahren wird, daß es für Lord Tarn nur die eine Möglichkeit gibt, sich die Zuneigung einer Dame zu sichern, nämlich die, seine Rivalen zu erschießen. Glauben Sie mir, er wird sich doch nicht in ganz London lächerlich machen, indem er Sie fordert! Er wird sich an die Spielregeln halten oder einer schlimmeren Demütigung entgegensehen als der, bei Miß Duvenay von Ihnen ausgestochen zu werden.«
Der Hauptmann erklärte halb bewundernd, halb belustigt, daß die Condessa ein Teufel sei; und es sei wirklich ein Jammer, daß sie der internationalen Diplomatie verlorengehe, weil sie eine Frau sei.
»Und ebenso ist es ein Jammer, daß Sie bei White's keine Wette abschließen können«, sagte er. »Denn das würden Sie ja sicher am liebsten tun, um sich zu vergewissern, daß es auch alle Welt erfährt, wenn Tarn in Bedrängnis gerät . . .«
»Sie werden sehr gut mit der kleinen Miß Duvenay auskommen«, unterbrach die Condessa ihn. »Ein Freund aus der Kindheit, eine Erinnerung an ihren verstorbenen Vater, an dem sie, wie ich hörte, sehr gehangen hat - und Sie können, wenn Sie wollen, wirklich sehr aufmerksam und charmant sein!« Dann fügte sie hinzu, wobei sie nachdenklich mit ihrem schönen durchbrochenen Elfenbeinfächer spielte und die Augen niederschlug: »Und außerdem werden auch Sie ein Motiv haben, mein Lieber - zumindest, wenn ich auch nur die Hälfte der Beteuerungen glauben soll, die Sie mir gemacht haben -, denn ich werde mich Ihnen gegenüber sehr, sehr dankbar erweisen . . .«
Sie schwieg und blickte ihn mit ihren grünen Augen vielsagend an. Hauptmann Lanner lachte etwas unsicher.
»Ein Teufel! Habe ich das nicht gesagt?« erklärte er, nahm ihre Hand und drückte sie. »Also gut - der Handel gilt. Was bedeutet mir schon Lord Tarn, wenn Sie mich so ansehen! Und was Victoire betrifft - wenn nur die Hälfte der Geschichten wahr sind, die man sich von Tarn erzählt, dann tue ich ihr sogar einen Gefallen. Wo kann ich sie übrigens treffen?«
»Im Hyde Park - morgen«, sagte die Condessa prompt. »Sie reitet dort aus, zusammen mit Tarn.«

Die Brauen des Hauptmannes hoben sich. »So exakte Informationen? Wer sind Ihre Spione?« fragte er.
Die Condessa lachte, und als sie unauffällig in die gegenüberliegende Loge blickte, traf sie der Blick von Mr. Fearon, der sie ebenso unauffällig beobachtete, während er mit Lady Cowper eine lustlose Konversation führte.

15

Tarn hatte nicht zu viel versprochen: Am folgenden Nachmittag erschien er in Albermarle Street auf seinem Grauschimmel, begleitet von seinem Reitknecht, der eine wunderhübsche kleine braune Stute am Zügel führte. Victoire rannte die Treppen hinunter und sofort auf die Straße und war dabei so aufgeregt, daß sie ganz auf ihr elegantes saphirblaues Reitkleid mit der Spitzenkrawatte vergaß, ebenso auf den schönen hohen Hut, den eine Straußenfeder zierte. Der Marquis stieg ab und hob sie in den Sattel.

Kaum waren sie im Park angekommen und kaum hatte Victoire den lohfarbenen Streifen des Reitweges erblickt, der neben dem Kutschweg verlief, war die Versuchung unwiderstehlich. Mit einem schuldbewußten, doch entschlossenen und übermütigen Blick auf ihren Begleiter flog sie mit ihrer Stute im Galopp davon.

Tarn folgte ihr auf seinem Grauschimmel, und kaum hatte sie ihr Pferd gezügelt, war er auch schon neben ihr. Sie wurde rot und lachte, erinnerte ihn aber daran, daß er sie nicht schimpfen dürfe, denn er habe genau dasselbe getan.

»Aber doch nur, weil es meine Pflicht war!« erklärte er selbstgerecht. »Was hätte denn Tante Amelia gesagt, wenn ich dich allein hätte davongaloppieren lassen!«

»Sie würde sagen, daß du ein *grédin* bist, so einen Unsinn zu erzählen! Schließlich hat es dir genausoviel Spaß gemacht wie mir - oh!«

Sie stieß plötzlich einen Ruf des Erstaunens aus, denn als sie ihre Pferde wendeten und auf eine Gruppe von Offizieren zuritten, die durch ihren wilden Galopp auf sie aufmerksam geworden waren, sah sie, wie einer dieser jungen Leute plötzlich auf sie zukam.

»Oh! Es ist wirklich Constant! Constant!« rief sie; im nächsten Augenblick war sie schon abgesprungen und warf dem

überraschten Tarn die Zügel zu; mit ausgestreckten Händen lief sie auf den jungen Offizier zu und hätte sich dabei fast in ihrem langen Rock verheddert.
»Constant!« rief sie noch einmal, als der Angesprochene, der ihr schnell entgegenschritt, ihre ausgestreckten Hände ergriff und sie fast ungläubig anblickte.
»Bei Gott, es ist wirklich Victoire! Aber Sie sind ja inzwischen tatsächlich erwachsen! Es ist kaum zu glauben!«
»Ja! Ich bin jetzt eine junge Lady - *vraiment*! Und Sie - Sie sind älter geworden - und ein Hauptmann!«
Sie blickte ihn bewundernd an.
»Was machen Sie denn in London?« fragte sie ihn schließlich. »Und warum haben Sie mich nicht sofort wissen lassen, daß Sie hier sind?«
»Weil ich gar nicht wußte, daß Sie hier sind, bis ich gesehen habe, wie Sie auf dieser Stute *ventre à terre* durch den Park galoppierten, zur Entrüstung und Bewunderung dieser Engländer!« sagte Hauptmann Lanner lächelnd. »Sie sind immer noch der alte Wildfang, obwohl Sie sich als Erwachsene verkleidet haben! Was sagt denn bloß Ihre arme *Maman* zu solchen Capricen!«
»*Maman* ist in Amerika, das heißt, sie ist vielleicht noch nicht dort, aber sie wird hinfahren - und daher kann sie gar nichts dazu sagen!« antwortete Victoire ausgelassen. »Oh, Constant, wie ich mich freue, Sie zu sehen! Es ist - es ist *épatant!* Und Sie - Sie freuen sich auch, mich zu sehen, *n'est-ce pas*?«
Der Hauptmann, der immer noch ihre Hände hielt, wollte ihr gerade einige Komplimente machen, als Tarn - der seinen Reitknecht herbeigerufen hatte und abgestiegen war - schnellen Schrittes auf sie zukam. Der Marquis sah nicht sehr erfreut aus, denn bisher hatte Victoire nur ihm diesen strahlenden Blick gegönnt, und obwohl er eigentlich nichts dagegen sagen konnte, wenn sie einen alten Freund in aller Öffentlichkeit so herzlich begrüßte, störte es ihn doch sehr. Hauptmann Lanner, der seinen wütenden Blick bemerkte, ließ vorsichtshalber Victoires Hand los, doch diese drehte sich nur kurz zum Marquis um und sagte: »Oh, Sie sind es, Lewis! Das ist Constant, das heißt, Hauptmann Lanner. Ich

kenne ihn aus Wien - wir waren oft zusammen, Mylord Tarn«, erklärte sie und stellte den Marquis Hauptmann Lanner vor.
Die beiden jungen Männer gaben sich wenig begeistert die Hand, doch dieser Mangel an Herzlichkeit wurde von Victoire mehr als wettgemacht. Sie begann den Hauptmann sofort mit Fragen zu bombardieren. Was er denn in einer preußischen Uniform täte? Ob er länger in London bliebe? Ob er Nachrichten von Mayrhof oder Grindl oder O'Ballance habe? Der Hauptmann parierte lachend und gut gelaunt alle Fragen, die auf ihn abgefeuert wurden, und schien nicht zu bemerken, daß die Offiziere, mit denen er sich zuvor unterhalten hatte, ungeduldig auf ihn warteten. Schließlich machte Tarn Victoire darauf aufmerksam, daß sie Hauptmann Lanner aufhalte.
»Ach was! Gut, es tut mir leid! Aber ich kann nicht anders - es ist ja schon so lang her!« sagte sie wenig reumütig. Dann fuhr sie, an den Hauptmann gewandt, fort: »Sie müssen unbedingt in die Albermarle Street kommen, um mich zu besuchen - morgen schon! Ich wohne dort bei Miß Standfield. Oder besser noch«, sagte sie und wandte sich voller Eifer an Tarn, »Lewis muß Sie einladen, mit uns heute abend ins Theater zu kommen. Das machen Sie doch, Lewis, nicht wahr? Mademoiselle hat mir gesagt, daß Sie eine Loge reserviert haben.«
Ziemlich widerstrebend, wenn auch höflich, sagte Tarn, daß es ihm ein Vergnügen sein werde, ihn dort begrüßen zu dürfen. Der Hauptmann nahm die Einladung ebenso höflich an und ging dann zu seinen Freunden zurück, während Tarn Victoire wieder in den Sattel half und dann seinen Grauschimmel bestieg.
Miß Standfield mußte natürlich von diesem Zusammentreffen informiert werden, und als man sich dann abends in der Loge des Drury Lane Theaters traf, war sie sehr freundlich zu dem Hauptmann, dessen sicheres, natürliches Auftreten und gute Erscheinung sie angenehm berührten.
Es gelang ihr, den Marquis ins Gespräch zu verwickeln, so daß Lanner und Victoire Zeit hatten, sich ausgiebig an ihre gemeinsame Zeit in Wien zu erinnern. Victoire, die sich

seit Jahren zum erstenmal mit einem Menschen unterhalten konnte, den sie aus der glücklichsten Zeit ihres bisherigen Lebens kannte, vergaß darüber sogar vollkommen die Anwesenheit des Marquis - eine Tatsache, die der Aufmerksamkeit der Condessa de Vilamil nicht entging, die während des ersten Aktes in der gegenüberliegenden Loge Platz genommen hatte, begleitet von ihren portugiesischen Gastgebern und mehreren elegant gekleideten Herren. Die Condessa trug ein durchsichtiges, hemdartig geschnittenes Kleid aus weißem Musselin mit einem tiefen Dekolleté, das ihre erstaunlich weißen Schultern und ihren Busen fast unbedeckt ließ. So war es kein Wunder, daß eine ganze Reihe von Herren unter den Zuschauern ihre freigebig zur Schau gestellten Reize interessanter fanden als den melancholischen Dane, den ihnen Mr. Kean an diesem Abend auf der Bühne bot.

Es war ebenfalls nicht überraschend, daß Tarn, der sich in seiner eigenen Loge ziemlich überflüssig vorkam, während der ersten Pause zur Condessa hinüberging. Victoire war so vertieft in ihre Unterhaltung mit Hauptmann Lanner, daß sie sein Weggehen kaum bemerkte; aber sie fuhr doch zusammen, als sie sah, wie er die Loge gegenüber betrat. Hier wurde Tarn mit großer Herzlichkeit von der Condessa empfangen (eine Tatsache, die Hauptmann Lanner hätte befremden können, wenn er nicht allzu vertraut mit der Verstellungskunst des weiblichen Geschlechts gewesen wäre), und man sah ihn bald angeregt mit ihr lachen und plaudern und eine gute Stimmung zeigen, an der es ihm in seiner eigenen Loge an diesem Abend gemangelt hatte.

Victoires Finger krampften sich um ihren Fächer. Dann hob sie jedoch stolz ihr Kinn, nahm ihre Unterhaltung mit dem Hauptmann wieder auf und plauderte mit einer entschlossenen Fröhlichkeit, die nur hin und wieder durch einen vernichtenden Blick in Richtung auf die Loge der Condessa getrübt wurde.

Tarn kehrte erst zu Beginn des zweiten Aktes wieder in seine Loge zurück, so daß alle Bemerkungen, die sie gerne auf ihn losgelassen hätte, bis zur nächsten Pause warten mußten. Daß sie sich kaum zurückhalten konnte, war allerdings trotz ihres nach außen hin ruhigen und würdevollen Verhaltens deutlich zu merken. Hauptmann Lanner, mit Übermut in seinen blauen Augen und einem verschwörerischen Blick - von niemand bemerkt - zur Condessa hinüber, war in der nächsten Pause klug genug, die Loge zu verlassen, um mit einigen seiner Freunde zu plaudern, damit Victoire nach Belieben mit Tarn streiten konnte. Es zeigte sich jedoch, daß er sie unterschätzt hatte. Nachdem sie den zweiten Akt damit verbracht hatte, sich selbst die Leviten zu lesen und sich zu sagen, daß es unangebracht sei, in aller Öffentlichkeit Giftpfeile gegen die Condessa abzuschießen, hatte sie sich, als der Vorhang sich senkte, wieder so weit in der Hand, daß sie über die bewußte Dame mit der größten Gelassenheit sprechen konnte.

»*Bien entendu,* sie ist sehr schön«, gab sie zu, nachdem sie selbst den Namen der Condessa ins Gespräch gebracht und Tarn gefragt hatte, ob sie in London zu bleiben gedenke; er hatte erklärt, er wisse es nicht (und sie konnte nur hoffen, daß er die Wahrheit sagte). »Sehr viel schöner«, sagte sie in heroischer Selbstverleugnung, »als jede andere Frau, die ich je gesehen habe. Und wenn sie Kleider trägt«, fügte sie großmütig hinzu, »die nicht gerade als züchtig gelten, so ist es sicher genau das, was die Männer lieben.« Plötzlich kam ihr eine Idee, und sie blickte an ihrer noch kindlich schlanken Figur hinab. »Vielleicht - wenn ich . . .«, begann sie hoffnungsvoll.

»Nein«, sagte der Marquis unerbittlich.

Sie streckte ihr Kinn vor. »Du weißt ja gar nicht, was ich sagen wollte«, verteidigte sie sich. »Du kannst doch nicht nein sagen, ehe du es gehört hast.«

»So, kann ich das nicht?« sagte Tarn. »Nun, ich habe es gesagt und darüber hinaus meine ich es auch. Und außerdem brauche ich dazu gar nichts zu sagen«, fügte er hinzu. »Tante Amelia wird schon dafür sorgen, daß du dich nicht so herausputzt, meine Liebe!«

Victoire blickte ihn rebellisch an. »Aber bei ihr magst du es«, bemerkte sie und vergaß völlig, daß sie über dieses Thema keinen Streit mit ihm anfangen wollte. Daher war es vielleicht ganz gut, daß in diesem Augenblick Mr. Fearon

die Loge betrat und der Unterhaltung ein Ende machte. Er brachte einen errötenden, jedoch entschlossenen Mr. Swanton mit. Nicht, daß er glaubte, daß der schüchterne junge Mann mit Hauptmann Lanner konkurrieren könnte, doch er wollte ihn nicht ganz außer acht lassen, da er ja immerhin ein beträchtliches Vermögen zu erwarten hatte. Schon so manche junge Dame war durch diese schöne und nützliche Beigabe beeinflußt worden und ließ im Ernstfall auch eine romantische Zuneigung außer Betracht.
Daher setzte er seine amüsanteste und maliziöseste Miene auf und berichtete Miß Standfield und Tarn die neuesten Skandalgeschichten, so daß Mr. Swanton, vom Marquis unbeachtet, Victoire den Hof machen konnte. Dies gelang ihm auch recht gut, bis er den Vorschlag machte, einmal mit Miß Duvenay und Miß Standfield in den Richmond Park zu fahren, falls die Damen ihm das Vergnügen machen würden. Dies veranlaßte Victoire - die sich zwar nicht für ihn interessierte, ihn jedoch nicht mit einer herzlosen Antwort abspeisen wollte -, sich deswegen an Miß Standfield zu wenden.
»Richmond Park?« sagte diese kluge Dame mit einem fragenden Seitenblick auf Tarn. »Nun, ich glaube . . .«
»Wenn Sie und Miß Duvenay den Wunsch haben, Richmond Park zu sehen, werde ich sie selbst dort hinfahren«, sagte der Marquis und blickte Mr. Swanton so eindeutig unfreundlich an, daß dieser sich in seiner Schüchternheit am liebsten endgültig zurückgezogen hätte. Die Rückkehr von Hauptmann Lanner in die Loge veränderte jedoch die Lage zu seinen Gunsten. Der Hauptmann, der mitbekommen hatte, um was es ging, erklärte sofort, daß er selbst schon lange diesen berühmten englischen Park kennenlernen wollte und gern mit von der Partie wäre, falls man einen Ausflug plane.
»Dann werden wir alle zusammen in Richmond ein Picknick veranstalten! Bitte sagen Sie ja, Mademoiselle!« wandte sich Victoire hoffnungsvoll an Miß Standfield, da die Aussicht, daß Hauptmann Lanner mitkommen würde, sie für den Plan erwärmte.
Als der Vorhang sich zum nächsten Akt hob, waren die Ein-

zelheiten des Ausfluges zwar immer noch nicht besprochen, doch daß einer stattfinden würde, war abgemacht. Und dies, obwohl der Marquis sich nicht bereit erklärt hatte, daran teilzunehmen und so aussah, als ob er das Ganze höchst mißbilligte.

Was Mr. Fearon betraf, so speiste er an diesem Abend gemeinsam mit der Condessa, und sie diskutierten den Plan für das Picknick im Richmond Park, für den sie einige ausgezeichnete Vorschläge hatte. Als er wieder zu seinem Logis in der Stratton Street ging, war er daher recht zufrieden mit dem, was er an diesem Abend erreicht hatte.

16

Mr. Fearon hatte guten Grund, in den folgenden Tagen mit den Resultaten seiner und der Condessa Bemühungen zufrieden zu sein. Wenn Tarn nun überall mit Miß Duvenay gesehen wurde, so galt das gleiche für Hauptmann Lanner, der dank Mr. Fearon und der Condessa immer genau wußte, wann sie zu Pferd im Park erscheinen oder wann sie Covent Garden oder das Royal Italian Opera House mit ihrer Gegenwart beehren würde. Außerdem erhielt er Einladungskarten für alle möglichen Abendgesellschaften und Bälle, bei denen auch Victoire anwesend war.

Für Victoire war das sehr angenehm, um nicht zu sagen schmeichelhaft, denn der Hauptmann machte überall deutlich, daß bei all diesen Anlässen sein Interesse nur ihr galt. Tarn jedoch wurde der Anblick des Hauptmannes von Mal zu Mal widerwärtiger.

Um die Sache noch schlimmer zu machen, machte einer seiner Freunde kurz vor dem gemeinsamen Aufbruch zu einer der wilden Nächte in Cribb's Parlour eine taktlose Bemerkung über die Aufmerksamkeit, die Hauptmann Lanner Victoire entgegenbrachte. Der Marquis wußte zwar, daß der Hauptmann eine recht bewegte Vergangenheit hatte, doch wie konnte er ihm dies übelnehmen, da seine eigene ja auch nicht gerade lupenrein war. Doch diese Bemerkung - daß der Hauptmann fragwürdige Absichten auf Victoire habe - war doch ein beträchtlicher Schock für ihn, denn bisher hatte er Lanner nur als guten Jugendfreund Victoires betrachtet. So kam es, daß er - sehr zur Enttäuschung seiner Kumpane - den Besuch in Cribb's Parlour aufgab und sich entschloß, den Abend statt dessen in Albermarle Street zu verbringen.

Als er in Miß Standfields Haus ankam, wurde er jedoch von dem Butler Cloyden dahingehend informiert, daß er nur

Mr. Standfield im Wohnzimmer vorfinden würde, da Miß Standfield sich nicht wohl fühle und Miß Duvenay sich gerade zum Ausgehen fertigmache. Der Marquis konnte nicht anders, als seinem Unmut in einem ärgerlichen Ausruf Luft zu machen, und ging ins Wohnzimmer.
Mr. Standfield - in seidenen schwarzen Kniehosen, gestreiften Strümpfen und einem taillierten Frack mit sehr langem Schoß, seine schneeweiße Krawatte sorgfältig *à la sentimentale* geschlungen, saß in einem Armstuhl, blätterte in einem Buch und blickte überrascht auf, als der Marquis eintrat.
»Hallo!« sagte er. »Was machst du denn hier, Vetter?«
Der Marquis erkundigte sich mit leichter Schärfe, ob er es denn so ungewöhnlich finde, wenn ein Mann seine Verlobte besuche.
»Nein, das finde ich nicht«, mußte Mr. Standfield gerechtigkeitshalber zugeben. »Tatsache ist jedoch, daß sie nicht hier ist. Das heißt, sie wird in wenigen Minuten nicht mehr hier sein. Heute ist bei Pavitts Maskenball, wie du vielleicht weißt.«
Seine Lordschaft sagte, daß man ihm dies mitgeteilt habe, wechselte aber abrupt das Thema und fragte Mr. Standfield, ob er diesen Kerl Lanner kenne, der in letzter Zeit immer an Victoires Rockschößen hänge.
Mr. Standfield stellte plötzlich fest, daß sein Lorgnon der Reinigung bedurfte; er beschäftigte sich eingehend mit dieser Tätigkeit und gab schließlich zu, den Hauptmann zu kennen.
»Warum willst du das wissen?« fragte er vorsichtig.
Der Marquis erwiderte lakonisch: »Weil ich gute Lust hätte, ihn zu fordern. Deshalb.«
Mr. Standfield ließ sein Lorgnon fallen und blickte seinen Vetter beunruhigt an.
»Nein! Das kannst du nicht tun!« sagte er entsetzt.
»Nicht? Weshalb denn nicht?« fragte Tarn, der von der Idee sehr eingenommen schien.
»Verdammt noch mal - erstens wegen Victoire«, erklärte Mr. Standfield entrüstet. »Die Leute würden sagen, daß es ihretwegen geschähe. Denn du hast dich ja in der letzten Zeit besonders interessiert an ihr gezeigt, oder?«

Der Marquis, dessen Gesicht sich verfinsterte, entgegnete, das wisse er. »Wenn es aber so weit kommt, daß dir ein Freund sagt, es würde ihn nicht wundern, wenn dieser Lanner ein galantes Abenteuer mit ihr wagen wolle«, erklärte er, »dann ist das zuviel.«
Mr. Standfield schüttelte den Kopf. »Nein, das stimmt nicht«, sagte er entschieden. »Ich weiß nicht, wer dir das gesagt hat, doch es gibt immer Leute, die derlei behaupten, wenn ein Mann sich ein Mädchen nur mal etwas genauer anschaut; und du wärst schön dumm, wenn du darauf hören würdest. Außerdem«, fügte er nachdenklich hinzu, »würde Victoire das gar nicht schätzen. Sie ist sehr gut in der Lage, mit Lanner fertig zu werden, und würde ihm ganz schön die Meinung sagen, wenn er versuchte, ihr zu nahe zu kommen.«
Der Marquis, dem der Gedanke, Hauptmann Lanner mit einer Manton-Duellierpistole entgegentreten zu können, in der letzten halben Stunde beträchtlichen Genuß verschafft hatte, nickte bei diesen Worten und mußte zugeben, daß sein Vetter recht habe.
»Trotzdem«, sagte er. »Ich werde besser auf sie aufpassen müssen. Das ist mir klar. Du sagst, daß sie heute abend zum Maskenball bei den Pavitts geht?«
Mr. Standfield erklärte, daß er selbst sie dorthin begleiten werde, und fügte vorsichtig hinzu, er hoffe, sein Vetter habe nichts dagegen.
»Nein, sicherlich nicht. Weil ich sie nämlich selbst dorthin bringen werde«, erwiderte Tarn.
Mr. Standfield blickte ihn mit einem gequälten Lächeln an. »Aber doch nicht in diesem Aufzug«, sagte er und musterte mißbilligend die lässige Kleidung, die der Marquis für den geplanten Abend in Cribb's Parlour gewählt hatte. »Man würde dich doch gar nicht hineinlassen. Entweder ein Kostüm oder Kniehosen, wie du weißt, mein Freund.«
Der Marquis fluchte vor sich hin, meinte dann aber, daß er ja schnell nach Hause fahren, sich umziehen und zu den Pavitts nachkommen könne.
Als er schließlich dort ankam, fiel ihm ein, daß er es versäumt hatte, sich bei Mr. Standfield nach dem Kostüm von

Victoire zu erkundigen. Es würde also beträchtliche Mühe machen, vielleicht sogar unmöglich sein, sie in dem Getümmel von Königinnen, Schäferinnen, Rittern, Türken und Harlekins ausfindig zu machen.
Er war gerade dabei, die Tänzer der Reihe nach einer Musterung zu unterziehen, als eine Tscherkessin in hauchdünnen Seidenschleiern, hinter der unschwer die einladenden Formen der Condessa zu erkennen waren, sich aus einer Gruppe von Kosaken, Satyrn und Pulcinells löste und quer durch den Raum auf ihn zukam.
»Lewis - *mi amor!«* begrüßte sie ihn mit spöttischem Vorwurf. »So spät - und mit nichts anderem als einem roten Domino! Da hätte ich mehr von Ihnen erwartet!«
»Hätten Sie das?« erwiderte der Marquis, der sie nur kurz mit einem anerkennenden Blick streifte, dann aber gleich wieder seine Aufmerksamkeit den anderen Tänzern zuwandte. »Ich vermute, Sie hätten mich auf jeden Fall erkannt, ganz gleich, in welcher Verkleidung ich erschienen wäre«, sagte er gleichgültig. »Eine Maske scheint ja für Sie kein Hindernis zu sein. Ich wünschte, ich hätte Ihre Begabung!«
»Aber das ist doch ganz einfach! Sie sind der größte Mann hier im Raum«, sagte die Condessa. Dann fügte sie mit gespielter Gekränktheit hinzu: *»Mi amor,* es ist wirklich nicht galant von Ihnen, mir nur einen Blick zu gönnen und dann zu vergessen, daß ich existiere! Wenn Sie dieses Mädchen suchen - sie tanzt mit dem jungen Lanner und amüsiert sich sehr gut ohne Sie, das kann ich Ihnen versichern.«
»So, tut sie das!« rief der Marquis verärgert aus. »Wo sind sie? Ich möchte, daß Sie mir die beiden zeigen.«
Die gekränkte Miene der Condessa machte einem nachdenklichen Zug Platz. Sie sah ihn forschend an, zuckte dann die Schultern und lachte.
»Nun, ich werde es Ihnen sicher nicht sagen, solange Sie so wild dreinschauen«, meinte sie gelassen. »Ich mag Constant nämlich sehr gern und würde es gar nicht schätzen, wenn Sie ihm eine Kugel durch den Kopf jagen, nur weil er mit einem Mädchen flirtet, das Ihnen offensichtlich nicht ganz gleichgültig ist. Kommen Sie und setzen Sie sich einen Au-

genblick - wir werden in aller Ruhe darüber sprechen, und dann kann ich Ihnen, wenn Sie wollen, Victoire zeigen.«
Der Marquis erklärte unhöflich, daß er sich nicht vorstellen könne, was es darüber zu sprechen gäbe.
»Nun, das werden Sie gleich sehen«, erwiderte die Condessa, der diese Abfuhr gar nichts auszumachen schien. Sie legte ihre Hand auf seinen Arm. »Jetzt stellen Sie sich doch nicht so an, Lewis! Sie wissen doch, daß Sie nicht mit Miß Duvenay tanzen können, bevor dieser Tanz zu Ende ist. Und Constant fordern können Sie auch nicht - obwohl ich zugeben muß«, fügte sie hinzu und blickte belustigt auf einige der Gäste, die sich ziemlich zwanglos benahmen, »daß es gar nicht weiter auffallen würde, wenn Sie es täten.« Sie zog ihn mit sich fort, und mit einem letzten Blick auf die maskierten Tänzer begleitete er sie in einen kleinen Nebenraum, wo sie sich sofort auf ein karminrotes Damastsofa setzte und einladend auf den Platz neben sich wies.
»Also, was ist los?« fragte Tarn, als er ihrer Aufforderung gefolgt war.
»Aber, aber, mein Lieber, nicht so hastig!« sagte die Condessa, versteckte sich hinter ihrem Fächer und spielte die Gekränkte. Dann lachte sie auf einmal und erklärte ihm, er sei ein Unmensch und sie sei trotz allem sehr froh über das, was sie getan habe.
»So? Was haben Sie denn getan?« fragte Tarn und blickte sie argwöhnisch an.
»Wieso - gar nichts - außer, daß ich den jungen Constant dazu animiert habe, Ihrer Victoire den Hof zu machen.«
Sie blickte ihn mit gut gespielter Überraschung an, als er ihr den Fächer unsanft aus der Hand nahm und ihn zusammenklappte.
»Was zum Teufel wollen Sie damit sagen?« fragte er.
»Womit? *Mi amor,* wenn Sie meinen Fächer zerbrechen, werde ich ernstlich ungehalten.«
»Nun, ich habe ihn bereits zerbrochen«, gestand der Marquis und blickte leicht betroffen auf die zersplitterten Elfenbeinstäbe in seiner Hand. »Ich kaufe Ihnen einen neuen. Doch glauben Sie ja nicht«, fügte er drohend hinzu, »daß Sie mich so abspeisen können . . .«

»Sie abspeisen? Aber nicht im Traum würde ich das wagen!« versicherte die Condessa. »Im Gegenteil, ich habe Constant das Versprechen gegeben, daß ich Ihnen alles erzählen werde. Er hat nämlich gar keine Lust, von einem Mann zum Duell gefordert zu werden, der einen so schrecklichen Ruf hat wie Sie, und es ist mir ganz klar, daß Sie so etwas im Sinn haben.« Sie schüttelte den Kopf und blickte ihn mit ihren grünen Augen schalkhaft an. »Gestehen Sie!« sagte sie. »Sie würden nichts lieber tun als das!«

Der Marquis, der sie zunächst nur ungläubig angeblickt hatte, war inzwischen so zornig geworden, daß er gar nichts zu gestehen brauchte, denn man konnte ihm sowieso alles ansehen. Die Condessa jedoch kannte ihn zu gut, um sich davon abschrecken zu lassen.

»Sie brauchen mich gar nicht so fürchterlich böse anzuschauen, Lewis«, meinte sie, »denn Sie wissen ganz genau, wie unverbesserlich ich bin. Sie sollten sich viel eher überlegen, was Sie jetzt machen wollen. Ich sage Ihnen offen, daß es das beste wäre, Victoire wieder fallenzulassen, solange es noch möglich ist. Sie können sie doch nicht im Ernst heiraten wollen - ausgerechnet Sie wollen die Verantwortung für so ein Kind auf sich nehmen? Und selbst wenn es Ihnen gelingt, sie jetzt Constant auszuspannen und zum Altar zu führen, so werden die Leute sagen - nachdem sie ihn so deutlich bevorzugt hat -, daß nur Ihr Titel und Ihr Vermögen ausschlaggebend waren! Und was das Duell betrifft, so brauche ich bloß die Geschichte zu verbreiten, um Sie lächerlich zu machen, mein Lieber - der Mann, der eine Braut nur erobern konnte, indem er seinen erfolgreicheren Rivalen tötete! Falls Sie wirklich als Sieger aus dem Duell hervorgehen«, fügte sie nachdenklich hinzu, »was gar nicht so sicher ist, denn Constant bewahrt im Kampf ebenso ruhig Blut wie Sie, davon bin ich überzeugt.«

Sie hielt inne und lächelte ihn herausfordernd an, als warte sie darauf, daß endlich das Donnerwetter losbrechen würde. Sie wußte nämlich, daß der Marquis, wenn er einmal seinem Temperament freien Lauf gelassen hatte, viel umgänglicher war.

Diesmal hatte sie sich jedoch verrechnet, denn er schwieg

eine Weile finster vor sich hin und sagte dann mit einer deprimierten Stimme, die sie kaum wiedererkannte: »Hat Lanner die Absicht, sie zu heiraten?«
»Du lieber Gott, nein! Die Idee ist ihm überhaupt noch nicht gekommen, und er hat auch gar nicht die Absicht, sie zu verführen. Er wird nur tun, worum ich ihn gebeten habe: sie zu umwerben und dazu verleiten, ihm in aller Öffentlichkeit den Vorzug zu geben. Und wenn das Spiel zu Ende ist, wird er verschwinden und sie den Armen des jungen Swanton überlassen.«
Sie machte eine Pause und entdeckte überrascht und etwas besorgt, daß Seine Lordschaft sich große Mühe gab, sich zu beherrschen. Nur ein kleines Knacken, als ein weiterer Elfenbeinstab des Fächers, den er immer noch in der Hand hielt, zerbrach, verriet seine Erregung, doch sein Gesicht war völlig unbewegt.
Er blickte sie an. Nach einer Weile sagte er nachdenklich: »Vielleicht hätten Sie die Güte, mir zu sagen, weswegen Sie dieses Komplott geschmiedet haben?«
Sie lächelte und blickte ihm tief in die Augen. *»Mi amor,* müssen Sie da wirklich noch fragen?« fragte sie leise. »Ich bin eine schamlose, eifersüchtige Person - das haben Sie mir ja schon hundertmal gesagt!«
Er runzelte die Stirn und fragte ungläubig: »Und Lanner? Ich soll Ihnen doch nicht etwa glauben, daß er Ihnen dabei hilft?«
»Sicher würde er das nicht tun, wenn er wüßte, was ich damit erreichen will«, entgegnete die Condessa ruhig. »Er gibt sich der Täuschung hin, daß ich mich nur dafür rächen will, weil Sie mich so grausam und geringschätzig behandelt haben. Natürlich habe ich ihm nicht erzählt«, fügte sie offen hinzu, »daß ich außerordentlich großzügige Geschenke von Ihnen bekommen habe.«
»Nein, das haben Sie sicherlich nicht getan«, stimmte ihr der Marquis verächtlich zu. »Aber was passiert, wenn ich ihm die Wahrheit sage?«
»Oh, er wird Ihnen sicherlich glauben«, sagte die Condessa, immer noch ganz gelassen. »Doch das wird ihn nicht daran hindern, Victoire weiterhin den Hof zu machen. Er hat ein

sehr ausgeprägtes Selbstbewußtsein und ist zudem der Überzeugung, daß ich ebenso wie Ihre Victoire meinen Sinn ändern und letztlich ihm den Vorzug geben werde.« Sie blickte lächelnd und etwas spöttisch in Tarns dunkles, unbewegtes Gesicht. »Und schlagen Sie es sich aus dem Kopf, mein lieber Lewis, Miß Duvenay mitzuteilen, daß Constants Werbung um sie nur Theater ist«, fügte sie sanft hinzu, »denn sie würde es Ihnen doch nicht glauben. Man kann sich auf sie verlassen, glaube ich, *mi amor* - sie ist viel zu gut für Sie oder auch für Constant, wenn Sie es genau wissen wollen - und Constant ist ihr Freund. Sie würde niemals glauben, daß er sie täuscht.«
Der Marquis, der genau wußte, daß die Condessa den Charakter Victoires vollkommen richtig einschätzte, war trotzdem im Augenblick versucht, Victoire das Geheimnis von Hauptmann Lanners Aufmerksamkeiten preiszugeben. In der Zwischenzeit ereigneten sich jedoch ganz andere Dinge, die es äußerst unwahrscheinlich machten, daß Victoire oder der Marquis in der Stimmung zu einem vernünftigen Gespräch sein würden, wenn sie sich begegneten.
Diese Ereignisse nahmen ihren Anfang, als Victoire - bekleidet mit dem grünen Seidendomino, den sie tragen mußte, da Miß Standfield Maskeraden nicht schätzte -, die mit dem Hauptmann tanzte, gesehen hatte, wie der Marquis den Ballsaal zusammen mit der Condessa verließ. Sie hatte ebenso wie die Condessa keine Mühe, ihn zu entdekken, da er alle anderen überragte; als sie ihn eintreten sah, nahm sie sich vor, gleich wenn der Tanz zu Ende war, zu ihm hinzugehen. Diese Absicht wurde jedoch sofort durchkreuzt, da er sich mit der schönen Tscherkessin zurückzog, an deren Identität weder sie noch irgend jemand anders in diesem Raum irgendwelche Zweifel haben konnte.
Der freudige Ausdruck, der eben noch ihr Gesicht erhellt hatte, machte einer verletzten, ärgerlichen Miene Platz. Hauptmann Lanner, der die Vorgänge, die sich hinter seinem Rücken abspielten, nicht verfolgen konnte, fragte sie, was los sei.
»Nichts! *Riens du tout!«* erklärte sie und begann, begeistert von dem bisherigen Verlauf ihres ersten Maskenballs, zu er-

zählen und mit ihm zusammen zu versuchen, die anderen Gäste in ihren Masken zu erkennen. Der Hauptmann selbst sah sehr gut aus mit seiner Rokokoperücke, der weißen Brokatjacke und den seidenen Kniehosen. Ihr nächster Partner war ein Türke mit Turban, reichen Seidengewändern und einem wilden Bart, unter dem ein sehr jugendliches Gesicht zu erkennen war. Das kann nur Mr. Swanton sein, dachte sich Victoire, noch bevor er sie stotternd um den Tanz bat.

So tanzte sie den Boulanger mit Mr. Swanton und wünschte sich insgeheim, daß Duelle auch für Frauen ein erlaubter Zeitvertreib wären, so daß sie die Condessa fordern könnte; als der Tanz zu Ende war, bat sie ihren jungen und, wie sie befürchtete, ziemlich beschwipsten Partner, sie zurück zu Lady Whittingham zu bringen. Mr. Swanton hatte sich tatsächlich - mit der Verzweiflung eines Mannes, der alles auf eine Karte setzt - mittels einer beträchtlichen Menge von geeistem Champagner Mut angetrunken, denn er war fest entschlossen, Victoire an diesem Abend einen Heiratsantrag zu machen. Ursprünglich hatte er geplant, sie anläßlich des Picknicks, das für den nächsten Tag festgesetzt war, um ihre Hand zu bitten, doch Eifersucht, Champagner und die Freiheit, die die Maskierung erlaubte, trieben ihn dazu, unverzüglich zu handeln. Anstatt Victoire also zurück zu Lady Whittingham zu führen, wie sie es gewünscht hatte, zog er sie völlig unerwartet in einen der Alkoven, der durch einen Samtvorhang vom Ballsaal getrennt war, fiel sofort vor ihr auf die Knie und flehte sie an, sein Herz und seine Hand anzunehmen.

Victoire blickte ihn erstaunt an. »*Tiens,* Sie haben einen Schwips!« sagte sie. »Ich habe es mir vorhin schon gedacht, und nun weiß ich es mit Sicherheit. Stehen Sie sofort auf! Sie sehen wirklich sehr töricht aus, das muß ich Ihnen schon sagen: außerdem könnte jeden Augenblick jemand hereinkommen.«

Mr. Swanton, der aussah, als habe man ihm einen Eimer kaltes Wasser ins Gesicht geschüttet, bemühte sich umständlich, aufzustehen - ein Unterfangen, das durch seine weiten türkischen Pluderhosen und den Krummsäbel, der von seinem Gürtel niederhing, noch erschwert wurde. Victoire, die eben noch sehr ernst gewesen war, konnte sich eines Kicherns nicht erwehren. Das war zuviel für Mr. Swanton: Im Nu verwandelte er sich aus Mr. Alfred Swanton, dem Erben des Brauerkönigs, in einen ganz gewöhnlichen Cockneyburschen mit allen schlechten Manieren seines Standes und rief ihr wütend zu: »Wagen Sie es nicht, über mich zu lachen.« Dann ging er zur Tat über und versuchte es mit einer wilden Umarmung, die jedoch nur zu einem schmerzhaften Zusammenstoß von Nasen und Stirnen und zu einem beträchtlichen Verrutschen des grünen Seidendominos führte. Im gleichen Augenblick ging der Samtvorhang auseinander, und Hauptmann Lanner erschien in dem Alkoven.

»Was zum Teufel . . .?« sagte er in ziemlich unverständlichem Deutsch, was Mr. Swanton veranlaßte, schleunigst innezuhalten.

»Constant! *Au diable!*« keuchte Victoire, die Mr. Swanton nun noch mehr verwirrte, indem sie französisch sprach. »Wie froh ich bin, daß Sie gekommen sind!«

Sie gab einen leichten Schrei des Entsetzens von sich, als Mr. Swanton, der hastig vor dem Hauptmann zurückwich, gegen einen kleinen vergoldeten Tisch stieß, so daß eine hohe chinesische Vase ins Schwanken geriet und mit lautem Gepolter zu Boden fiel.

»*Juste ciel!* Passen Sie doch auf, was Sie tun!« flehte Victoire ihn an, während Hauptmann Lanner, der den entsetzten Blick Mr. Swantons bemerkte, laut lachen mußte.

»So, mein Freund«, sagte er. »Sie haben jetzt Ihren Spaß gehabt, nicht wahr? Jetzt sehen Sie zu, daß Sie hinauskommen! Sonst werde ich Ihnen Beine machen.«

Unklugerweise begann Mr. Swanton, sich entrüstet zu rechtfertigen, doch als der Hauptmann auf ihn zuging, gab er es unverzüglich auf und versuchte sehr schnell, sich zurückzuziehen. Dies wurde ihm jedoch durch eine große Gestalt in rotem Domino unmöglich gemacht, die plötzlich am Eingang des Alkovens erschien.

»Ich hoffe sehr, daß ich nicht störe«, sagte Mylord Tarn mit ätzender Höflichkeit.

Hauptmann Lanner blickte ihn vergnügt an. »Keineswegs«, erwiderte er ebenso höflich. »Der türkische Herr ist gerade dabei aufzubrechen.« Er nahm Victoires Hand. »Und dasselbe haben wir jetzt auch vor.«
Der Marquis, dessen finsterer Blick auf den verrutschten grünen Domino fiel, rührte sich jedoch nicht von der Stelle und versperrte ihnen den Ausgang. »Lanner, nicht wahr?« fragte er und betrachtete stirnrunzelnd die maskierte Gestalt in der weißen Brokatjacke.
Der Hauptmann verbeugte sich. »Sie sind mir gegenüber im Vorteil, Sir«, sagte er, »doch ich glaube - Mylord Tarn?«
Mr. Swanton, der entsetzliche Angst vor dem Marquis hatte - vor allem in seiner augenblicklichen jämmerlichen Lage -, nutzte die Gelegenheit und schlüpfte unauffällig und unbeachtet an Tarn vorbei in den Ballsaal.
»Sie müssen verstehen, Lewis«, begann Victoire hastig, als sie endlich der Sprache wieder mächtig war. »Er brachte mich hierher, obwohl ich ihm gesagt habe, daß ich wieder zu Lady Whittingham möchte, und dann hat er mir einen Heiratsantrag gemacht und versucht, mich zu küssen, aber dann kam glücklicherweise Constant und hat ihn daran gehindert. Und dann kamen Sie . . .«
Der Marquis, der bemerkte, daß Hauptmann Lanner sie immer noch an der Hand hielt, erklärte mit der gleichen beängstigenden Höflichkeit, daß man also dem Hauptmann sehr dankbar sein müsse. Das war für ihn so ungewöhnlich, daß Victoire es nur als reinen Sarkasmus auffassen konnte. Sie wurde daher wieder rot und entzog dem Hauptmann eilig ihre Hand.
»Ich habe Sie ebenfalls gesucht«, fuhr der Marquis fort und mußte sich Mühe geben, höflich zu bleiben. »Ich sah Sie dann mit diesem Gentleman hier hereingehen . . .«
»Das war Mr. Swanton«, fiel ihm Victoire ängstlich ins Wort. »Er wollte mich unbedingt hierherbringen! Ich glaube, er ist betrunken.«
». . . aber ich war auf der anderen Seite des Saales«, fuhr Tarn unerbittlich fort, »und bis ich hier herüberkommen konnte, war es klar, daß Sie meine Hilfe nicht mehr brauchten.«

Hauptmann Lanner sagte liebenswürdig: »Sehr recht, sie brauchte sie nicht mehr!« und schlug dann vor - da man sich gerade zum nächsten Kontertanz aufstellte -, daß er und Victoire ihre Plätze einnehmen sollten.
Victoire blickte Tarn an. Wenn er sie bitten würde, mit ihr zu tanzen, würde sie es natürlich tun, selbst wenn er mit der Condessa in ein Nebengemach gegangen war und dort sicherlich schlimmere Sachen angestellt hatte, als Mr. Swanton sie sich nur im Traum hätte vorstellen können. Doch er tat es nicht, und das hatte zwei Gründe. Zum einen fielen ihm die Worte der Condessa ein, daß er nur dank seines Titels und Vermögens den Sieg über Lanner davontragen würde, und zweitens konnte er nicht wissen, daß Victoire nur deswegen so leuchtende Augen hatte, weil sie auf seine Aufforderung zum Tanz hoffte und nicht, weil der Hauptmann sie schon darum gebeten hatte.
So erklärte er mit finsterer Miene, er freue sich, daß sie den Ball genieße, und ging davon. Sie sah ihn an diesem Abend nicht mehr, weil er sofort Pavitt House verließ und in die Stadt zurückkehrte. Er glaubte, nicht mehr für seine Beherrschung bürgen zu können, wenn er weiter zusehen mußte, wie sie mit Hauptmann Lanner tanzte. Was diesen betraf, so wurde er später am Abend von der Condessa zu seinem Erfolg bei Miß Duvenay beglückwünscht, als sie zusammen Walzer tanzten, lange nachdem Victoire mit Mr. Standfield und den Whittinghams aufgebrochen war.
»Ich habe jeden Augenblick genossen«, erklärte der Hauptmann vergnügt und lachte die Condessa mit seinen glänzenden blauen Augen an.
Die Condessa lachte ebenfalls. »Versuchen Sie etwa, mich eifersüchtig zu machen, mein Kleiner?« fragte sie sanft.
»Könnte ich das denn?«
»Ich glaube schon. Es wäre nicht sehr schmeichelhaft für mich, wenn Sie sich in dieses Kind verlieben würden.«
Der Hauptmann gab zu, daß das wirklich komisch wäre, und wirbelte sie dann so geschickt und temperamentvoll auf dem Parkett herum, daß sie über dieses Thema nicht weiter sprechen konnten. Auf seinem Gesicht zeigte sich jedoch ein merkwürdig nachdenklicher Zug. Zu seiner eige-

nen Verwunderung stellte er nämlich fest, daß er keineswegs daran dachte, die Condessa demnächst um eine Belohnung für seine Bemühungen zu bitten, sondern daß er nur einen Gedanken hatte: Victoire am nächsten Tag wiedersehen zu können, wenn das geplante Picknick in Richmond Park stattfinden sollte.

17

Das Picknick schien jedoch von Anfang an unter keinem guten Stern zu stehen.
Zuerst war es einige Male wegen des Wetters verschoben worden oder weil einige der Teilnehmer keine Zeit hatten; und schließlich entschloß man sich, es von Richmond Park nach Merton zu verlegen. Dies eigentlich nur, weil Lord Whittingham Picknicks nicht schätzte und es vorzog, den Lunch in einem richtigen Speisezimmer in seiner dortigen palladianischen Villa einzunehmen. Er und Lady Whittingham waren nämlich gebeten worden, an dem Ausflug teilzunehmen, als es klar war, daß Miß Standfields Unpäßlichkeit sie davon abhalten würde, als Anstandsdame mitzukommen.
Dann hatte Mr. Swantons skandalöses Verhalten beim Maskenball der Pavitts es ihm unmöglich gemacht, an einer Unternehmung teilzunehmen, bei der auch Victoire anwesend war; seine schriftliche Entschuldigung erreichte Miß Standfield am Morgen. Und schließlich hatte Tarn keine Lust, den ganzen Tag mit anzusehen, wie Hauptmann Lanner mit Victoire lachte und plauderte. Victoire hatte jedoch mit seinem Kommen gerechnet, und so war ihr seine Weigerung ein weiteres Zeichen dafür, daß er ihr immer noch böse war.
Ihre Stimmung besserte sich jedoch, als Mr. Fearon, der in seinem Phaeton in der Albermarle Street ankam, ihr vorschlug, bei ihm einzusteigen und eine Weile selbst die Zügel zu übernehmen; Tarn hatte ihr das Fahren beigebracht, und sie freute sich, Gelegenheit zu haben, ihre neue Fertigkeit zu üben. Hauptmann Lanner war wahrscheinlich nicht sehr entzückt, daß er auf diese Weise ihrer Gegenwart beraubt wurde, doch es blieb ihm nichts anderes übrig, als im Landauer der Whittinghams den vierten abzugeben, zusam-

men mit einer forschen jungen Dame, Miß Domville, die Lady Whittingham zu dem Ausflug eingeladen hatte.
Mr. Fearon erlaubte Victoire außerhalb der Stadt, die Zügel zu übernehmen, doch das Vergnügen daran, seine prachtvollen Grauschimmel zu lenken, wurde beträchtlich dadurch gemindert, daß er ein prekäres Gesprächsthema anschnitt. Er sprach nämlich über Tarn. Er sagte zwar nichts Direktes, denn das war nicht seine Art, doch wurde Victoire wie zufällig mit Erinnerungen an die kleinen Sünden des Marquis traktiert und mit Andeutungen von schlimmeren Taten, die für das Ohr einer Dame nicht geeignet seien. Das stimmte sie sehr traurig, und sie wünschte, daß Miß Domville oder Lady Whittingham an ihrer Stelle wären und sie im Landauer säße. Sie konnte Mr. Fearon nicht gut sagen, daß sie nicht hören wollte, was er ihr mitzuteilen hatte, denn er tat dies im zwanglosen Unterhaltungston, als wolle er ihr nur einige hübsche Anekdoten erzählen; aber es verbesserte ihre Laune durchaus nicht, als sie erfahren mußte, wie viele schöne Damen schon eine Rolle im Leben des Marquis gespielt hatten. So dachte sie zum erstenmal etwas bange daran, daß eine Ehe mit ihm vielleicht doch schwieriger sein würde, als sie es ertragen könnte.
Sie war sehr erleichtert, als sie endlich Merton erreichten. Die ganze Gesellschaft ließ sich zu einem üppigen Imbiß nieder, bei dem Hühnchen à la Tarragon und Steinbuttfilets in italienischer Sauce sowie verschiedene Pasteten, Fruchtdesserts und Cremes gereicht wurden, so daß Lord Whittingham tatsächlich recht zu haben schien, als er die Vorteile einer solchen Mahlzeit gegenüber einem improvisierten Picknick pries. Hauptmann Lanner befand sich jetzt ständig an Victoires Seite, worüber sie sehr froh war; trotzdem mußte sie immer wieder an den Maskenball und an Tarns kalte Zurückhaltung denken, so daß sie nicht ganz so unbeschwert mit Lanner plaudern konnte wie sonst.
»Was ist denn los?« fragte er sie nach dem Essen, als er sie bei den Erdbeerbeeten, wohin die ganze Gesellschaft sich mit Ausnahme von Lord Whittingham begeben hatte, auf die Seite nehmen konnte.
»Was soll denn los sein?« gab Victoire zurück. Sie nahm

eine schöne rote Erdbeere, die der Hauptmann für sie gepflückt hatte, und betrachtete sie stirnrunzelnd, als ob sie sie beurteilen und nicht aufessen sollte.

Der Hauptmann nahm sie ihr freundlicherweise ab und steckte sie sich selber in den Mund. »Irgend etwas stimmt doch nicht mit Ihnen«, sagte er. »Wenn es Whittingham ist, dann verstehe ich Sie sehr gut. Es hätte mich nicht gewundert, wenn diese wundervollen Cremes, die er uns hat servieren lassen, bei seinem Blick sauer geworden wären.«

Victoire mußte lachen, doch sie sagte, daß es sich weder um Lord Whittingham handle noch sonst um jemanden und daß sie bester Stimmung sei.

»Das stimmt nicht«, sagte Hauptmann Lanner beharrlich. Er blickte sie mit seinen blauen Augen forschend an und fragte: »Ist es wegen Tarn?«

Victoire errötete leicht, was man jedoch dank der breiten Krempe ihres Hutes nicht sehen konnte. Sie sagte würdevoll: »Ich weiß nicht, was Sie meinen.«

»O doch, das wissen Sie sehr gut«, sagte der Hauptmann. Er nahm ihren Arm und schüttelte ihn leicht. »Seien Sie keine Törin, Victoire«, mahnte er sie. »Sie können doch so einen Mann nicht heiraten. Selbst wenn er Ihnen einen Antrag machen sollte, was er sicherlich niemals tun wird.«

Victoire hätte ihm am liebsten gesagt, daß er es bereits getan habe, doch die Verlobung war immerhin noch geheim, und außerdem war der Anlaß für diesen Antrag nicht gerade von der Art, wie Victoire es dem Hauptmann gern erzählt hätte. So sagte sie nur mit leiser Stimme: »Warum sollte ich nicht?« was natürlich keine Art war, eine Unterhaltung abzubrechen, die ihr nicht behagte.

»Weil er Sie verteufelt unglücklich machen würde«, sagte Hauptmann Lanner entschieden. »Er hat andere Interessen, müssen Sie wissen.«

Es gab leider nichts, was sie dieser Feststellung hätte entgegenhalten können. Doch zu ihrer Erleichterung erschien jetzt Lady Whittingham mit der Nachricht, daß sie, Mr. Fearon und Miß Domville den Gedanken, den Rest des Nachmittags in der Villa zu verbringen, trostlos fänden; Mr. Fearon habe eine sehr gute Idee, die man sofort in die

Tat umsetzen wolle, ob sie nun Lord Whittingham passe oder nicht.
Lord Whittingham gefiel die Idee, wie es sich zeigte, gar nicht, doch er wurde von den anderen überstimmt, und in kurzer Zeit waren die Pferde wieder angeschirrt und die Gesellschaft war auf dem Weg zu einem - wie Mr. Fearon versicherte - sehr alten und interessanten, um nicht zu sagen, romantischen Gasthof.
Victoire hatte diesmal im Landauer Platz genommen, denn Lady Whittingham, die der schlechten Laune ihres Mannes entkommen wollte, hatte verkündet, daß sie mit Mr. Fearon in seinem Phaeton fahren werde. Es machte ihr folglich gar nichts aus, daß der Gasthof viele Meilen entfernt von der Villa der Whittinghams lag und nur auf Wegen zu erreichen war, die seit den Tagen König Johanns wenig oder gar nicht gepflegt worden waren. Lord Whittingham hingegen beschwerte sich bitterlich über das Rumpeln der Kutsche und erklärte, daß er nicht verstehe, weshalb irgend jemand in der größten Hitze einen Ausflug machen wolle, nur um einen Landgasthof zu sehen. Seine Stimmung besserte sich auch nicht, als sie vor einem kleinen, weißgetünchten und mit Stroh gedecktem Haus hielten.
»Pah!« sagte er, als er das mit Efeu überwachsene Gemäuer, den verwilderten Garten und die verfallene Holzbank sah, die vor einem kleinen Gitterfenster stand. »Nichts zu sehen! Gar nichts!« Er betrat den finsteren kleinen Gang, der zur Schankstube führte, blickte auf die alten Holzbalken der Decke und fügte sarkastisch hinzu: »Nur Mäuse!«
Die Damen fanden jedoch den Gasthof außerordentlich reizvoll, und als der Wirt - überwältigt von dieser Invasion hoher Gäste - mit einem Tablett herbeieilte, mit blauen Porterkrügen und Stiltonkäse, schwand sogar Lord Whittinghams schlechte Laune. Schon nach dem ersten Schluck mußte er zugeben, daß der würzige, bernsteinfarbene Porter des ›Blue Lion‹ ein recht annehmbares Gebräu sei.
Als er seinen Durst gelöscht hatte, machte er es sich in einem Windsor-Sessel am Fenster bequem, erklärte dem Wirt, daß er nicht gestört zu werden wünsche, und schlief ein. Die anderen gingen hinaus, um sich die nähere Umge-

bung anzusehen, wo es aber tatsächlich, wie Lord Whittingham ganz richtig festgestellt hatte, nichts zu sehen gab. Nur Miß Domville, die sich für Gartenbau interessierte, war entzückt, weil sie glaubte, in einem verwilderten und dornigen Busch eine Rose entdeckt zu haben, die in der Tudor-Zeit sehr verbreitet war. Bald aber klagte sie darüber, daß die Sonne ihr Kopfschmerzen bereite. Mr. Fearon brachte sie ins Haus zurück, während Hauptmann Lanner mit Lady Whittingham und Victoire im Garten blieb und sie mit reichlich übertriebenen Erzählungen von seinen Kriegsabenteuern unterhielt.

Nach etwa einer halben Stunde wurden die Schatten allmählich länger, und Lord Whittingham erschien plötzlich unter der Tür, erfrischt und bedeutend besserer Stimmung, und erklärte, es sei nun höchste Zeit, in die Stadt zurückzufahren.

»Wo ist Bruce?« fragte er, schaute sich um und sah nur drei Personen im Garten.

Lady Whittingham, die gar nicht mehr an Mr. Fearon gedacht hatte, blickte ihn erschrocken an, begann dann aber zu lachen und sagte, daß er vor etwa einer halben Stunde mit Miß Domville davongegangen sei.

»Nun, jetzt ist er nicht mehr bei ihr«, sagte Lord Whittingham mit Bestimmtheit. »Sie ist in der Gaststube.«

Seine Frau starrte ihn an. »Um Himmels willen, wo kann er denn nur scin?« fragtc sic. »Er ist doch sicherlich nicht einfach weggegangen, ohne jemandem von uns etwas zu sagen?«

Doch dies war, so schien es, genau das, was Mr. Fearon getan hatte. Eine kurze Durchsuchung des Geländes war erfolgreich: Sie fanden ihn am Rande eines kleinen Weges sitzen, der vom Gasthof wegführte, und er machte ein sehr verärgertes Gesicht. Wie er erzählte, wollte er die kleine Anhöhe bei dem Gasthof hinaufsteigen, um von dort aus einen besseren Ausblick zu haben. Unglücklicherweise sei er jedoch dabei über einen Stein gestolpert und habe sich seinen Fuß so schlimm verstaucht, daß er ohne Hilfe nicht mehr zum Gasthof zurückkehren konnte. Er habe laut gerufen, doch offenbar habe ihn niemand gehört, und so sei

ihm nichts anderes übriggeblieben, als sich hinzusetzen und darauf zu warten, daß ihn jemand finden würde.
»Wenn Sie und Arthur mich stützen, kann ich sicher zum Gasthof zurückhumpeln«, sagte er. »Doch Sie werden meinen Phaeton fahren müssen, Lanner. Denn das kann ich mir doch nicht zutrauen.«
Er stand mit schmerzverzerrtem Gesicht auf und hinkte, unterstützt von Lord Whittingham und Hauptmann Lanner, zurück zum Gasthof. Jeder, so schien es, hatte andere Vorstellungen, was nun getan werden sollte. Victoire und Hauptmann Lanner, beide eher zähe Naturen, zeigten sich ziemlich ungeduldig und waren der Ansicht, daß Mr. Fearon zu viel Aufhebens um den harmlosen Unfall mache. Lord Whittingham jedoch war die Besorgnis in Person und bot sogar an, mit Mr. Fearon zur Villa zurückzukehren, um ihn nicht der beschwerlichen Fahrt in die Stadt auszusetzen - obgleich, wie er besorgt hinzufügte, nur einige ältere Diener dort seien; die anderen seien nach dem Zubereiten und Servieren des Lunches wieder in die Stadt zurückgekehrt. Doch Mr. Fearon, der diesen und mehrere andere Vorschläge sorgfältig erwog, entschloß sich schließlich, im Landauer der Whittinghams in die Stadt zurückzukehren. Sicherlich könne man auf einem Umweg zur Poststraße kommen, um so das unangenehme Holpern auf dem anderen, direkten Weg zu vermeiden. Dann gab er Hauptmann Lanner Anweisungen, was er mit seinem Phaeton und den Pferden tun solle, wenn er nach London käme. Als ihm bewußt wurde, wie spät es inzwischen geworden war, meinte er, er solle am besten Victoire mitnehmen und den direkten Weg nehmen, da er Miß Standfield versprochen habe, daß sie nicht zu spät zurück sein werde.
Victoire, die inzwischen die ganze Angelegenheit gründlich satt hatte, stimmte sofort zu. Erst als die beiden Wagen schon getrennte Wege eingeschlagen hatten, fiel Lord Whittingham ein, daß es schicklicher gewesen wäre, zusammenzubleiben, da es sicher dunkel sein würde, bevor der Phaeton London erreichte.
Inzwischen freuten sich Victoire und Hauptmann Lanner ihres Zusammenseins, wie immer, doch fiel ihnen nach ei-

ner Weile auf, daß der Weg, den Mr. Fearon ihnen angegeben hatte, nicht zur Poststraße führte, sondern im Gegenteil tiefer und immer tiefer in ein Gewirr holpriger Wege und Nebenwege.

»Meinen Sie nicht, wir sollten im nächsten Dorf anhalten und nach dem Weg fragen?« sagte Victoire schließlich und machte Lanner darauf aufmerksam, daß es schon ziemlich dunkel war. *»Tiens,* Sie sind sehr dumm, Constant! Sie haben bestimmt Mr. Fearons Angaben völlig mißverstanden.«

Der Hauptmann wehrte sich nicht gegen diese Anschuldigung. Sein Gesicht drückte auf einmal eine merkwürdige Mischung von Nachdenklichkeit und strahlender Unbekümmertheit aus, doch er sagte nichts und pfiff nur leise und recht vergnügt vor sich hin. Auch war er gar nicht erstaunt, als der Phaeton wenig später auf einer besonders holprigen Wegstrecke plötzlich ins Schwanken geriet und schließlich mit einem lauten Krachen umstürzte. Victoire, die bei diesem Sturz direkt auf ihm gelandet war, sagte schlicht: *»Mordieu.«*

Hauptmann Lanner fluchte, entschuldigte sich und fragte Victoire, ob sie sich verletzt habe.

»Nein. Aber was ist passiert?«

»Ich glaube, wir haben ein Rad verloren.«

Der Hauptmann, der geistesgegenwärtig die Zügel in der Hand behalten hatte, machte sich mit einigen Schwierigkeiten von Victoire los und ging zu den sich aufbäumenden Pferden, um sie zu beruhigen. Er band die Pferde fest, schaute sich dann den Phaeton an und erklärte resigniert, daß man den Wagen heute nicht mehr fahrtüchtig machen könne.

»Was sollen wir denn jetzt tun?« fragte Victoire. »Wie weit sind wir eigentlich von London entfernt?«

Der Hauptmann sagte, er habe keine Ahnung. Dann fragte er plötzlich, ob sie glaube, daß Mr. Fearon etwas dagegen habe, daß sein Vetter, Lord Tarn, ihr so großes Interesse entgegenbringe.

»Mr. Fearon?« sagte Victoire verblüfft. »Das ist doch wohl nicht Ihr Ernst! Was hat denn der damit zu tun?«

Der Hauptmann hatte es sich sehr schnell zusammenge-

reimt: ein verstauchter Fuß, eine unerklärte Abwesenheit von einer halben Stunde, einige sehr verwirrende Anweisungen bezüglich des Weges nach London und schließlich ein Wagen, der auf diesen holprigen Straßen nach einer gewissen Zeit ein Rad verlor - alles paßte zu dem sinnreichen Plan, ihn und Miß Duvenay zu Beginn der Dunkelheit mitten auf dem Land allein zu lassen. Er sagte daher, daß Mr. Fearon eine ganze Menge damit zu tun habe, ging jedoch nicht näher auf dieses Thema ein. Was Victoire betraf, so bekam sie durch die Nennung von Tarns Namen einen viel größeren Schrecken als durch den Unfall selbst, denn ihr fiel jetzt ein, daß er natürlich die ganze Geschichte erfahren und sich entsprechend aufregen würde. Sie wandte sich atemlos an den Hauptmann und erklärte ihm, daß sie sofort in die Stadt zurückkehren müßten.
»Der Meinung bin ich auch«, stimmte der Hauptmann gelassen zu. »Aber das wird nicht so einfach sein. Und wenn es uns nicht gelingt, wird man sagen, daß ich Sie kompromittiert habe und daß ich die Sache nur wiedergutmachen kann, indem ich Sie so schnell wie möglich heirate. Ich habe bisher eigentlich noch nie an eine Ehe gedacht, doch jetzt scheint mir die Idee gar nicht schlecht zu sein. Wollen Sie mich heiraten, *ma mie?«* fragte er.
Und bevor Victoire ihn daran hindern konnte, hatte er einen Arm um sie gelegt und küßte sie sehr sanft und sachkundig.
Victoire machte sich los. *»Parbleu,* Constant, nehmen Sie Vernunft an!« schimpfte sie. »Sie können doch nicht in mich verliebt sein! Ich bin - ich bin nur Victoire und Sie sind - nur Constant -«
»Nur Constant - nur Victoire? Nein, nein! Wir sind keine Kinder mehr!« sagte der Hauptmann immer noch lachend, aber mit einem merkwürdigen Glänzen in seinen Augen, das sie noch nie zuvor an ihm gesehen hatte. Er legte wieder seinen Arm um sie und hob mit der freien Hand ihr Kinn hoch. Im nächsten Moment ließ er sie jedoch los, denn er hatte eine sehr entschlossene und klatschende Ohrfeige von seiner alten Spielkameradin bekommen. *»Peste!«* rief er aus. »Sie kleine Wildkatze!«

»Lassen Sie mich in Ruhe!« sagte Victoire und blickte ihn wütend an. »*Voyons,* wir stecken gewaltig in der Klemme, und Sie benehmen sich wie ein Narr! Wenn ich nicht vor Anbruch der Nacht in Albermarle Street bin, kann ich Ihnen verraten, daß Lord Tarn Sie bestimmt fordern und erschießen wird!«

Der Hauptmann grinste. »Oh, ich glaube nicht, daß es soweit kommen wird«, sagte er zuversichtlich. »Ich bin nämlich selbst ein ziemlich guter Schütze.«

»Und wenn Sie ihn töten«, erklärte Victoire unerbittlich, »werde ich selbst mir eine Pistole besorgen und Sie erschießen. Also lassen Sie bitte diesen Unsinn, *hein!* Kommen Sie jetzt, hier muß irgendwo in der Nähe ein Dorf sein, und wir werden sehen, ob man auf diesen Pferden reiten kann.«

Hauptmann Lanner bemerkte, es komme ihm so vor, als habe das eine Pferd sich das Gelenk verzerrt. Dabei blickte er sie prüfend an und fragte, ob sie denn Tarn wirklich so gern habe.

»Ja«, erklärte Victoire freimütig.

»Dann müssen Sie sich auf allerhand Schwierigkeiten gefaßt machen«, sagte der Hauptmann und machte sich daran, das andere Pferd anzusehen. »Sie sollten lieber mich heiraten. Ich habe zwar bisher noch keinen Pfennig Vermögen, abgesehen von meinem Sold, doch mein Vetter Gerhard ist letztes Jahr in Leipzig gefallen, und wenn mein Onkel stirbt, werde ich der Graf von Guernenberg sein. Und das ist fast soviel wie ein Marquis.«

Victoire, die sich gerade eine Schürfwunde am Bein des Handpferdes ansah, blickte sich erstaunt nach ihm um. »Du lieber Gott, ich glaube, es ist Ihr Ernst!« sagte sie.

»Natürlich ist es mein Ernst!« sagte der Hauptmann, versuchte sie noch einmal in den Arm zu nehmen und flüsterte ein paar zärtliche Worte auf deutsch.

»Und meiner auch!« sagte Victoire und machte sich mit Tricks von ihm frei, die eigentlich nicht zu einer jungen Dame paßten.

Wie die Geschichte weitergegangen wäre, ist schwer zu sagen, denn Hauptmann Lanner, der im allgemeinen mit widerspenstigen Mädchen gut fertig wurde, schien den Kampf

nicht so schnell aufgeben zu wollen. Plötzlich tauchte jedoch an der Wegbiegung ein Pferd auf, das einen Mistkarren zog, auf dessen Deichsel ein Bauer saß, und so fand der Kampf ein jähes Ende. Atemlos rief Victoire dem Bauern zu: »Sir! Können Sie uns bitte in das nächste Dorf bringen? Wir haben einen Unfall gehabt, wie Sie sehen!«
»Du lieber Himmel«, sagte Hauptmann Lanner leicht belustigt zu Victoire, »Sie können doch nicht in dem Ding da fahren. Der hat doch Mist geladen!«
»Das ist mir gleich«, entgegnete Victoire unbeirrt. »Ich werde mich wie der Bauer auf die Deichsel setzen, denn ich glaube, daß Mr. Fearons Pferde beide lahm sind. Ich nehme an, so kommen wir schneller ans Ziel als zu Fuß.«
»Und was ist mit mir?« fragte der Hauptmann und folgte ihr, als sie auf den verdutzten jungen Bauern zuging.
»Sie können zu Fuß gehen oder auf einem von Mr. Fearons lahmen Gäulen reiten«, sagte Victoire unbarmherzig. »Doch zuerst«, sagte sie, »müssen Sie mir etwas Geld leihen, denn ich habe nur eine halbe Krone. Ich werde mir einen Wagen mieten, sobald wir das Dorf erreichen.«
Der Hauptmann war jedoch nicht bereit, sie alleine losziehen zu lassen, und es entspann sich ein heftiger Wortwechsel, bis schließlich der junge Bauer schüchtern bemerkte, daß um die nächste Wegbiegung ein Gasthof sei, wo sie sich vielleicht von der Wirtin einen Einspänner leihen könnten. Als sie dies hörten, brachen Victoire und der Hauptmann in schallendes Gelächter aus, da sie sich so heftig über das Transportmittel zu einem Ort gestritten hatten, der nur ein paar hundert Meter weit entfernt war. So zogen sie vergnügt zusammen zu dem kleinen Gasthof, handelten mit der Wirtin den Preis für die Benützung ihres Einspänners aus und baten sie auch, sich um die Pferde und den Phaeton von Mr. Fearon zu kümmern.
Victoire hatte dann sogar eine noch bessere Idee, denn es wurde jetzt schon ziemlich dunkel und es schien ihr doch zu gewagt, den Weg von sieben Meilen nach London mit dem Hauptmann allein zu fahren. Da sie diese Bedenken Lanner nicht anvertrauen konnte, merkte dieser erst, als sie den Wagen bestiegen, daß sie noch einen Fahrgast bei sich

hatten - ein dralles junges Mädchen in geblümtem Kleid und Schal, das kichernd und ungelenk vor ihm einen kleinen Knicks machte, bevor es einstieg und sich neben Victoire setzte.

»Was zum Teufel ...?« begann der Hauptmann, kam aber nicht weiter, da Victoire seelenruhig sagte: »Das ist die Tochter der Wirtin, Constant. Sie kommt mit uns nach London - nicht wahr, Susan? Und Mademoiselle wird ihr heute nacht in Albermarle Street ein Zimmer geben, und morgen bekommt sie eine halbe Guinee und wird mit der Postkutsche zurückfahren.«

Die Wirtin, die mit verschränkten Armen dabeistand und sich diebisch zu freuen schien, weil sie dabei geholfen hatte, die schändlichen Pläne eines Mannes zu vereiteln, nickte bei diesen Worten zustimmend. Der Hauptmann mußte einsehen, daß er besiegt war. Er konnte Susan nicht einfach aus dem Wagen werfen; seine schönen Pläne, wie er Victoire im Laufe der Fahrt doch noch umstimmen würde, konnte er vergessen. Sie würden sicherlich - da ihnen die Wirtin deprimierend genaue Anweisungen für den Weg nach London gab - in einer Stunde in allem Anstand in Albermarle Street ankommen, und damit wäre die ganze Angelegenheit ein für allemal beendet.

18

Diese Annahme sollte sich als zutreffend erweisen. Doch daß noch etwas anderes bevorstand, zeigte sich, noch ehe Hauptmann Lanner den Wagen, der vor Miß Standfields Türe gehalten hatte, einem der Straßenjungen übergeben hatte, die sich auf diese Weise ein Taschengeld verdienten. Denn als der Hauptmann von seinem Sitz sprang, öffnete sich die Tür von Miß Standfields Haus und Tarn erschien auf der Schwelle.

Als Hauptmann Lanner um den Wagen herumging, um Victoire vom Sitz zu helfen, stellte sich ihm auf einmal der Marquis in den Weg, und zwar mit einem Blick, den Victoire einst als ›furchterregend‹ bezeichnet hatte.

»Wo zum Teufel . . .?« begann Tarn, doch er hielt überrascht inne, als Susan ausstieg, in nervöses Kichern ausbrach und sich mit einem Knicks neben den Wagen stellte.

Dann erschien Victoire hinter ihr, streckte ihre Hände Tarn entgegen, der ihr vom Wagen half, und begann sofort - obgleich ebenso nervös wie Susan - die Lage zu klären.

»Es tut mir so leid, Lewis«, sagte sie hastig. »Aber Mr. Fearon hat sich den Fuß verstaucht, und Constant war gezwungen, seinen Phaeton zu fahren, und dann haben wir ein Rad verloren und mußten in einem Gasthof diesen Einspänner mieten. Und das ist die Tochter der Wirtin«, schloß sie und wies auf Susan, »die seit dem Unfall immer bei mir war, so daß alles ganz *convenable* verlaufen ist.«

Sie blickte ihn ängstlich an, mußte jedoch feststellen, daß diese Erklärung ihn nicht sonderlich beruhigt zu haben schien. Doch Seine Lordschaft erklärte nur knapp, daß man nicht so auf der Straße stehenbleiben könne, und brachte Victoire hinein; Hauptmann Lanner und Susan folgten.

Im Salon fanden sie Miß Standfield vor, die beim Anblick der vielen Leute, die Tarn mit sich brachte, sehr erstaunt war. Die Fragen erstarben ihr jedoch auf den Lippen, als Victoire auf sie zueilte und weitere Erklärungen hervorsprudelte, um sie schließlich anzuflehen, dem Marquis zu erklären, daß alles *comme il faut* gewesen sei, so daß er nicht mehr so dreinschauen müsse, als ob er gleich jemand umbringen wolle.

»Und der Jemand«, sagte Hauptmann Lanner und ging gelassen auf Miß Standfield zu, »bin wahrscheinlich ich.« Er verbeugte sich vor ihr und gab ihr einen galanten Handkuß, was Tarn jedoch erst recht zu reizen schien. »Tausendmal Entschuldigung, Madam«, sagte der Hauptmann, »daß wir so unziemlich in Ihren Salon eindringen, doch der Bericht von Miß Duvenay ist völlig zutreffend, wenn auch, fürchte ich, etwas unzusammenhängend.«

Miß Standfield meinte, sie habe gar nichts dagegen einzuwenden, daß ihr Salon in Beschlag genommen werde; doch nach dem, was sie aus Victoires Erzählung entnommen habe, würde das junge Mädchen, das sie mitgebracht hätten, über Nacht bleiben; sie müsse also sofort ihrer Haushälterin klingeln, damit diese ein Zimmer für das Mädchen herrichte. Dann übergab sie Susan der Obhut dieser braven Frau, wies Cloyden an, etwas Sherry zu bringen, und bedeutete Tarn, daß er, wenn nötig, seiner Wut freien Lauf lassen solle, solange die Dienstboten nicht im Zimmer seien.

»Vielen Dank, Madam!« sagte der Marquis mit vernichtender Höflichkeit. »Aber ich habe nicht die Absicht, wütend zu werden, selbst nicht mit Ihrer freundlichen Genehmigung. Wie mir scheint, habe ich lediglich Hauptmann Lanner noch einmal für seine Sorge Victoire gegenüber zu danken und ihm zu sagen, daß ich in Zukunft darauf achten werde, daß seine Dienste nicht mehr benötigt werden.«

Dies erschien Victoire so großherzig, daß sie in ihrer Erleichterung am liebsten Beifall geklatscht hätte. Hauptmann Lanner jedoch erklärte höflich und kühl, daß er nicht ganz begreife, mit welchem Recht der Marquis sich die alleinige Verantwortung für das künftige Wohlergehen Miß Duvenays anmaße.

»Ich kann Ihnen sagen, mit welchem Recht«, sagte Tarn ohne zu zögern. »Miß Duvenay ist mit mir verlobt.«

Hauptmann Lanner blickte ihn überrascht an - mehr als überrascht, nämlich ungläubig. *»Plaît-il?«* fragte er nach einer Weile. »Sie sagten - verlobt?«
Dann blickte er Victoire an, die sofort eifrig zustimmte: »Es ist wahr, Constant! Ich habe es Ihnen nur nicht gesagt, weil es immer noch ein Geheimnis ist . . .«
Der Hauptmann wandte sich wieder an den Marquis und fragte, wann denn die Ankündigung erfolge.
»Morgen«, erklärte Tarn unverfroren, als ob die ganze Angelegenheit schon vor Wochen entschieden worden sei. »Das heißt, dann schicke ich der ›Gazette‹ die Mitteilung.«
Der Hauptmann gratulierte mit offensichtlichem Widerstreben, trank ein Glas von dem Sherry, den Cloyden serviert hatte, und verabschiedete sich. Victoire blieb ziemlich benommen zurück, denn Tarns Erklärung hatte sie doch leicht verstört. »Haben Sie - hast du das wirklich so gemeint?« fragte sie den Marquis ziemlich zweifelnd, als sich die Türe hinter Hauptmann Lanner schloß.
»Mit der Anzeige? Ja!« sagte Tarn. »Ich glaube nämlich, daß das die einzige Möglichkeit ist, dich in Zukunft davor zu bewahren, in solch mißliche Situationen zu geraten. Zuerst dieser Dummkopf Swanton und nun Lanner! Und wenn du mir erzählen willst«, fügte er drohend hinzu, »daß er sich nicht so benommen hat, daß du das Gefühl hattest, das Mädchen im Wagen mitnehmen zu müssen, dann kannst du dir deine Worte sparen!«
»Er hat nur gesagt, daß er mich heiraten will«, verteidigte Victoire sich und den abwesenden Hauptmann. *»Voyons,* so schlimm ist das nun auch wieder nicht!«
Der Marquis sagte mit Genugtuung, daß wenigstens solchen und ähnlichen Dingen durch die Nachricht in der ›Gazette‹ ein Ende gemacht würde. Dann hielt er ihr eine Predigt über gewissenlose Männer, die ahnungslosen Frauen Heiratsanträge machen, nur um ihre schändlichen Ziele zu erreichen. Dies veranlaßte Miß Standfield dazu, ihm ziemlich trocken zu erklären, sie habe schon einmal gehört, daß der Teufel gern die Bibel zitiere, und der Marquis möge bitte so gut sein und Victoire zu Bett gehen lassen, da sie ja immerhin einen sehr anstrengenden Tag hinter sich habe.

Der Marquis schien zwar noch einiges sagen zu wollen, doch da Miß Standfield ihn gebeten hatte zu gehen, konnte er nicht gut länger bleiben und verabschiedete sich. Miß Standfield erzählte Victoire dann, daß er ziemlich lästig gewesen sei und ihr den ganzen Tag in den Ohren gelegen habe, weshalb sie nicht selbst nach Merton gefahren sei und Victoire nur unter der Obhut von Lady Whittingham mit Lanner habe davonfahren lassen.

Victoire war zwar erleichtert, da sie von seiten Tarns Schlimmeres erwartet hatte, aber auch aus unerklärlichen Gründen sehr deprimiert. »Ich habe gemerkt, daß er sehr böse war, denn er war so fürchterlich höflich, daß mir beinahe das Blut in den Adern gefroren wäre. Und er hat *sans doute* das mit der Anzeige in der ›Gazette‹ auch nur aus Wut über Constant gesagt. Es war nicht, weil er es wirklich will - nicht wahr, Mademoiselle?«

Sie stand mit einem kleinen Seufzer auf. »Nun, ich habe nichts dagegen«, sagte sie mit kläglicher Stimme. »Nur ist es sehr deprimierend, *vous voyez,* Mademoiselle, wenn Constant und Mr. Swanton mir beide erklären, daß sie sich in mich verliebt haben, obwohl mir das doch ganz gleich ist, während Lewis . . .«

Sie vollendete den Satz nicht, sondern holte nur tief Luft, was nach Miß Standfields Empfinden weit mehr ausdrückte als viele Worte. Dann verließ Victoire den Raum, ging auf ihr Zimmer und begann dort sofort und energisch mit sich ins Gebet zu gehen. Schließlich, so sagte sie sich, konnte sie froh sein, daß alles noch so gut verlaufen war, denn es hätte ja ebensogut so ausgehen können, daß der Marquis Hauptmann Lanner gefordert hätte, anstatt nur ihr die Leviten zu lesen.

So ging sie schließlich doch noch einigermaßen fröhlich ins Bett und schlief auch bald ein.

Diese Fröhlichkeit wurde jedoch jäh durch einen Besuch von Lady Whittingham zerstört, die am nächsten Morgen in der Albermarle Street erschien. Offenbar hatte ihr Mr. Fearon von den Ereignissen der vergangenen Nacht berichtet, als sie sich am Morgen nach dem Befinden seines Fußes erkundigte.

»Natürlich mußte Hauptmann Lanner ihm sagen, was mit seinem Phaeton und seinen Pferden geschehen ist«, sagte sie, wobei ihre Augen vor Neugierde funkelten, als sie Victoire ansah. »Und natürlich hat er ihm auch erzählt, daß sich alles mit größter Schicklichkeit abgespielt hat und sie beide in einem Einspänner nach London gekommen sind, den sie von einer Wirtsfrau gemietet hatten, und zwar zusammen mit der Tochter der Wirtin, die eingezwängt zwischen ihnen saß. Doch jetzt sterbe ich beinahe vor Neugierde zu hören, was wirklich geschehen ist und was Lewis dazu sagen wird, wenn er es erfährt.«

»Lewis wird gar nichts sagen«, erklärte Miß Standfield gelassen, »und zwar aus dem einfachen Grund, meine liebe Ernestine, weil er hier war, als Victoire und Hauptmann Lanner heute nacht ankamen, und daher bereits alles über diese Angelegenheit weiß.«

Lady Whittingham blickte sie enttäuscht an. »Nun, ich hatte eher erwartet«, sagte sie, »daß er Hauptmann Lanner fordern würde oder etwas ähnlich Schreckliches, denn du kennst ihn ja, wenn er zornig ist, Tante Amelia! Und obwohl ich von diesen Gerüchten nie etwas geglaubt habe, hört man ja, daß er Victoire zu heiraten beabsichtigt . . .«

»Die Ankündigung ihrer Verlobung«, unterbrach Miß Standfield sie herablassend, »wird bereits morgen in der ›Gazette‹ erscheinen, ganz zu schweigen von der ›Morning Post‹, falls Lewis nicht vergessen hat . . .«

Lady Whittingham starrte sie an, dann lachte sie und stand auf, um Victoire zu umarmen. »Wie wunderbar!« sagte sie. »Dann ist Lewis also endlich eingefangen worden! Und ich hatte nicht die geringste Ahnung, Sie kluges Kätzchen - denn ich habe Arthur erst heute morgen gesagt, daß Hauptmann Lanner und Sie sich sicher verloben würden und es daher keine Rolle spielen würde, daß Sie das Unglück hatten, sich in einer so kompromittierenden Lage zu befinden. Aber ich kann es einfach nicht glauben, daß Lewis - ausgerechnet Lewis -, nicht fürchterlich zornig geworden ist, als Sie gestern abend hier mit dem Hauptmann erschienen. Oder hat er Ihnen erst dann einen Heiratsantrag gemacht? Nach meiner Erfahrung, meine Liebe, gerät ein Mann erst

so richtig in romantische Stimmung, wenn er kurz zuvor einen Krach mit einem gehabt hat.«
Victoire sagte ziemlich leise, daß Seine Lordschaft überhaupt nicht zornig gewesen sei und daß die Verlobung schon seit einer ganzen Weile abgemachte Sache gewesen sei. Das hatte einen weiteren Erstaunensruf von Lady Whittingham zur Folge, weil sie gar nicht verstehen konnte, daß sie dies nicht schon selbst bemerkt hatte. Aber wenn sie dies auch nicht vorausgesehen habe, meinte sie, so sehe sie jetzt eines mit Sicherheit voraus, daß es nämlich zu einem Duell zwischen dem Marquis und Hauptmann Lanner kommen werde.
»Denn ich kenne Lewis«, sagte sie, »er hat noch niemals in seinem Leben Vernunft und Nachsicht walten lassen. Doch wenn Sie sich seinetwegen Sorgen machen«, fügte sie freundlich hinzu, als sie sah, wie ängstlich Victoire sie anblickte, »dann ist das nicht nötig; es ist allgemein bekannt, daß er der beste Schütze in ganz England ist.«
Victoire, die nun wirklich ziemlich verzweifelt war, bemerkte, daß leider auch Constant ein sehr guter Schütze sei und daß sie nicht wolle, daß irgendeiner von beiden verletzt oder gar getötet werde. Und das alles nur wegen eines dummen Unfalls, von dem, so fügte sie hinzu, niemand etwas erfahren würde, wenn Lady Whittingham und Mr. Fearon nur Stillschweigen bewahrten.
»Ich werde natürlich nichts sagen«, erklärte Lady Whittingham tugendhaft. »Und Bruce ist die Diskretion in Person, so daß Sie sich sicher keine Sorgen zu machen brauchen, denn er wird mit niemand darüber reden.«
Diese letzte Feststellung entsprach jedoch nicht ganz der Wahrheit, denn die ›Diskretion in Person‹ befand sich just in diesem Augenblick in seinem Salon, den verletzten Fuß demonstrativ auf einen Hocker gebettet, und lieferte einigen Freunden einen sehr blumenreichen Bericht über den Ausflug des letzten Tages. Er hoffte natürlich, daß die Geschichte im Laufe des Tages die Runde durch ganz London machen werde - und wenn das nicht Tarns Absicht ändern würde, die kleine Duvenay zu heiraten, so dachte er sich, dann müßte er sich doch sehr wundern. Denn er mußte der

Condessa, die sich den ganzen Plan ausgedacht hatte, zustimmen, daß Tarn es absolut nicht vertragen konnte, sich lächerlich gemacht zu sehen, und daß er sofort ein neues skandalöses Abenteuer anfangen würde, damit jedermann sähe, daß er es mit Miß Duvenay überhaupt nicht ernst gemeint hatte.
Diese angenehme Überzeugung dauerte jedoch nur bis zum folgenden Tag, als sein Diener ihm wie üblich mit der Morgenschokolade eine Nummer der ›Gazette‹ brachte. Zum Erstaunen dieses Mannes, der seinen Herrn nur als unerschütterlich kannte, begann dieser, wild zu fluchen, sprang aus dem Bett und verlangte nach seinen Kleidern. Und dies offensichtlich völlig unbeeinträchtigt von seinem schmerzenden Fuß, der doch angeblich verletzt war. Der Diener beeilte sich, die Kleider herzurichten, wobei er mehrere scharfe Verweise für seine Langsamkeit erhielt. Er atmete erleichtert auf, als sein Herr zu einer Stunde das Haus verließ, zu der er sich für gewöhnlich noch nicht einmal zum Frühstück hingesetzt hatte.
Mr. Fearon, der in letzter Minute noch daran dachte, nach seinem Stock mit Goldknauf zu greifen, um seinen humpelnden Gang wirkungsvoll zu unterstützen, machte sich schnurstracks auf den Weg zum ›Ellis Hotel‹, wo er nach einer Weile in das Appartement der Condessa de Vilamil eingelassen wurde.
»Haben Sie das gesehen?« platzte Mr. Fearon heraus und legte die ›Gazette‹ vor sie hin und deutete auf einen kleinen Absatz in der aufgeschlagenen Zeitung. Unerhörterweise blickte die Condessa jedoch auf ihn und nicht auf die Zeitung.
»Sie sind aber heute sehr unhöflich, mein Freund!« sagte sie. Mr. Fearon machte sich nicht die Mühe, dies abzustreiten. Er ging im Zimmer auf und ab, was die Condessa einigermaßen verwunderte, da sie - wie alle anderen - an ihm eine lässige Haltung gewohnt war. Er überraschte sie noch mehr, denn er stellte sich vor sie hin, drückte ihr die ›Gazette‹ in die Hand und sagte mit wutverzerrter Stimme: »Sie werden jetzt bitte so freundlich sein und dies lesen, Madam!«
Die Condessa zuckte die Achseln und blickte auf die Stelle,

die er ihr vor Augen hielt: die Anzeige der bevorstehenden Heirat von Miß Victoire Duvenay und Lewis Lionel Wyston Fearon, Edler Marquis of Tarn. Mr. Fearon, der immer noch vor ihr stand, sah, wie ihr die Röte in die Wangen stieg, und riß ihr die Zeitung aus der Hand.
»Soviel zu Ihrem schönen Plan, Madam!« sagte er und warf das Blatt ärgerlich auf den Tisch. »Ein prachtvolles Ergebnis!«
Die Condessa, die ebensoviel Grund zur Enttäuschung hatte wie Mr. Fearon, überlegte sich einen Moment, ob auch sie einen Beweis ihres Temperaments geben sollte, entschloß sich aber klugerweise, dies nicht zu tun, und sagte nur achselzuckend, daß die beiden ja immerhin noch nicht verheiratet seien.
»Sie sind so gut wie verheiratet«, erklärte Mr. Fearon heftig. »Selbst Lewis wird jetzt keinen Rückzieher mehr machen, nachdem eine offizielle Ankündigung erschienen ist.« Er rannte wieder wütend im Zimmer auf und ab. »Das kommt davon, daß ich auf Ihren Rat gehört habe!« sagte er. »Und wenn es Sie befriedigt, so kann ich Ihnen sagen, daß Lanner gestern bei mir war und mir von dem Unfall mit meinem Phaeton und meinen Pferden berichtet hat, und wenn er sich nicht selbst in das Mädchen verliebt hat, müßte ich mich sehr täuschen.«
Die Condessa kniff ihre Augen zusammen und sagte, daß Tarn nun sicher einen Vorwand finden würde, ihn zu fordern - ein Gedanke, der ihr gar nicht so unsympathisch war, denn dann würde sie wenigstens den wankelmütigen Hauptmann los sein. Sie wurde jedoch schnell aus ihren Träumen gerissen, als Mr. Fearon ihr wütend zurief: »Und falls Sie an ein Duell denken sollten, wird Ihnen das gar nichts nützen! Lewis ist in solchen Dingen viel zu kaltblütig, und es ist sehr wahrscheinlich, daß ihm bei der ganzen Sache nichts passiert.«
Die Condessa schrak leicht zusammen, blickte in das wutverzerrte Gesicht Mr. Fearons und sagte kalt: »*Diablos!* Also habe ich mich doch nicht geirrt, als ich sagte, daß Sie seinen Tod wünschen!«
Mr. Fearon blieb abrupt stehen, zwang sich zu einem Lä-

cheln und sagte: »Wie melodramatisch Sie sind, meine liebe Condessa! Das ist Ihr romanisches Erbe! Doch ich fürchte, wir Engländer sind viel zu phlegmatisch, um Ihre Wünsche nach einer angemessenen Reaktion auf solche Situationen zu befriedigen. Natürlich ärgere ich mich darüber, daß unsere Pläne fehlgeschlagen sind - doch den Tod meines Vetter zu wünschen . . .«
Die Condessa, die ihn immer noch ruhig musterte, sagte gar nichts. Mr. Fearons blasse Augen begannen nun merkwürdig zu glimmen und er sagte: »Ich fürchte, Sie haben meine Motive in dieser Angelegenheit völlig verkannt. Sie glauben, daß ich es auf den Titel und das Vermögen von Lewis abgesehen habe . . .«
»Ist das denn nicht der Fall?« fragte die Condessa zweifelnd und gleichzeitig verächtlich.
»Nein!«
Die Condessa bemerkte, daß mit Mr. Fearon plötzlich eine Verwandlung vor sich ging. Er sah nun nicht mehr zornig aus, sondern eher triumphierend, wie ein Spieler, der eine letzte rettende Karte in die Hand bekommen hat. »Nein«, wiederholte er nach einer Weile in seiner üblichen sarkastischen Art. »Das ist nicht der Fall. Nicht auf seinen Titel und sein Vermögen, sondern - auf seine Braut!«
Die Condessa war im allgemeinen nicht leicht zu überraschen, doch diese Bemerkung saß.
»Seine Braut!« rief sie aus. »*Venga,* Sie scherzen, *evidentemente*! Das kleine Schulmädchen!«
Mr. Fearon, der den Scharfblick der Condessa kannte, wenn es sich um die Schwächen der menschlichen Natur handelte, protestierte nicht, sondern erklärte, daß er eigentlich darüber mit niemand sprechen wollte, auch mit ihr nicht, und er habe es nur getan, weil ihm die Ankündigung in der ›Gazette‹ einen solchen Schock versetzt habe. Dann nahm er Hut und Stock, entschuldigte sich, zu so früher Stunde gestört zu haben, und wollte sich verabschieden.
»Einen Augenblick!« sagte die Condessa befehlend. Mr. Fearon blieb stehen. »Was haben Sie jetzt vor?« fragte sie, stand auf und blickte ihn argwöhnisch an. »Sie haben sich doch einen neuen Plan ausgedacht, *verdad?*«

Mr. Fearon erklärte wenig wahrheitsgemäß, daß er an gar nichts gedacht habe, und entschuldigte sich nochmals, daß die Nachricht von der bevorstehenden Hochzeit ihn dazu verführt habe, mehr zu sagen, als er wollte.
»Aber ein Mann, der verliebt ist . . .«, schloß er mit kläglichem Blick, obwohl er ahnte, daß sie nicht darauf hereinfallen würde.
Dies tat die Condessa auch nicht. Sie blickte ihn nur nachdenklich an und sagte nach einer Weile, daß er sich besser nicht weiter in die Angelegenheiten seines Vetters mischen solle.
»Ich weiß, daß er sehr sorglos und leichtsinnig ist, aber dumm ist er nicht, mein Freund«, sagte sie. »Ich glaube vielmehr, Sie tun jetzt nur so - und der Himmel weiß warum -, als seien Sie die ganze Zeit in die kleine Duvenay verliebt gewesen . . .«
Mr. Fearon blickte sie gekränkt an. »Ich tue nur so?«
»Sie tun nur so!« wiederholte die Condessa unnachsichtig. »Mich können Sie mit so einem Trick nicht täuschen, ganz gleich, wie gut es Ihnen gelingen mag, andere zu beeindrukken. Doch ich möchte wirklich wissen, weshalb Sie diesen Unsinn erfinden. Was bezwecken Sie denn damit?«
Mr. Fearon erklärte mit bekümmertem Blick, daß ein Mann, dessen Herz gebrochen sei, niemals etwas bezwekken wolle, und fügte mit einem ihr wohlbekannten und inzwischen höchst unangenehmen Ton hinzu, daß er ihr raten würde, von seinem *tendre* für Miß Duvenay niemand zu erzählen, auch nicht von ihren diesbezüglichen Zweifeln. Denn wenn man begänne, über Dinge zu reden, die einen nichts angingen, könnten andere Leute dasselbe tun. Dies faßte die Condessa mit Recht als Drohung auf. Sie erinnerte sich sofort an die kleine Eva Morales, die zur Condessa de Vilamil geworden war, schluckte ihren Widerwillen vor Mr. Fearon hinunter und beschloß, seinen Rat anzunehmen.
Allerdings konnte sie sich zum Schluß, als er sich verabschiedete, nicht die boshafte Bemerkung versagen, daß er ganz und gar zu humpeln vergessen habe.

19

Mr. Fearon brauchte nicht lange, um sich als heimlicher Bewunderer von Miß Duvenay zu erkennen zu geben, der seine Leidenschaft im Schatten der Ambitionen seines Vetters genährt hatte und nun durch die nüchterne Ankündigung in der ›Gazette‹ all seine Hoffnungen schwinden sah. Nach einem sehr geschäftigen Tag, den er im Gespräch mit ziemlich obskuren Gestalten aus der Bow Street verbracht hatte, erschien er bei Lady Finnistons Ball, zeigte sich dort dem neu verlobten Paar gegenüber formvollendet höflich, legte jedoch so deutliche Melancholie an den Tag, daß jedermann auf ihn aufmerksam werden mußte.
Sein Vetter, Mr. Marmaduke Standfield, war der erste, der dies bemerkte; er fragte ihn, ob sein Fuß immer noch so schmerze, da er einen so deprimierten Eindruck mache.
»Der Fuß? Nein!« antwortete Mr. Fearon. »Dem geht es schon wieder recht gut. Aber es ist ziemlich deprimierend, wenn man zusehen muß, daß Lewis wie immer Glück hat und mit dem bezauberndsten Mädchen von ganz England davonzieht!« Dann fügte er mit bitterer Miene hinzu, daß es natürlich für so arme Schlucker wie ihn keine Chance gäbe, wenn ein Adelstitel in die Waagschale gelegt würde.
Mr. Standfield zeigte sich von dieser völlig unerwarteten Feststellung erstaunt. »Das klingt ja fast so, als hätte es dich auch erwischt, Vetter«, sagte er nach einer Weile ziemlich spitz. »Das wundert mich allerdings, denn ich habe gedacht, du hättest nichts für sie übrig. Du hast es mir ja selbst oft genug gesagt.«
Mr. Fearon lachte gekünstelt. »O ja!« sagte er. »Ich sehe, daß meine Gleichgültigkeit gut gespielt war; es freut mich, daß du mir das sagst.«
Und er ging davon, um Victoire seine Reverenz zu erweisen. Mr. Standfield vertraute daraufhin Lady Eastcott an –

die an diesem Abend sehr hübsch aussah in ihrem himmelblauen Satinkleid und dem Brillantschmuck –, daß er den Eindruck habe, der arme alte Bruce sei ziemlich niedergeschlagen wegen Tarns Verlobung mit Miß Duvenay.
»Bruce?« sagte Lady Eastcott und blickte ihn ungläubig an. »Unsinn! Der kann das Mädchen doch nicht ausstehen! Hat er denn nicht immer gesagt, daß sie als Braut für Tarn völlig ungeeignet sei? Oh!« Sie hielt plötzlich inne, als sei ihr eine Erleuchtung gekommen. »Meinst du, daß er nur deshalb so gegen die Verbindung war, weil er hoffte, daß er selbst . . .«
Mr. Standfield nickte. »Es sieht beinahe so aus«, meinte er weise. »Wir waren alle ganz schön dumm, daß wir nicht selbst draufgekommen sind. Schauen Sie ihn sich doch nur an!« fügte er hinzu und blickte zu Mr. Fearon hinüber, der sich in einer Gruppe von Gästen befand, die Victoire umringten und offenbar darauf warteten, mit ihr sprechen zu können.
Lady Eastcott schüttelte den Kopf und erklärte, daß sie nie auf so eine Idee gekommen wäre und daß es eigentlich doch gar nicht wahr sein könne. Der Gedanke faszinierte sie jedoch so sehr, daß sie ihn noch vor Ablauf einer halben Stunde nicht weniger als vier Personen mitgeteilt hatte. Es konnte also kein Zweifel mehr darüber bestehen, daß Mr. Fearons *tendre* für die Verlobte seines Vetters sehr bald zu den *on-dits* von London gehören würde.
Dieser Verdacht wurde noch dadurch bestärkt, daß Mr. Fearon den ganzen Abend damit verbrachte, Victoire aus der Ferne mit umwölkter Stirn anzuhimmeln, wie Lord Byron in Person.
Miß Standfield, die sein Verhalten ziemlich befremdete, wurde sofort von Lady Eastcott aufgeklärt, die sich inzwischen dazu entschieden hatte, alles sehr romantisch zu finden und mitfühlend über ihren liebeskranken Neffen zu seufzen.
»Ich hatte nicht die geringste Ahnung, daß er so empfindet«, sagte sie, »denn er hat alle getäuscht, indem er so getan hat, als könne er das Mädchen nicht ausstehen. Ich verstehe auch nicht, warum er Tarn nicht schon früher etwas davon gesagt hat, denn es ist doch ganz offensichtlich, daß Lewis

gar nichts für sie übrig hat. Ich habe gehört, daß er die Verlobung nur aus Wut über ihre Eskapade mit Lanner angekündigt hat, was ich überhaupt nicht begreife, denn es wäre viel typischer für ihn gewesen, den Hauptmann zu fordern. Außerdem habe ich gehört«, fuhr sie fort, »daß Miß Duvenay auch dem jungen Swanton eine Abfuhr erteilt hat. Mir scheint, sie ist entschlossen, eine Marchioness zu werden. So ein dummer Fratz! Sie täte viel besser daran, ihn oder Bruce zu nehmen. Tarn wird einen schlechten Ehemann abgeben. Aber ich vermute, daß ihr das ganz gleich ist, die Hauptsache, sie wird Lady Tarn.«

Miß Standfield, die es längst aufgegeben hatte, ihre flatterhafte Cousine davon überzeugen zu wollen, daß Victoire keine besitzgierige Frau war, ließ sie munter drauflosplaudern; doch sie runzelte ein wenig die Stirn, denn sie glaubte nicht im geringsten an Mr. Fearons plötzliche Zuneigung für Victoire.

Mr. Fearon hielt sich indessen den ganzen Abend über in Victoires Nähe auf, blieb dabei jedoch immer vorsichtig im Hintergrund. Erst als die Gäste sich allmählich verabschiedeten, ging er auf sie zu - sie stand gerade mit Tarn, Lady Whittingham und dem Honourable Marmaduke zusammen - und fragte sie, ob er das Vergnügen haben werde, sie am folgenden Abend bei Lady Inlows Ball zu sehen.

Victoire blickte fragend Tarn an, bevor sie ihm antwortete. Auch ihr hatte Lady Eastcott einen Wink gegeben bezüglich Mr. Fearons plötzlicher Empfindungen, und obwohl sie es eigentlich nicht für möglich hielt, mußte sie jetzt feststellen, daß er sie tatsächlich mit einer gewissen verhaltenen Bewunderung ansah.

»Ich weiß es nicht«, sagte sie höflich, wenn auch keineswegs ermutigend. »Wenn Lewis mit mir hingehen möchte . . .«

»Ich gehe nicht hin«, erklärte Tarn sofort. »Ich fahre morgen nach Epsom und kann nicht versprechen, rechtzeitig zurück zu sein.«

Mr. Fearon zog die Brauen hoch. »Etwa zu einem Boxkampf, Vetter?« fragte er und blickte ihn an, als wollte er sagen, daß ihn bestimmt nichts so Triviales davon abhalten könnte, mit Victoire zusammenzusein. »Aber wenn Miß

Duvenay gern zu dem Ball gehen möchte ...« Er unterbrach sich und erklärte dann plötzlich, als habe er einen Entschluß gefaßt: »Wenn Sie mir erlauben, Sie zu dem Ball zu begleiten, Miß Duvenay, da Lewis nicht ...«

Victoire blickte ihn ziemlich hilflos an, denn sie hatte nicht die geringste Lust, sich von Mr. Fearon irgendwohin begleiten zu lassen, zumal er törichterweise zu glauben schien, sich in sie verliebt zu haben. Sie sah daher hoffnungsvoll zu Mr. Standfield und sagte, sie denke doch, daß er sie zu den Inlows begleiten werde.

Dagegen erhob jedoch sofort Tarn Einspruch, der erklärte, daß Duke auch mit nach Epsom komme. »Das schon, aber ich könnte noch rechtzeitig zum Ball zurück sein«, sagte Mr. Standfield, der wie immer entgegenkommend war.

Er fügte aus Rücksicht auf die offenbar sowieso schon gespannten Beziehungen zwischen dem jungen Paar nicht hinzu, daß Tarn ja das gleiche tun könnte. Es erwies sich dann auch als unnötig, etwas dergleichen zu äußern, denn in diesem Augenblick mischte sich Lady Whittingham ins Gespräch und bemerkte mit einiger Bosheit, daß es Hauptmann Lanner sicher ein Vergnügen sein würde, Victoire zum Ball zu begleiten, wenn Tarn dies nicht täte.

Auf diese Bemerkung reagierte der Marquis sehr schnell. »Nicht nötig! Ich werde mit ihr hingehen.« Und damit war die Angelegenheit erledigt.

Leider trug diese großzügige Entscheidung Seiner Lordschaft wenig dazu bei, die Spannung zwischen ihm und seiner Verlobten zu beseitigen. Sie waren in diesem Augenblick beide in der unangenehmen Lage von Leuten, die sich den ganzen Abend auf ein Geschehen eingestellt hatten, das dann nicht eintraf - das heißt, beide hatten erwartet, daß Hauptmann Lanner beim Ball erscheinen würde, und hatten sich insgeheim auf alle Konsequenzen vorbereitet, die das mit sich bringen könnte. Tarn hatte vorausgesehen, daß seine unberechenbare Verlobte mindestens dreimal mit dem schneidigen Hauptmann tanzen würde - und das trotz ihrer soeben verkündeten Verlobung -, und Victoire hatte sich darauf vorbereitet, daß der schwelende Streit zwischen Tarn und Hauptmann Lanner, den Miß Standfield in ihrem

Salon hatte verhindern können, nun offen ausbrechen würde.
Als dann der Hauptmann nicht erschien, waren dennoch beide alles andere als erleichtert. Im Gegenteil, sie waren enttäuscht, weil sie wußten, daß sie nun noch einmal all die Ängste durchmachen müßten, sobald Lanner irgendwo erscheinen und sie beide auch anwesend sein würden.
Der Rest der Gesellschaft fand den Abend jedoch sehr lohnend, da man nicht nur den interessanten Anblick eines frisch verlobten Paares erlebt hatte, das sich keineswegs in Verlobungsstimmung zu befinden schien, sondern auch noch die zusätzlichen Komplikationen aufgrund von Mr. Fearons plötzlich offenbarter Leidenschaft für die Verlobte seines Vetters. Lady Whittingham ging daher sehr befriedigt nach Hause, weil sie die weise Voraussicht gehabt hatte, sich von ihrem Mann nicht zu einem Besuch in Eastcott Park überreden zu lassen; denn sie war überzeugt, daß sich noch allerhand romantische Verwicklungen anbahnen würden.
Was Mr. Fearon betraf, so entschloß dieser sich, da er in seiner Rolle als unglücklicher Liebhaber solchen Erfolg gehabt und außerdem zufällig erfahren hatte, daß sowohl Tarn als auch der Honourable Marmaduke am folgenden Morgen die Stadt verlassen würden, schnell zu handeln.
Am folgenden Nachmittag, gerade nachdem Miß Standfield sich zur Mittagsruhe in ihr Schlafzimmer zurückgezogen hatte, erschien Mr. Fearon mit seinem reparierten Phaeton und einem Paar schöner Füchse in der Albermarle Street. Victoire, die allein in dem kleinen Salon saß und gerade die Korrespondenz für Miß Standfield erledigte, hätte ihn am liebsten nicht empfangen. Doch da ihr im Augenblick keine Entschuldigung einfiel, gab sie dem Butler die Anweisung, ihn hereinzuführen, und legte ihre Feder widerwillig beiseite, da sie bereits ahnte, daß sich etwas Unangenehmes ereignen würde.
Doch wie unangenehm dieses ›Etwas‹ sein würde, wußte sie nicht, bis Mr. Fearon eintrat. Ein Blick genügte, und sie wußte, daß er nicht gekommen war, um ihr seine Empfindungen für sie auszudrücken. Er sah sie todernst an und

sagte sofort, als er die Türe hinter sich geschlossen hatte: »Sie sind alleine - gut! Ich hatte das zu dieser Stunde auch erwartet. Mein liebes Kind, ich habe schlimme Nachrichten für Sie, und ich fürchte, ich habe keine Zeit, es Ihnen schonend beizubringen. Heute morgen haben Lewis und Hauptmann Lanner . . .«

Er kam nicht weiter, denn Victoire schlug die Hand vor den Mund und ihr Schrei war nur gedämpft zu hören.

»Oh, *mon Dieu!* Ein Duell!« rief sie, und ihre schlimmsten Befürchtungen kehrten bei dieser schrecklichen Ankündigung zurück. »Aber Lewis ist doch nicht getötet worden? Sagen Sie es mir sofort! Sagen Sie es mir!« Sie rannte auf ihn zu und faßte ihn entsetzt am Arm. »Er ist doch nicht getötet worden?«

»Nein, nein!« beruhigte Mr. Fearon sie. »Meine Nachricht ist schlecht, jedoch nicht so schlecht. Er lebt - aber, es tut mir leid, daß ich es sagen muß, er ist verwundet . . .«

»Verwundet? Ist es schlimm? Aber er wird doch nicht sterben? Sagen Sie, daß er nicht sterben wird!«

Mr. Fearon fühlte, wie ihre Hände zitterten, und um sich den Anschein zu geben, sie trösten zu wollen, zwang er sich ein Lächeln ab.

»Bitte stellen Sie es sich nicht schlimmer vor, als es ist, meine Liebe«, sagte er. »Die Verwundung ist nicht ernst, ich versichere es Ihnen. Doch unglücklicherweise . . .«, und jetzt wurde sein Ton wieder ernster, »unglücklicherweise gibt es andere Folgen dieser Torheit. Hauptmann Lanner ist tot!«

»Tot? Constant?« Victoire blickte ihn verständnislos an. »Constant ist - tot? Aber nein - nein! Lewis würde niemals . . .«

»Meine Liebe, er hat es getan. Er hat ihm heute morgen in Paddington Green eine Kugel durch den Kopf gejagt und muß nun außer Landes fliehen. Er möchte, daß Sie mit ihm gehen und ihn im Ausland heiraten.«

Sie blickte ihn wie betäubt an und ging dann zum Fenster. Nach einer Weile wiederholte sie mit erstickter Stimme: »Ich kann es nicht glauben! Tot - *mon Dieu!* Wie konnte er so etwas nur tun? Und wegen einer Bagatelle . . .«

Mr. Fearon blickte sie teilnahmsvoll an, schien es jedoch eilig zu haben.
»Ich weiß natürlich, daß es für Sie ein schwerer Schock ist«, sagte er schnell. »Aber ich muß Sie bitten, zu versuchen, sich zu beruhigen und die Sache mit Vernunft zu betrachten, meine Liebe. Tatsache ist, daß Lewis nach Newhaven unterwegs ist. Dort bleibt er, bis er Ihre Entscheidung erfährt - und Sie werden verstehen, daß diese Entscheidung schnell gefällt werden muß. Entweder Sie treffen sich sofort mit ihm in Newhaven und fahren von dort aus mit ihm nach Frankreich, oder - was Lewis befürchtet - Miß Standfield wird Schritte ergreifen, um Sie daran zu hindern, es zu tun.«
Victoire schlug ihre Hände zusammen, und langsam kam wieder Farbe in ihr blasses Gesicht. »Aber natürlich!« rief sie aus. »Sie haben ganz recht - *certainement* muß ich sofort zu ihm gehen! Nur - wie soll ich das machen?« Sie preßte verzweifelt ihre Hand an den Kopf.
Daraufhin erklärte Mr. Fearon prompt: »Ich habe den Auftrag von Lewis, Sie zu ihm zu bringen, und ich werde ihn natürlich ausführen, wenn Sie die Absicht haben, ihn zu treffen. Mein Phaeton steht vor der Türe und er wird uns zum Bear am Piccadilly bringen; ich habe eine größere Kutsche dorthin bestellt, mit der wir dann nach Newhaven fahren. Lewis muß England noch heute nacht verlassen, ganz gleich, wie Sie sich entscheiden. Die Polizei ist sicher schon auf der Suche nach ihm, und bei seinem Ruf habe ich die größten Bedenken, was geschehen könnte, wenn er wirklich vor Gericht kommt.«
Victoire nickte und wurde wieder blaß. »Ja - ich verstehe!« sagte sie. »Doch Sie hätten ihm nicht erlauben sollen, auf mich zu warten - er hätte sofort fahren sollen. Wir dürfen jetzt auf keinen Fall Zeit verlieren!«
»Gut!« sagte Mr. Fearon. »Können Sie schnell noch hinaufgehen, um Hut und Handschuhe zu holen? Ich fürchte, für mehr ist jetzt keine Zeit. Sie müssen dann alles Notwendige besorgen, wenn Sie in Frankreich sind.«
Sie nickte noch einmal, lief die Treppe hinauf und kehrte nach wenigen Minuten in den Salon zurück. Er stand neben

dem Schreibtisch und hielt ein zusammengefaltetes Blatt Papier in der Hand.
»Ich habe die Gelegenheit genutzt, um ein paar Worte an Miß Standfield zu schreiben«, sagte er. »Ich habe ihr erklärt, daß Sie unerwartet die Stadt verlassen mußten und daß ich für Ihre Sicherheit einstehe und morgen zurückkehre, um ihr einen genauen Bericht über die ganze Angelegenheit zu geben. Ist das in Ihrem Sinne? Wenn ja, werde ich die Nachricht meinem Diener geben und ihm sagen, daß er sie heute abend punkt sechs Uhr abgeben soll.«
»Ja, schon gut«, sagte Victoire, die ihm nur halb zuhörte, weil sie viel zu sehr mit den Gedanken an Tarns Schicksal beschäftigt war. »Wir müssen sofort losfahren!«
»Wie Sie wünschen«, meinte er und verließ mit ihr den Raum. Cloyden, der Butler, zeigte keine Überraschung, als er Victoire mit Mr. Fearon weggehen sah - offenbar um eine kleine Spazierfahrt zu machen, denn sie hatte nicht mehr bei sich als einen leichten Mantel und stieg sofort in den Phaeton, der in Richtung Piccadilly davonfuhr.
Erst als sie beide in der Postkutsche saßen und London verließen, kam Victoire einigermaßen zu sich und betrachtete die Dinge mit etwas klarerem Kopf.
Sie wandte sich zu Mr. Fearon und bat ihn, ihr einen genaueren Bericht über die Vorfälle des Morgens zu geben.
»Lewis ist wirklich nicht schwer verwundet?« fragte sie mit ziemlich banger Stimme.
»Nein, nur eine Fleischwunde«, versicherte Mr. Fearon. Und nach einer Weile fügte er etwas verlegen hinzu: »Sicher haben Sie sich gewundert, was ich mit dieser Sache zu tun habe, da Lewis und ich ja nicht gerade - nun, gute Freunde sind. Duke ist an allem schuld. Er hat sich - wie ich meine, unverzeihlicherweise - dazu verleiten lassen, in dieser Sache für Lewis tätig zu werden. Und wahrscheinlich konnte er dann Lewis nicht alleine lassen, da er nicht von einem Arzt versorgt und zu einem sicheren Ort gebracht worden war, und deswegen hat er mir eine Nachricht geschickt.«
Victoire nickte und biß sich auf die Lippen. Sie erinnerte sich jetzt an die Unterhaltung auf Lady Finnistons Ball am

Abend zuvor, als Tarn gesagt hatte, daß er und Mr. Standfield zusammen nach Epsom gehen würden, um sich einen Boxkampf anzusehen. Jetzt machte sie sich bittere Vorwürfe, nicht erkannt zu haben, daß dieser Plan nur ein Vorwand für das Duell war, das sie so gefürchtet hatte. Sie würde sich diese Dummheit nie verzeihen können, dachte sie, denn wenn es ihr klargeworden wäre, daß das Duell stattfinden würde, hätte sie zumindest ihr möglichstes getan, um es zu verhindern, und Constant wäre jetzt noch am Leben.

Doch daran, daß Constant tot war, wollte sie jetzt noch nicht denken, denn obwohl Mr. Fearon es mit solcher Bestimmtheit gesagt hatte, konnte sie es noch nicht glauben, und sie hatte das Gefühl, daß sie diesen Gedanken nicht ertragen würde.

Trotzdem machte sie Tarn keine Vorwürfe, denn sie war in einer Welt aufgewachsen, in der Gewalt zu den Gegebenheiten des Lebens gehörte. Im Augenblick konnte sie nur irgendwie dankbar sein, daß ihr nicht zwei, sondern nur ein Mensch genommen worden und Tarn es war, der überlebt hatte.

Newhaven war etwa fünfzig Meilen entfernt, und man konnte mit einem Vierspänner in etwa fünf Stunden dort sein. Zu ihrer Erleichterung ereignete sich kein Zwischenfall, der sie aufgehalten hätte, und an den verschiedenen Poststationen, wo sie die Pferde wechselten, stiegen sie nur einmal aus der Kutsche aus, um schnell einen Imbiß zu sich zu nehmen. Mr. Fearon schien ebenso bestrebt, das Ziel der Reise bald zu erreichen, und als die Pferde in Cuckfield zum letzten Mal gewechselt worden waren, setzte er sich mit so offensichtlicher Erleichterung und Genugtuung in seiner Ecke der Kutsche zurecht, daß es Victoire merkwürdig vorkam. Wie konnte er darüber froh sein, sie so bald mit Tarn vereint zu sehen, da er ihr ja seine eigenen Empfindungen ihr gegenüber angedeutet hatte?

Während sie schweigend neben ihm saß und aus dem Fenster schaute, in die Dämmerung des Juniabends hinaus, dachte sie eine Weile darüber nach; bestimmt hat man das *tendre* Mr. Fearons für sie weit übertrieben, so dachte sie jetzt, und er hat keine andere Sorge, als mich bei Tarn abzuliefern, damit er bald das Land verlassen kann und seine Familie nicht in einen Skandal verwickelt wird.

Einige Meilen hinter Cuckfield bog die Kutsche plötzlich von der Poststraße ab und schlug einen holprigen Nebenweg ein, der nach Osten führte. Victoire, die immer noch tief in Gedanken war, bemerkte nicht sofort, daß sie die Landstraße verlassen hatten, doch als die Kutsche auf einmal so heftig zu rumpeln begann, setzte sie sich plötzlich auf und rief bestürzt: »*Voyons!* Die sind falsch abgebogen!« Sie blickte aus dem Fenster auf die einsame, dicht bewaldete Landschaft; es war jetzt fast dunkel. »Wie konnte denn das passieren? Sie müssen sie sofort aufhalten!«

»Nein, nein«, sagte Mr. Fearon beschwichtigend. »Es ist alles in Ordnung, ich versichere es Ihnen. Ich selbst habe den Kutschern in Cuckfield die Anweisung gegeben.« Und da er ihre Bestürzung bemerkte, fuhr er beruhigend fort: »Ich hoffe, Sie haben es nicht wörtlich genommen, als ich Ihnen gesagt habe, wir würden Lewis in Newhaven treffen? Natürlich konnte Duke es nicht wagen, ihn einfach in einen Gasthof zu bringen. Zum Glück erinnerte er sich daran, daß mein eigenes Haus, Edmondstone, in der Nähe liegt, und beschloß, ihn dorthin zu bringen.«

»Ihr Haus?« fragte Victoire überrascht und blickte ihn ungläubig an. »Ich wußte gar nicht, daß Sie ein Haus haben . . .«

»O ja, meine Liebe!« beschied Mr. Fearon sie lächelnd. »Zwar ein sehr bescheidenes - nicht zu vergleichen mit Tarn House oder Eastcott Park -, und es ist mir auch nicht möglich, es angemessen instand zu halten, so daß ich mich nur selten dort aufhalte. Doch für derlei Zwecke ist es sehr geeignet - sind Sie nicht auch der Meinung? Dort wird man nicht so leicht nach Lewis suchen.«

Victoire mußte zugeben, daß er recht hatte, doch das Gefühl des Unbehagens, das sie kurz zuvor schon überkommen hatte, stieg nun wieder in ihr auf. Irgend etwas stimmte nicht im Verhalten ihres Begleiters - in seinen Augen glomm unterdrückte Erregung und seine Finger klopften nervös auf sein Knie. Als die Kutsche sich immer weiter von der Poststraße entfernte, verstärkte sich das unbestimmte Gefühl, daß etwas ganz und gar nicht in Ordnung war, und einen Augenblick lang fragte sie sich sogar, ob er sie vielleicht aus Albermarle Street fortgelockt hatte, um sie zu einer Heirat zu zwingen.

Unsinn! sagte sie zu sich selbst und blickte verstohlen zu Mr. Fearon, der durchaus nicht verliebt aussah. Wie könnte er mich denn zu einer Ehe zwingen, und außerdem habe ich auch nicht den Eindruck, daß er das will!

So beruhigte sie sich selbst, so gut sie konnte, und hoffte inständig, daß die Reise bald ein Ende haben und sie alle Ängste vergessen würde, wenn Lewis sie dort begrüßte.

Zu ihrer Erleichterung dauerte es auch nicht lang, bis die Kutsche durch eine verfallene Einfahrt fuhr und ein altes Landhaus zu sehen war, dessen Kamine sich undeutlich gegen den dunklen, bewölkten Himmel abhoben.

»Edmondstone«, sagte Mr. Fearon fröhlich. »Wir sind an unserem Ziel angekommen, meine Liebe.«

Er stieß die Türe der Kutsche auf, wartete nicht erst, bis die Trittbretter herabgelassen wurden, sondern sprang schnell ab und ging zu den Postillions, um sie zu entlohnen. Einer von ihnen, der offenbar soeben ein beträchtliches *douceur* bekommen hatte, kam grinsend auf ihre Seite und ließ die Trittbretter herab. Sie stieg aus, und noch bevor sie sich in der ungewohnten Umgebung umblicken konnte, hatten die Postillions schon wieder ihre Pferde bestiegen, und die Kutsche rollte den Weg entlang.

Der Tag war schwül gewesen, doch als sie das schwarze, unbeleuchtete Haus vor sich sah, merkte sie, daß die Luft mit Einbruch der Nacht feucht und kühl geworden war, und plötzlich fröstelte sie. Als Mr. Fearon ihren Arm berührte, schrak sie zusammen.

»Kommen Sie, meine Liebe«, forderte er sie auf und lächelte ihr zu. »Lewis wartet sicher schon ungeduldig auf Sie. Wir wollen ihn nicht warten lassen.«

Sie zögerte. »Es - es ist so dunkel«, wandte sie etwas zaghaft ein. »Sind Sie ganz sicher, daß Lewis hier ist?«

Mr. Fearon lachte gut gelaunt. »Aber natürlich«, sagte er. »Es wäre doch unklug von ihm, das ganze Haus vom Keller

bis zum Dach zu beleuchten. Dieser Ort ist zwar abgelegen, aber es würde vielleicht doch auffallen, wenn in einem Haus, das sonst unbewohnt ist, auf einmal soviel Geschäftigkeit herrscht.« Er nahm ihren Arm und schob sie sanft vorwärts. »Es tut mir leid, wenn ich Sie nicht mit der gebührenden Gastfreundschaft empfangen kann, doch wenn Sie Lewis sehen, sind alle Unbequemlichkeiten vergessen, nicht wahr?«
Sie stimmte zu und ließ sich zur Eingangstüre führen. Als sie davorstanden, drang ein flackernder Lichtschein durch die Vorhänge am Nebenfenster. Im nächsten Augenblick wurde die Tür aufgestoßen, und ein großer stämmiger Mann stand vor ihnen, gekleidet in eine Fellweste und Wollhosen; in seiner riesigen Hand hielt er eine Kerze. Als er sie neben Mr. Fearon stehen sah, grinste er breit.
»Alles in Ordnung, Herr«, sagte er mit heiserer Stimme und trat beiseite, um die Ankommenden hineinzulassen. »Ist das die Jungfer, die ich . . .«
»Halt den Mund, du Tölpel!« unterbrach Mr. Fearon ihn barsch. Er wandte sich an Victoire, die auf der Schwelle stehengeblieben war und in die kleinen dummen Augen starrte, die aus einem derben Gesicht mit schiefer Nase auf sie herabblickten. »Mein Verwalter«, erklärte Mr. Fearon leicht irritiert. »Ein dummer Kerl - doch es ist schwer, jemanden zu finden, der es an diesem einsamen Ort aushält.« Er drängte sie über die Schwelle und sagte zu dem riesigen Kerl: »Ich nehme an, Lord Tarn ist oben, Meggs?«
Da ihm ein zustimmendes Brummen antwortete, nahm er eine Kerze von einem alten Eichentisch, zündete sie an Meggs Kerze an und führte Victoire zur Treppe. Diese schien sich in völliger Finsternis zu verlieren, und es war von oben kein einziger Laut zu hören. Sie wich einen Schritt zurück, als Mr. Fearon sie vorwärtsschob.
»*Mais non!*« sagte sie. »Warum sagen Sie Lewis nicht, daß er herunterkommen soll? Sollten wir nicht sofort abfahren? Und wie werden wir reisen? Haben Sie denn Pferde hier?«
»Alles zu seiner Zeit«, sagte Mr. Fearon und schob sie unerbittlich vorwärts. »Zuerst müssen wir sehen, wie es Lewis geht. Da er nicht selbst heruntergekommen ist, fürchte ich,

daß seine Verwundung doch ernster ist, als ich zuerst annahm.«
Er brachte sie die Treppe hinauf, doch es war noch immer dunkel, als sie in die obere Halle kamen. Die Zimmer, die von dieser Halle ausgingen, waren anscheinend alle abgeschlossen.
»Einen Augenblick! Sind Sie sicher . . .?« setzte Victoire noch einmal an und versuchte wieder zurückzuweichen. Doch die Hand, die ihren Arm umklammerte, zwang sie den Gang entlang zu einer Tür, die ganz am Ende lag.
Als ihr Begleiter diese Tür aufstieß, ließ er sie für einen Moment los. Noch ehe sie reagieren konnte, um das auszunützen, hatte er sie in eine kleine Schlafkammer gedrängt, die bis auf ein großes Himmelbett und zwei Stühle leer war. Mr. Fearon schloß die Tür und drehte energisch den Schlüssel um.

20

Einen Augenblick lang starrte Victoire ihn an. Dann drehte sie sich schnell zu dem Bett um und riß die Vorhänge auf. Von Lewis war nichts zu sehen, und mit einem Blick sah sie, daß in dem verstaubten Bett jahrelang niemand mehr gelegen hatte. Sie wandte sich abrupt zu Mr. Fearon um.
»*Allons donc,* was hat das zu bedeuten?« fragte sie. »Weshalb haben Sie mich hierhergebracht? Und wo ist Lewis?«
Mr. Fearon lächelte. Es war kein angenehmes Lächeln, denn mit dem Schließen der Türe hatte er seine Maske der Höflichkeit fallenlassen und beobachtete sie nun mit arroganter Gleichgültigkeit.
»Wo Lewis ist?« wiederholte er ihre Worte. »Ich habe nicht die geringste Ahnung. Auf jeden Fall ist er, wie Sie sich selbst überzeugen können, nicht hier!«
»Aber wo dann? Und weshalb . . .?«
Sie hielt inne und zwang sich, ihre verwirrten Gedanken zu ordnen. Also war ihr Verdacht während der Reise doch berechtigt gewesen, und sie war tatsächlich entführt worden - durch Täuschung und nicht durch Gewalt, aber immerhin entführt. Das Rätselhafteste war jedoch nicht die Entführung selbst, sondern die plötzliche Veränderung im Verhalten ihres Entführers - kaum das Verhalten eines verzweifelten Liebhabers, wie sie erstaunt feststellte. Es war Verachtung, ja sogar Haß, was sie in diesen blassen Augen sah - wenn sie überhaupt noch in der Lage war, im Gesicht eines Menschen zu lesen.
Mr. Fearon schien den Grund für ihr plötzliches Schweigen und ihren zweifelnden Blick erraten zu haben, denn er sagte spöttisch: »O nein, meine Liebe! Ich habe Sie nicht wegen Ihrer schönen Augen entführt, da haben Sie vollkommen recht. Glaubten Sie denn, ich sei ebenso fasziniert von Ihnen wie Lewis? Das brauchen Sie sich wirklich nicht ein-

zubilden. Um mich einzufangen, bedarf es mehr als einer kleinen dummen Intrigantin!«
»Aber - wenn nicht deswegen - weshalb dann? Doch nein!« sagte Victoire mit einer heftigen Bewegung. »Das ist mir jetzt gleich! Wo ist Lewis? Das müssen Sie mir sagen ...«
»Ich habe Ihnen bereits erklärt, daß ich nicht die geringste Ahnung habe«, sagte er, ging zu dem kleinen Schlafzimmerfenster und zog die Vorhänge dichter zusammen. »Wenn ich mich nicht sehr irre«, fuhr er fort und wandte sich ihr wieder zu, »so ist er jetzt irgendwo in der Nähe von Croydon und rast wie üblich mit halsbrecherischer Geschwindigkeit über die Straßen. Immerhin haben wir einige Stunden Vorsprung ...«
Victoire legte ihre Hand verwirrt an die Stirn. »Aber das - das verstehe ich nicht!« rief sie. »Er ist also nicht verwundet?«
»Sie sagen es. Nicht einmal eine Schramme.«
»Und, *enfin,* es gab auch kein Duell?«
»Nein, es gab kein Duell, meine Liebe. Wie bemerkenswert scharfsinnig Sie sind! Aber ich glaube, daß jemand wie Sie schlau sein muß. Ich muß gestehen, ich hatte anfangs kaum die Hoffnung, daß Sie in die hübsche kleine Falle gehen würden, die ich Ihnen gestellt habe. Es sollte eine Lektion für Sie sein, niemals die Liebe mit dem Geschäft durcheinanderzubringen.«
Sie ließ sich auf den Stuhl fallen, der neben ihr stand. Einen Augenblick lang war sie fast benommen vor Erleichterung. Ihre eigene Lage war fast vergessen vor Freude, daß Tarn unverletzt und nicht in Gefahr war. Doch die Mißlichkeit der Situation, in der sie sich selbst befand, wurde ihr sofort wieder bewußt, als sie sah, daß Mr. Fearon sich anschickte, das Zimmer zu verlassen. Sie rief mit durchdringender Stimme: »Wohin gehen Sie? Und weshalb haben Sie mich hierher gebracht? Sie müssen verrückt sein! Wenn Lewis nicht verwundet ist - glauben Sie denn, er wird es nicht herausbekommen und mich suchen?«
Mr. Fearon drehte sich um und lächelte spöttisch. »Natürlich«, sagte er mit Genugtuung. »Er wird ganz bestimmt kommen. Ich habe sogar ausdrücklich dafür gesorgt, daß er

sofort erfährt, wo er uns suchen muß.« Sie blickte ihn noch einmal verständnislos an und fragte sich wieder, ob er verrückt geworden sei. »Sie Törin«, fuhr er fort, offenbar gekränkt durch den Verdacht, den er in ihren Augen las. »Sie bilden sich wohl ein, es mit einem Verrückten zu tun zu haben! Da muß ich Sie leider eines Besseren belehren. Ich bin völlig gesund, das kann ich Ihnen versichern - nur bedeutend schlauer, als Sie es mir offenbar zutrauen! Glauben Sie wirklich, ich könnte mich in jemanden wie Sie verlieben oder auch nur im Traum daran denken, das Blut der Fearons mit Ihrem zu vermischen? Ich bin mir besser als Lewis bewußt, was ich meinem Namen schulde!«
In jeder anderen Situation hätten diese verächtlichen Worte sie wütend gemacht, doch jetzt saß sie nur unbeweglich da, ihre Hände im Schoß verschränkt, und fragte mit bebender Stimme: »Wo ist Lewis? Und weshalb sind Sie so sicher, daß er hierher kommen wird?«
Mr. Fearon hielt die Kerze hoch, als ob er ihr blasses Gesicht besser erkennen wollte.
»Sie selbst haben es ihm mitgeteilt, meine Liebe«, sagte er spöttisch. Sie hatten doch nichts dagegen, als ich meinen Diener anwies, die Nachricht, die ich in meiner Hand hielt, um sechs Uhr in der Albermarle Street abzugeben. Wirklich schade, daß Sie sich nicht die Mühe gemacht haben, sie zu lesen, denn es war eine prachtvolle Nachahmung Ihrer Schrift! Glücklicherweise hatte ich ja Gelegenheit genug, sie mir einzuprägen, da Sie so freundlich waren, mir mehr als einmal im Namen meiner Tante Amelia zu schreiben.« Er schloß einen Augenblick lang die Augen. »Warten Sie - wie habe ich denn diese außerordentlich ergreifende Botschaft formuliert?« überlegte er. »›Liebe Mademoiselle‹ - so glaube ich hieß es -, ›ich gehe mit Bruce fort. Ich liebe ihn, und daher kann ich Lewis nicht heiraten. Ich hoffe, Sie werden nicht böse auf mich sein. Lewis wird es sicherlich nichts ausmachen, denn ich weiß, daß er mich nicht wirklich gern hat. Bitte sagen Sie ihm, daß ich mit Bruce in sein Haus in Sussex gefahren bin, wo wir mit Sondergenehmigung heiraten werden, so daß er sich nicht weiter um mich zu kümmern braucht. In großer Eile und mit all meinem

Dank, Victoire.‹ Wunderbar, finden Sie nicht auch?« setzte er zufrieden hinzu. »Ich hoffe, daß Sie damit einverstanden sind. Ich habe mich nämlich sehr bemüht, Ihren Ton zu treffen.«
Er machte eine Pause und blickte Victoire an, die ihn verständnislos anstarrte.
»Aber weshalb - weshalb . . .?« fragte sie noch einmal.
»Weshalb?« sagte Mr. Fearon, und seine Augen funkelten freudig. »Weshalb? Weil es notwendig war, meine Liebe. Notwendig für das kleine Drama, das heute nacht hier stattfinden wird. Wir könnten es, denke ich, ›Der eifersüchtige Liebhaber‹ oder ›Versuchte Rache‹ nennen, und Sie werden darin die weibliche Hauptrolle spielen. Es ist die Geschichte eines jungen Mädchens, das eine Adelskrone aufgibt, um in die Arme ihres wahren Geliebten zu flüchten, und der Handlungsablauf ist sehr einfach. Der böse Marquis, den sie verlassen hat und der ein stolzes und unbeherrschtes Temperament besitzt, verfolgt die Liebenden und beschließt, sie beide zu erschießen, so wie er schon früher einige Leute erschossen hat, die das Pech hatten, ihm zu einem ungelegenen Zeitpunkt über den Weg zu laufen. Glücklicherweise - obwohl die eine Kugel ihr Ziel trifft - verfehlt die zweite das ihre, denn dem Geliebten der jungen Dame, der zornig und entsetzt ist, als er sieht, wie seine Liebste von dem bösen Marquis erschossen wird, gelingt es, den Marquis zu töten, bevor dieser in der Lage ist, ihm das Lebenslicht auszublasen.« Er hielt immer noch die Kerze hoch und blickte ihr ins Gesicht, wobei ein merkwürdiges Lächeln um seine Lippen spielte.
»Genial, nicht wahr?« fragte er plötzlich. »Ein bißchen grob vielleicht; aber glauben Sie mir, ich hätte nicht zur Gewalt gegriffen, wenn Sie und Lewis es nicht notwendig gemacht hätten. Es entspricht nämlich durchaus nicht seinem Stil, so hartnäckig an der Idee festzuhalten, Sie zu heiraten - und was Sie betrifft, Sie kleine Törin, so habe ich Ihnen jede Chance gegeben, mit dem jungen Swanton eine Ehe einzugehen. Doch jetzt, da die Verlobung offiziell bekanntgegeben worden ist, können Sie kaum erwarten, daß ich noch länger warte, um mein kleines Drama zu arrangieren. Ein

Nichts wie Sie, das Tarns Titel und Vermögen beansprucht, wenn er eines frühen Todes stirbt - nein, das paßt wirklich nicht in meine Pläne, meine Liebe.«

Victoire starrte ihn unverwandt an, und schließlich sagte sie zögernd: »*Ecoutez!* Hören Sie mich an! Wenn Sie mich freilassen, verspreche ich, daß ich fortgehen und Lewis nie mehr wiedersehen werde. Es wird keine Hochzeit geben - keine Kinder und keine - keine Morde . . .« Das Blut stieg ihr plötzlich ins Gesicht. »Glauben Sie mir etwa nicht? *Nom de Dieu,* Sie müssen mir glauben!« rief sie aus, erhob sich, ging zu ihm und legte ihm bittend die Hand auf den Arm. »Es ist nicht notwendig! Ich verspreche Ihnen, ich werde fortgehen!«

Das merkwürdige Lächeln und der gleichgültige Ausdruck seines Gesichtes veränderten sich nicht.

»Und wie, wenn ich bitten darf«, sagte er spöttisch, »soll es Ihnen gelingen, irgendwohin zu gehen, wohin Lewis Ihnen nicht folgen kann? Nein, nein, meine Liebe - ich muß Sie aus dem Weg schaffen, so ist es nun einmal, doch auf eine sehr viel endgültigere Weise, als Sie vielleicht glauben.«

»Aber Sie - wenn Sie - mich umbringen . . .« Sie brachte diese Worte nur mühsam heraus, und ihre Augen waren immer noch starr auf ihn gerichtet. »Wenn Sie mich töten«, fuhr sie fort, »dann brauchen Sie doch nicht auch ihn zu töten. Sehen Sie das nicht ein? Wenn ich nicht mehr dabin, ist es ja nicht nötig, daß Sie auch Lewis umbringen, denn dann werden wir nicht heiraten und auch keine Kinder haben . . .«

Sie unterbrach sich und blickte ihn mit verzweifelter Hoffnung an, doch sein blasses Gesicht blieb unbewegt.

»Rührend!« bemerkte er nach einer Weile und nickte leicht, wie zustimmend. »Wirklich rührend! Sie sind also wirklich bereit, Ihr Leben für Lewis zu opfern? Ich frage mich, was er getan hat, um so viel Liebe zu verdienen!«

Sie legte noch einmal ihre Hand auf seinen Arm, doch er stieß sie verächtlich fort.

»Ich bitte Sie - langweilen Sie mich doch nicht mit Ihren dummen Sprüchen!« sagte er ungeduldig. »Glauben Sie denn wirklich, daß ich so töricht bin zu glauben, daß ich nur Sie töten könnte, ohne daß man mich wegen Mordes an den Galgen bringt? Nein, meine Liebe! Unser kleines Drama muß und wird heute nacht zu Ende gespielt werden. Es ist die einzige Möglichkeit für mich, zum Ziel zu kommen, und hat den wunderbaren Vorteil, daß ich sofort in den Besitz des Vermögens komme. So brauche ich nicht darauf zu warten, bis Lewis durch eigenen Leichtsinn seinem Leben ein Ende setzt.«

Er ging auf die Tür zu, die sich kurz öffnete und dann endgültig schloß, denn er drehte von außen den Schlüssel um. Sie war allein in der Dunkelheit.

Eine Weile stand sie wie erstarrt da. Es war, als ob ihr Kopf nicht fassen könnte, was geschehen war und was bald mit ihr und Lewis geschehen würde - in zwei oder drei Stunden, je nachdem, wie lange es dauerte, bis Lewis in die Falle ging. Es würde alles so einfach sein für Bruce Fearon - ein Schuß aus der Pistole, wenn Lewis ahnungslos durch die Tür träte, dann sie selbst hinunterschleifen und neben ihn legen und alles so stellen, als ob sich ein Kampf abgespielt hätte. Meggs - selbstverständlich gut bezahlt von seinem Auftraggeber - würde bezeugen, daß dieser Kampf tatsächlich stattgefunden habe. Außerdem war da noch der gefälschte Brief; es war alles so geschickt geplant, daß jeder die Geschichte von den geflüchteten Liebenden und der mörderischen Wut des betrogenen Marquis glauben würde. Bruce Fearon, der zukünftige Held einer romantischen Geschichte von Liebe und Tod, würde durch diesen einfachen, kühnen Handstreich für immer in den Besitz von Tarns Titel und Vermögen kommen.

Wenn ich ihn nicht daran hindere, schloß Victoire ihre Überlegungen. Sie gab sich einen energischen Ruck. Wenn ich ihn nicht daran hindere! Und das werde ich!

Plötzlich kamen schwere Schritte die Treppe herauf - Meggs, der die Türe bewachen soll, dachte sie sich, während Bruce Fearon unten bleibt, um auf Lewis zu warten. Auf diesem Weg würde sie also nicht entkommen können - doch sie mußte unbedingt fliehen, um Lewis warnen zu können, ehe er das Haus betrat. Sie tastete sich zum Fenster, das sie im Dunkeln gerade noch erkennen konnte, und zog die Vorhänge auseinander. Das Fenster war klein, aber nicht so klein, daß sie sich nicht hindurchzwängen könnte. Sie öffnete es und schaute hinab. Zu ihrem Schrecken sah sie, daß es etwa zehn Meter tief hinunterging. Das Zimmer befand sich im rückwärtigen Teil des Hauses, und da dieses an einem Abhang stand, der offensichtlich zu einem Bach hin abfiel, waren die oberen Fenster viel weiter vom Boden entfernt, als sie es vermutet hatte. Sie würde hier nicht hinunterspringen können, ohne sich schwer zu verletzen - eine Tatsache, derer sich Bruce Fearon sicher bewußt gewesen war, als er sie in diesem Zimmer frei herumgehen ließ.

Sie überlegte fieberhaft, wie sie diese Schwierigkeit überwinden könnte. Ob sie sich wohl aus Vorhängen und Bettlaken ein Seil knüpfen könnte? Doch auf dem Bett waren keine Laken, und als sie versuchte, einen der Vorhänge herunterzureißen, zerfiel der Stoff.

Das Geräusch, das sie dabei gemacht hatte, kam ihr in der bedrückenden Stille des Hauses erschreckend laut vor, und tatsächlich genügte es, um Meggs auf sie aufmerksam zu machen.

Sie hörte, wie sich der Schlüssel im Schloß drehte, und dann öffnete sich die Tür. Er stand auf der Schwelle, in der Hand eine Laterne. Sein mißtrauischer Blick fiel auf sie, wie sie erstarrt dastand, die Fetzen des Vorhanges noch in der Hand.

Als sein langsamer Verstand erfaßt hatte, was sie beabsichtigte, gab er ein Knurren von sich. Im nächsten Augenblick stellte er die Laterne auf einen Stuhl, ging auf das Bett zu, griff mit seinen riesigen Händen nach den Vorhängen und riß sie herunter. Er raffte sie zusammen, ging zur Tür und warf sie auf den Gang.

Als er wieder zurückkehrte und die Laterne holte, lächelte er. Doch es war kein Lächeln, das sie beruhigte.

»Versuchen Sie das nicht noch mal, Miß«, sagte er warnend und grinste böse. »Sie brechen sich das Genick - vielleicht auch das Rückgrat. Das habe ich mal beim Boxen gesehen: einen Mann mit gebrochenem Rückgrat. Das war kein schöner Anblick . . .«

Er wandte sich zum Gehen, doch Victoire, die schnell den Vorhang hinwarf, den sie noch in der Hand hielt, eilte auf ihn zu und hielt ihn fest.
»Warten Sie! Warten Sie, bitte!« rief sie. »Wenn Sie nicht wollen, daß ich sterbe - helfen Sie mir, bitte! Es ist kaum zu glauben, ich weiß, doch Mr. Fearon - Ihr Herr - er will mich töten!«
»So ist es«, sagte der ungeschlachte Mann gleichmütig.
Sie blickte ihn verblüfft an. »Sie wissen das also?« stammelte sie.
»Natürlich«, sagte er mit seinem dummen, bösen Lächeln.
»Und - das wollen Sie geschehen lassen?«
Er nickte energisch. »Aber ja! Und für mich wird dabei verdammt was rausspringen!«
»Aber - das können Sie doch nicht machen! Sie können nicht! Hören Sie zu - ich will Ihnen auch Geld geben, wenn Sie mich gehen lassen, und Lord Tarn auch . . .«
Weiter kam sie nicht. Meggs knurrte sie an, sie solle sich das aus dem Kopf schlagen, denn er sei nicht der Mann, der sein Wort breche. Dann zog er sich mit der Laterne zurück und schloß die Tür hinter sich.
Sie setzte sich, der Verzweiflung nahe, auf das Bett. Wenn Tarn sofort, nachdem Mr. Fearons Diener die Botschaft abgegeben hatte, von Miß Standfield in die Albermarle Street geholt worden war, würde er sich wahrscheinlich gleich auf den Weg gemacht haben - womit Mr. Fearon fest rechnete. Und mit seiner vierspännigen Karriole würde er Edmondstone sehr viel schneller erreichen als sie und Mr. Fearon mit der Postkutsche. Dies bedeutete, daß nicht mehr viel Zeit blieb; sie mußte sofort eine Möglichkeit zur Flucht finden. Sie verließ sich nicht darauf, daß Tarn vielleicht gar nicht kommen würde oder daß Miß Standfield ihn nicht benachrichtigt hätte: denn wie gut Mr. Fearon auch ihre Handschrift gefälscht hatte - sie wußte genau, daß weder Tarn noch Miß Standfield jemals glauben würde, daß sie zusammen mit Mr. Fearon geflüchtet war.
Sie stand wieder auf, ging zum Fenster, öffnete es noch einmal und blickte hinaus. Es war eine ruhige, dunstige Nacht, Nebelschwaden zogen vorbei und wurden dichter und dich-

ter. Wenn sie erst einmal draußen war, würde es ein leichtes sein, ihren Verfolgern zu entkommen. Doch wie sollte sie hier herauskommen. Das war das Problem.
Ihre Augen fielen auf eine große Buche vor ihrem Fenster. Das Vordach des verschachtelten Tudor-Hauses lag etwa einen Meter unter ihrem Fenster und war von Zweigen überwachsen, so daß sie vielleicht den Baum hinunterklettern könnte. Zu ihrem Glück lag dieser niedrigere Teil des Daches im Winkel zum Hauptflügel des Hauses; ein einigermaßen gelenkiger Mensch konnte ohne größere Schwierigkeiten den gefährlichen Abstieg wagen.
Es war ein Unternehmen, vor dem jede andere guterzogene junge Dame zurückgescheut wäre, doch für Victoire, die als Kind geklettert war wie eine Wildkatze und entsprechenden Mut besaß, schien dies kein allzu großes Kunststück zu sein. Sicherlich war es ein Wagnis, denn wenn sie stürzte, würde sie sich mit Sicherheit schwer verletzen, doch dieses Risiko erschien ihr gering im Verhältnis zu dem, was ihr und Tarn drohte, wenn sie in diesem Zimmer blieb.
Sie zögerte keinen Augenblick, holte einen Stuhl, stellte ihn vor das Fenster, stieg hinauf, kroch durch die Öffnung und begann ihren waghalsigen Abstieg zu dem Vordach. Rock und Unterrock erwiesen sich als lästige Hindernisse, doch es zeigte sich schließlich, daß es nicht allzu schwer war, auf das Dach zu gelangen.
Als sie, nach einigen bangen Augenblicken, sicher dort angelangt war, stellte der Baum ein neues Problem dar: Sie wußte nicht, ob die Äste, die über das Dach wuchsen, auch stark genug waren, um sie zu tragen. Doch es blieb ihr nichts anderes übrig, sie mußte es wagen, sie mußte hinunter; denn von hier aus konnte sie Tarn nicht vor der ihm drohenden Gefahr warnen.
Dieu me sauve! sagte sie zu sich selbst, tastete sich an den Rand des Daches vor, ergriff den kräftigsten Ast, den sie entdecken konnte, und ließ sich vorsichtig hinab. Einen Augenblick später baumelte sie an dem schwankenden, knarrenden Ast, während ihre Füße verzweifelt nach einem Halt an den tiefer gelegenen Zweigen suchten. Endlich gelang es ihr, und während sie sich an dem oberen Ast festhielt,

tastete sie sich an dem unteren entlang, bis sie zu dem dikken Stamm kam, an dem sie sich festklammerte.
Einen Augenblick lang verharrte sie dort, denn ihr Herz klopfte ihr von der Anstrengung und auch vor Angst bis an den Hals. Aus dem Haus war nichts zu hören, und nach einer Weile hatte sie sich wieder so weit gefaßt, daß sie beginnen konnte, vorsichtig weiterzuklettern. Jetzt sah sie, daß die untersten Zweige des Baumes etwa drei Meter vom Boden entfernt waren, so daß sie sich von dort aus zu Boden fallenlassen müßte. Das ängstigte sie jedoch nicht - wichtig war nur, daß sie nicht durch das Geräusch des Aufpralls Bruce Fearon auf sich aufmerksam machte.
Doch vielleicht war er in einem anderen Teil des Hauses, vielleicht in der vorderen Halle, und wartete dort auf Tarns Ankunft? Diese Hoffnung war jedoch vergebens - das entdeckte sie, als sie durch die dichtbelaubten Zweige kletterte und auf einmal einen Lichtstrahl sah. Er kam aus einem Fenster. Sie kauerte sich auf den Ast und konnte jetzt ins Haus schauen, denn die Vorhänge waren zurückgezogen und das Fenster stand offen, vermutlich um frische Luft in den stickigen Raum zu lassen. Drinnen saß in einem Armsessel neben einem Tisch, auf dem eine Pistole lag, Bruce Fearon.
Ihr Herz hörte fast auf zu schlagen vor Schrecken. Aber er konnte sie nicht gehört haben, denn er saß ganz entspannt da, die Füße bequem ausgestreckt. Offensichtlich rechnete er noch nicht mit Tarns Ankunft und hatte noch keine Ahnung von ihrer Flucht. Doch der weitere Abstieg, ein Knakken der Zweige, könnte ihn sehr wohl auf sie aufmerksam machen. Sie war in einer verzweifelten Lage. Einerseits wäre sie gern sofort geflüchtet, andererseits mußte sie einsehen, daß sie wahrscheinlich dort, wo sie sich befand, viel sicherer war; sie konnte nur hoffen, daß er bald das Zimmer verlassen und in einen anderen Teil des Hauses gehen würde.
Die Vorsicht siegte; sie machte es sich zwischen den Zweigen einigermaßen bequem und zwang sich zu warten. Die Minuten gingen vorbei - es waren, wie sie glaubte, mindestens zehn -, doch Bruce Fearon erhob sich nur einmal aus

dem Sessel, um sich ein Glas zu holen. Er machte jedoch keinerlei Anstalten, den Raum zu verlassen, und ihre Ungeduld wuchs unerträglich.

Plötzlich durchbrach ein wütender Ausruf die nächtliche Stille.

»Verdammte Schweinerei! Die ist doch tatsächlich entkommen! Herr! Herr!«

Sie sah, wie Bruce Fearon aufsprang, und wartete nicht weiter ab. Jetzt konnte es ihr gleich sein, ob man sie hören würde; sie kletterte schnell von ihrem Sitz herunter und ließ sich auf die Erde fallen, mitten in ein mit Efeu überwachsenes Beet, das ihren Sturz dämpfte. Das Gesträuch war jedoch so dicht, daß sie sich mit ihren Füßen darin verfing. Als sie sich endlich befreit hatte, konnte sie schon das schwankende Licht einer Laterne sehen, die von einer der rückwärtigen Türen in die Nacht gehalten wurde. Sie raffte ihre Röcke hoch und floh wie ein gehetztes Reh durch den verfallenen Garten und das dichte Gebüsch, dann über einen Zauntritt in die Felder, wo sie bald im aufgeweichten Boden ihre leichten Schuhe verlor. Hinter sich hörte sie ihre Verfolger, doch sie hatte keine Zeit, sich nach ihnen umzublicken. Sie lief auf den Wald zu, der sich nahe vor ihr am Himmel abzeichnete, und hoffte, daß sie ihnen zwischen den dichtstehenden Bäumen entkommen könnte. Selbst jetzt, so dachte sie sich, müßte sie in den Nebelschwaden eine schwer auszumachende Beute sein.

Sie hetzte weiter, bis sie kaum mehr Luft bekam. Nur noch ein kleines Stück, und sie würde den schützenden Wald erreicht haben. Sie wußte, wenn sie ihr Tempo nicht einhielt, würden die Verfolger sie in wenigen Augenblicken einholen, also mußte sie unbedingt ein Versteck finden.

Sie floh zwischen den Bäumen hindurch, hörte dumpfe Flüche und die tappenden Schritte der Verfolger hinter sich.

»Nicht dort entlang, du Dummkopf! Bleib stehen, und sperr deine Ohren auf! Wir müssen sie jetzt hören, sie kann nicht weit weg sein!«

Es war die Stimme von Bruce Fearon, die sie so deutlich hörte, daß ihr Herz fast aufhörte zu schlagen. Sie blieb stehen, weil sie es nicht wagte, noch einen weiteren Schritt zu tun, und bemühte sich, ihren schnellen, unregelmäßigen Atem unter Kontrolle zu bringen. Im Augenblick hörte sie nichts als das Rascheln von Blättern über ihrem Kopf und in der Ferne den langgezogenen Schrei einer Eule. Ihre Augen hielten ängstlich Ausschau nach einer sicheren Dekkung.

Sie hörte, wie die beiden die Verfolgung wieder aufnahmen, diesmal vorsichtiger, als ob sie ahnten, daß sie in der Nähe war. Sie blieben alle paar Meter stehen und horchten wohl auf ihre Bewegungen.

Verzweifelt wandte sie sich um, und jetzt fiel ihr eine große Eiche ins Auge, die auf einer kleinen Anhöhe stand. Sie war mit Efeu überwachsen und von dichtem Gebüsch umgeben. Wenn sie dahin kommen könnte, ohne daß man sie hörte ...

Sie zwang sich, langsam und vorsichtig zu gehen, obwohl sie viel lieber schnell gelaufen wäre. Schließlich hatte sie die kleine Anhöhe erreicht. Dort, vor ihr, waren die Büsche - keine sehr sichere Zuflucht, doch vielleicht, wenn sie sich ganz dicht an den Boden preßte wie ein gejagter Hase ...

Und dann sah sie es, es war wie ein Wunder, hinter dem herabhängenden Efeu: die dunkle Höhlung in dem halb abgestorbenen Baum, breit genug, um Eulen und Füchse aufzunehmen, breit genug für eine kleine, atemlose menschliche Kreatur ...

Sie zwängte sich hinein und zog das dichte Blattwerk über sich, damit man ihre hellen Kleider und ihr Gesicht nicht sehen konnte. Es war höchste Zeit, denn kurz darauf sah sie das schwankende Licht einer Laterne näher kommen. Sie hörte Meggs heisere Stimme. »Hier irgendwo muß sie stekken, Herr. Irgendwo am Boden. Wenn sie woandershin wäre, hätten wir es gehört.«

»Ich glaube auch«, antwortete Fearon. »Geh du da entlang, Meggs; ich nehme die andere Richtung. Wir müssen sie einkreisen. Schau unter jedem Busch nach!«

Sie hörte, wie sie weitergingen. Meggs schwerfällige Schritte kamen jetzt auf sie zu, die Anhöhe hinauf, geradewegs auf den Baum zu. Sie stand starr da und hielt den Atem an. Das

Laternenlicht traf auf die Büsche und schwenkte langsam hin und her. Sie schloß die Augen ganz fest, um sich nicht durch einen Schrei zu verraten, wenn der Lichtschein sie träfe.
Eine Ewigkeit verging. Dann entfernten die Schritte sich langsam. Sie öffnete die Augen, ihr Herzschlag begann sich zu beruhigen, und sie stieß einen halb schluchzenden Seufzer der Erleichterung aus. Er war weitergegangen, ohne ihr Versteck zu entdecken. Sie war in Sicherheit.
Erst jetzt bemerkte sie, daß ihre Hände und Arme von der überstürzten Flucht verkratzt und verschrammt waren und bluteten, daß ihr Kleid zerrissen war und ihre Füße nackt und voller blauer Flecke waren. Das war ihr jetzt jedoch nicht wichtig - jetzt galt es nur, irgendwie den Weg zu erreichen, der zum Haus führte, um Tarn rechtzeitig zu warnen. Sie konnte sich nicht darauf verlassen, daß Bruce Fearon seinen sorgfältig ausgeklügelten Plan aufgeben würde, obwohl sie durch ihre Flucht alle seine Kalkulationen durcheinandergebracht hatte. Er würde vielleicht Meggs befehlen, die Suche allein fortzusetzen, während er zum Haus zurückkehrte, um mit Tarn fertig zu werden. Später könnte er sie dann immer noch suchen, falls es Meggs nicht gelänge, sie zu finden. Auf jeden Fall wußte sie, daß er nun in seiner bedrängten Lage noch viel gefährlicher war als zuvor. Nun konnte er es noch viel weniger riskieren, sie am Leben zu lassen, denn jetzt könnte sie ja alles erzählen.
Die Schritte von Meggs waren nun nicht mehr zu hören - sie vernahm nur mehr die leisen Geräusche des nächtlichen Waldes. Obwohl ihr enges Versteck reichlich unbequem war, hätte sie viel darum gegeben, darin bleiben zu können. Doch die Zeit verstrich, und jeden Augenblick konnte Tarn in Edmondstone ankommen - und Bruce Fearon war vielleicht schon ins Haus zurückgekehrt und lag dort auf der Lauer. Sie nahm allen Mut zusammen, schalt sich selbst einen Feigling, tastete sich vorsichtig aus ihrem Versteck und begann, den kleinen Abhang hinunterzuschleichen.
Sie war erst ein paar Schritte gegangen, als ein plötzliches Geräusch sie innehalten ließ. Es war nur das Knacken eines Zweiges, doch sie schrak zusammen und kletterte eilig wie-

der zurück zu der Eiche und zwängte sich in die Höhlung. Wieder begann ihr Herz wie wild zu klopfen. Also kamen sie doch zurück - zumindest einer von den beiden.
Sie hörte nun auch wieder das Geräusch von Schritten. Es waren die tappenden, unbeholfenen Schritte Meggs. Einmal blieb er stehen, ging dann aber wieder weiter. Nach einer Weile kam er jedoch wieder zurück und langsam die Anhöhe herauf. Das Licht der Laterne tastete noch einmal das Gebüsch vor ihrem Versteck ab. Sie atmete ganz flach und zwang sich, ruhig zu bleiben.
Das Licht glitt über den Baum. Hinter dem Efeu sah sie, wie es auf sie zukam, ein Stück ihres Kleides beleuchtete, dann wieder abschwenkte. Sie atmete erleichtert auf.
Und dann, so plötzlich, daß sie nur noch gegen die Höhlung zurückweichen konnte, fiel das Licht auf den Boden, und Meggs riesige Hände ergriffen sie. Zugleich rief er mit seiner heiseren, erregten Stimme durch die Stille: »Hab sie gefunden, Herr! Hab sie gefunden! Hier ist sie und kann mir nicht mehr entkommen! Herr! Haben Sie mich gehört?«
Er zog sie hinaus ins Freie, so mühelos, als sei sie eine Puppe. Eilige Schritte näherten sich, und Bruce Fearon erschien. Er blieb stehen, nahm die Laterne, die Meggs auf den Boden gestellt hatte, und leuchtete ihr ins Gesicht.
»Gute Arbeit, Meggs!« sagte er. »Das gibt ein Extragläschen für dich!« Und zu Victoire sagte er böse: »Sie kleines Luder! Ich hatte nicht gedacht, daß Sie so schlau sein würden! Doch noch einmal wird Ihnen das nicht gelingen! Kommen Sie!«
Er packte mit eisernem Griff einen Arm, Meggs nahm den andern, und zusammen schleiften sie sie den Abhang hinunter. Sie versuchte, sich zu wehren, ihre Rückkehr ins Haus hinauszuzögern, so daß Tarn, wenn er käme und es leer vorfände, sie vielleicht woanders suchen würde. Doch zwischen diesen beiden Männern war sie hilflos; sie konnte ihnen nicht entkommen, und bald war sie so erschöpft, daß sie ganz benommen dahinstolperte.
Es kam ihr sehr lange vor, bis sie endlich das Haus erreichten.
Und dann, gerade als sie über die Schwelle der Haustüre ge-

drängt wurde, hörte sie es - das Geräusch von Pferdehufen, das schnell näher kam, das Rattern von Rädern. Sie wollte einen warnenden Schrei ausstoßen, doch sogleich hielt ihr Meggs mit seiner feisten Hand den Mund zu.
»Was soll ich tun, Herr?« hörte sie ihn knurren.
»Hinein - schnell! Hinein mit dem Mädchen!«
Sie wußte nicht, was Bruce Fearon sich ausgedacht hatte, um Tarn zu empfangen, doch diese Verwirrung und Hast gehörten sicher nicht zu seinem Plan. Da Meggs Hand ihre Augen fast verdeckte, konnte sie nur undeutlich erkennen, wie Bruce Fearon, der die Laterne hielt, eine Türe aufstieß, die von der Halle aus in eines der Zimmer führte. Er trat hinein, Meggs zog sie hinter sich her und schloß die Türe.
»Nein, nein, laß sie offen, du Dummkopf!« hörte sie Bruce Fearons Befehl. »Ich will ihn hier haben! Und halt das Mädchen ruhig, ganz gleich wie!«
Er hatte jetzt eine Pistole in der Hand, und sie sah das Glitzern des Laufs, als Meggs sie in eine Ecke des Zimmers schob. Dann hörte sie von draußen das Geräusch von schnellen Schritten, und sie wußte, daß sie sofort etwas tun müßte, oder es würde zu spät sein.
Sie versuchte, ihren Kopf frei zu bekommen, und biß mit aller Kraft in Meggs Hand; er ließ sie sofort laut fluchend los. Dann schrie sie, so laut sie konnte: »Lewis! Er hat eine Pistole! Komm nicht herein! Komm nicht . . .«

21

Ein Schlag brachte sie zum Schweigen. Sie sackte zusammen, genau in dem Augenblick, als Tarn, dem diese Warnung genügt hatte, sich mit einem lautlosen Satz wie ein Tiger auf Bruce Fearon stürzte. Diese Kühnheit hatte Erfolg: Bruce, der mit dem Gesicht zur Türe stand, löste zwar den Abzug, doch um den Bruchteil einer Sekunde zu spät, gerade als Tarn mit voller Wucht auf ihn prallte, so daß der Schuß ins Leere ging. Beide fielen zu Boden. Meggs ließ Victoire liegen und stürzte sich ebenfalls auf Tarn. Es gelang ihr, sich aufzusetzen, und sie sah sofort - halb schluchzend vor Schmerz und Angst -, wie der Kampf enden mußte. Schon gegen Meggs allein, der Riesenkräfte hatte, würde Tarn kaum bestehen können, doch mit Bruce als zweitem Gegner war die Lage hoffnungslos.

Sie blickte sich verzweifelt nach einer Waffe um, mit der sie ihm zu Hilfe kommen konnte. Dann merkte sie, daß der Raum nur durch die eine Laterne erhellt war, die Bruce Fearon nach der Suche im Wald mit hereingebracht hatte. Sie stand jetzt auf einem Tisch in der Nähe der Wand. Victoire erhob sich benommen, ging langsam auf den Tisch zu und hielt sich dabei aus dem Getümmel in der Mitte des Raumes heraus; mit einem Ruck warf sie die Laterne um. Es wurde sofort stockfinster, und genau das hatte sie ja bezweckt. Nun würden die Kämpfenden Freund und Feind nicht mehr voneinander unterscheiden können. Dies war von Vorteil für Tarn, denn jeder Schlag, den er führte, traf einen Gegner, während Bruce Fearon, wenn er drauflosschlug, genausogut Meggs treffen konnte.

Der Kampf ging jedoch weiter, offenbar ohne an Heftigkeit abzunehmen, und erst als ein kleines Licht aufflackerte, entdeckte sie, daß Bruce Fearon ebenfalls gemerkt hatte, daß er sich im Nachteil befand; er suchte nach der Laterne -

und nach der Pistole, die sie nun im Schein der wieder aufblinkenden Laterne blitzen sah. Sie stürzte sich instinktiv auf ihn. Er schlug mit seiner freien Hand nach ihr, ohne jedoch seine Augen von den zwei Männern zu lassen, die vor ihm miteinander kämpften, und sie fiel wie betäubt zu Boden. Sie sah Meggs Hände an Tarns Hals, hörte den schrecklichen Aufprall, als der mächtige Mann ihn gegen einen Eichentisch stieß. Doch Bruce Fearon lächelte nur, die Pistole nachlässig in der Hand.
Il s'amuse, dachte sie. Es macht ihm Spaß.
Sie versuchte aufzustehen, irgend etwas zu tun, um Tarn zu helfen, doch als es ihr endlich gelang, auf die Knie zu kommen, sah sie, wie er sich mit einem Ruck vom Tisch abstieß und seinen Gegner zurückschleuderte. Im nächsten Augenblick hatte er Megg einen Kinnhaken versetzt, der ihn zu Boden gehen ließ, doch da er sein Bein um den Marquis geschlungen hatte, fiel dieser über ihn. Ein wildes Handgemenge folgte, und jeder versuchte, den anderen zu Boden zu drücken. Victoire, immer noch auf den Knien, sah, wie Bruce Fearons Lächeln verschwand und er langsam die Pistole hob. Er konnte jetzt nicht schießen, ohne zu riskieren, den falschen Mann zu treffen. Doch wenn der Kampf aus war - ganz gleich, ob Tarn ihn gewonnen oder verloren hatte . . .
Tarns Finger hatten sich um Meggs Hals gelegt. Der Körper des riesigen Mannes bäumte sich auf, sein Gesicht war blutüberströmt, und er machte einen letzten verzweifelten Versuch, den eisernen Griff zu lockern, doch es gelang ihm nicht - er fiel zurück, breit auf den Boden hingestreckt.
Einen Augenblick blieb Tarn auf den Knien vor ihm und atmete schwer. Dann blickte er schnell auf und sah die erhobene Pistole und Victoire, die verzweifelt versuchte, auf die Beine zu kommen.
»Ich würde das nicht tun«, sagte auf einmal eine Stimme von der Tür her. »An Ihrer Stelle würde ich nicht abdrükken, Mr. Fearon, denn es wäre mir ein außerordentliches Vergnügen, Ihnen eine Kugel durch den Kopf zu jagen.«
Mr. Fearon fuhr herum. Auf der Schwelle stand Haupt-

mann Lanner, schweißgebadet von einem anstrengenden Ritt, und hielt eine außerordentlich nützliche Pistole in der Hand, die genau auf Bruce Fearons Kopf gerichtet war.

Sie saßen zusammen in Tarns Karriole - Victoire und Lewis - und neben ihnen ritt Hauptmann Lanner auf einem sehr müden Braunen. Die Fahrt ging Richtung Eastcott Park, wo Tarn hoffte, von Lady Eastcott aufgenommen zu werden. Victoire, in Tarns grauen Mantel gehüllt, war voller blutiger Schrammen und schmutzig, und alle ihre Glieder schmerzten - doch sie war glücklicher als je zuvor in ihrem Leben. Sie spürte noch den Blick Tarns, wie er - nachdem er Bruce Fearon entwaffnet hatte - auf sie zustürzte, um ihr auf die Beine zu helfen, fühlte noch, wie er seine Arme um sie schlang, und hörte noch seine besorgte und zugleich wütende Stimme: »Ist alles in Ordnung? Wirklich? Bei Gott, wenn nicht, dann bringe ich ihn um!« Und dann, als er sie in den Wagen gehoben hatte, da hatte er sie geküßt und sich nicht darum gekümmert, daß Hauptmann Lanner dabei war. Und es war nicht einer von den kleinen, gleichgültigen Küssen, wie er sie ihr früher gelegentlich gegeben hatte, nein, es war eine hungrige, atemlose Umarmung.
Sie saß schweigend da und war glücklich, hüllte sich in seinen Mantel und hörte zu, was sich die beiden Männer über die Ereignisse der Nacht zu berichten hatten - so sachlich, als wäre überhaupt nichts weiter Aufregendes geschehen. *Pardieu,* das sah ihnen ähnlich!
»Was ich nicht verstehe«, meinte Tarn, »das ist, wie es Ihnen gelang, gerade noch rechtzeitig hier zu erscheinen.«
Das sagte er so gelassen, daß Victoire sich überhaupt nicht vorstellen konnte, daß sie erst vor wenigen Stunden London in der Überzeugung verlassen hatte, er habe den Mann, mit dem er sich jetzt unterhielt, getötet.
Hauptmann Lanner antwortete ihm ebenfalls in ganz sachlichem Ton, obwohl ihm dies sicher schwerfiel, nach der innigen Umarmung, die er eben erst miterlebt hatte. Er sagte, es sei reiner Zufall gewesen, denn er wollte in der Alber-

marle Street einen Besuch machen, gerade als Miß Standfield den Marquis hatte davonfahren sehen, um Mr. Fearon zu verfolgen.

»Sie war sehr aufgebracht«, fuhr er fort, »und das war so ungewöhnlich, daß ich sie fragte, was denn los sei. Als ich dann den Namen Ihres Vetters hörte, wurde mir sofort alles klar, und ich habe mich augenblicklich - mit ihrem Segen - entschlossen, Ihnen zu folgen. Ich dachte mir, daß Sie meine Hilfe vielleicht ganz gut brauchen könnten.«

Der Marquis, der insgeheim diese Rede als Provokation auffaßte, sagte trotzdem nichts, da er Hauptmann Lanner ja zu Dank verpflichtet war. Doch er wünschte, er wäre allein auf irgendeine wundersame Weise imstande gewesen, mit den zwei Männern fertig zu werden, und hoffte nur, daß Victoire - wenn ihr die Gelegenheit gegeben worden wäre - Hauptmann Lanner nicht mit ebensoviel Wärme umarmt hätte wie eben ihn selbst.

»Sie hat mir alles genau erklärt«, fuhr Hauptmann Lanner inzwischen fort. »Ich hatte nicht die geringsten Schwierigkeiten, Edmondstone zu finden.«

Tarn, dessen persönlicher Sittenkodex ihm vorschrieb, dem Ehre zu geben, dem sie gebührte, meinte, daß der Hauptmann ein phantastischer Reiter sein müsse, was dieser unbescheidenerweise nicht verneinte. Daraufhin mußte Victoire, die schon halb eingeschlafen war, doch lachen, und sie erklärte Tarn, daß der Hauptmann schon immer so gewesen sei. »Was Papa manchmal sehr ärgerlich gemacht hat, denn er meinte, ein guter Soldat dürfe sich nicht selbst loben. Aber, *enfin«*, fuhr sie fort und ließ dieses Thema fallen, »ich habe mir gedacht, und ich kann es auch ruhig sagen, daß ich Männer nicht verstehe. *Voyons*, ich habe geglaubt, daß einer von euch Mr. Fearon töten würde - vor allem du, Lewis, als du ihn an die Wand gedrängt und die Pistole abgenommen hattest, nachdem Constant so *absolument magnifique* in der Tür erschienen war. Und ich glaube, Mr. Fearon hat das auch erwartet, doch dann, *parbleu*, hast du ihn schließlich laufenlassen. *Moi*, wenn ich ihn nicht getötet hätte - was ich sicherlich getan hätte, wenn ich eine Pistole gehabt hätte, denn ich war sehr wütend auf ihn -, dann hätte ich ihn zumindest einsperren lassen.«

»Nun, ich kann nicht gerade behaupten, daß ich ihn nicht gern getötet hätte für all das, was er dir angetan hat«, erklärte Tarn, und man konnte ihm ansehen, daß er seine Großmütigkeit doch noch ein wenig bereute. »Aber immerhin hat er keinen von uns umgebracht, und man kann einen Mann nicht erschießen, weil er einen Mord geplant hat - jedenfalls nicht, wenn man ihn direkt vor der Pistole hat.«

Victoire blickte ihn bewundernd an. »*Tiens,* ich finde, du bist sehr klug!« sagte sie anerkennend. »Wenn ich zornig bin, denke ich nicht an solche Dinge.«

»Ich tue das im allgemeinen auch nicht«, gab Tarn ehrlich zu. »Doch da wir heiraten werden«, erklärte er mit großer Bestimmtheit - und das war speziell für Hauptmann Lanner gedacht -, »sollte wenigstens einer von uns sein Temperament zügeln können. Und was das Gefängnis betrifft«, fügte er hinzu, »so hätte das verdammt viel Staub aufgewirbelt. Selbst wenn meine Mutter und er immer der Ansicht waren, daß ich nicht wüßte, was ich meiner Familie schuldig sei - ich werde sicher nicht soweit gehen und ihn dem Klatsch der Gosse preisgeben. Der wird sich sowieso nie mehr in England blicken lassen, das kannst du mir glauben.«

»Damit hast du natürlich recht«, sagte Victoire schläfrig und schmiegte ihren Kopf an seine Schulter. »Aber darf ich jetzt bitte schlafen, bis wir im Haus deines Onkels ankommen? Ich glaube, ich kann jetzt nicht länger wach bleiben, denn ich bin sehr, sehr *fatiguée.*«

Ihre Stimme wurde ganz leise, und nach wenigen Augenblicken war sie fest eingeschlafen. Hauptmann Lanner, der wußte, wie schwierig es war, vier temperamentvolle Pferde zu lenken und dabei noch auf eine Frau neben sich aufpassen zu müssen, bedeutete Tarn, sie aufzuwecken. Doch der Marquis wollte nicht.

»Ich werde es schon schaffen«, sagte er und blickte dabei zärtlich auf die kleine Gestalt, die sich so vertrauensvoll an ihn gelehnt hatte.

Dazu meinte der Hauptmann nur philosophisch, zumin-

dest werde er, wenn die beiden im Graben landeten, bestimmt nicht mit von der Partie sein.
Im Morgengrauen fuhr der Wagen die Auffahrt zu Eastcott Park hinauf - viel zu früh, um irgend jemand außer den Dienstboten anzutreffen. Tarn, der die Zügel einem gähnenden Stalljungen zuwarf, der beim Geräusch der Räder erschienen war, half seiner ebenso schläfrigen Verlobten vom Wagen und führte sie die Treppen hinauf. Dabei kümmerte er sich nicht weiter um den erstaunten Blick des Jungen angesichts einer unbeschuhten und zerzausten jungen Dame, die in dem viel zu großen Mantel fast verschwand. Hauptmann Lanner folgte dicht hinter ihnen.
Sie waren kaum ins Haus eingetreten - empfangen von Philbrook, der ihnen überraschend schnell die Türe geöffnet hatte -, als sie merkten, daß sie an keinem alltäglichen Morgen gekommen waren. In der Halle stand bereits Lord Eastcott, von Koffern verschiedener Größe umgeben, und zog sich gerade seine Handschuhe über. Er blickte ungeduldig zur Treppe, als ob er jemand von dort erwarte, und tatsächlich erschien kurz darauf Lady Eastcott, ebenfalls reisefertig. »So komm doch endlich, Eleanor«, sagte Lord Eastcott gereizt. Doch dann wandte er sich schnell um, als er bemerkte, wie Lady Eastcott mit weit aufgerissenen Augen auf das eben eingetroffene Trio starrte. »Lewis!« rief sie aus. »Was in aller Welt tust du hier?« und eilte die Treppe hinunter.
»Was zum Teufel . . .?« rief nun auch Lord Eastcott und blickte erstaunt auf die außergewöhnliche Gesellschaft, die eben in sein Haus eingedrungen war.
Tarn kam herbei, ignorierte ihn jedoch und nahm Lady Eastcotts Hände in seine.
»Sie verreisen doch nicht, Tante?« fragte er. »Zu dieser Stunde? Was ist denn geschehen?«
»Es ist wegen Tina!« sagte Lady Eastcott, die offenbar viel zu sehr mit ihren Problemen beschäftigt war, um sich um die Anwesenheit von Hauptmann Lanner kümmern zu können. »Erst vor einer Stunde kam ein Eilbrief von Arthur. Sie haben sich schon wieder gestritten und sie will ihn verlassen, sagt sie! Ich schwöre dir, daß das Mädchen mich noch

zum Wahnsinn treiben wird! Natürlich werden Eastcott und ich sofort nach London fahren . . .«

»Den Teufel werden Sie!« fiel Tarn ihr ins Wort. »Sie können jetzt nicht fahren! Das heißt«, sagte er großmütig, »mein Onkel kann, wenn er will - aber ich habe Victoire mitgebracht und sie kann nicht mit Lanner und mir allein hier bleiben. Das würde sich nicht ziemen!«

»Würde sich nicht - ziemen?« sagte Lady Eastcott mit schwacher Stimme und sah erstaunt ihren Neffen an, der sich bisher nie um Anstandsfragen gekümmert hatte. Dann fiel ihr Blick auf Victoire, die bis zu den Zehen in Tarns Mantel gehüllt war und wirklich einen recht merkwürdigen Anblick bot. »Und als was, wenn ich bitten darf«, sagte sie mit bemerkenswerter Strenge und deutete auf Victoire, »bezeichnest du denn dies - dies . . .?«

»Das ist eine viel zu lange Geschichte, um sie jetzt zu erzählen«, erwiderte Tarn ungeduldig. »Aber ich kann Ihnen mein Wort darauf geben, daß wir alle eine verdammt schwere Nacht hinter uns haben und ein Bad, Frühstück und ein Bett brauchen, und zwar in dieser Reihenfolge. Sie erinnern sich doch an Lanner, Tante?« fragte er, weil er erst jetzt an seine gesellschaftlichen Pflichten dem Hauptmann gegenüber dachte, der vortrat und höflich sagte, daß es ihm ein Vergnügen sei, seine Bekanntschaft mit Lord und Lady Eastcott zu erneuern.

Lord Eastcott, dem Victoires merkwürdige Erscheinung ebenfalls nicht entgangen war und der aus bestimmten Anzeichen schloß, daß sein Neffe sich auf eine Rauferei eingelassen habe, erklärte mit größter Bestimmtheit, daß die gesamte jüngere Generation verrückt geworden sei und er nun nach London fahren werde.

»Eine ausgezeichnete Idee, Onkel«, stimmte Tarn freundlich zu. »Wie ich Arthur kenne, werden Sie, wenn Sie dort ankommen, sofort feststellen, daß er die Sache maßlos übertrieben und Tina alles nur erfunden hat, um ihm ein neues Ballkleid abzuluchsen - doch wir möchten Sie auf keinen Fall aufhalten. Und was Sie betrifft, Tante - sollten Sie nicht jetzt Ihren Hut abnehmen und mit Ihrer Haushälterin sprechen? Es müssen nämlich drei Räume fertigge-

macht werden und ein herzhaftes Frühstück für uns drei!«
»Lewis, wenn deine gesamte Familie auf der Stelle tot umfiele, würdest du immer noch zuerst nach einem herzhaften Frühstück verlangen!« rief Lady Eastcott halb empört und halb lachend. »Doch was Tina anbetrifft, dürftest du zweifellos recht haben, und Eastcott kann sehr gut ohne mich auskommen - obwohl ich zugeben muß, daß ich eigentlich nur deswegen hier bleibe, weil ich eure Geschichte hören will!« Sie wandte sich an Victoire. »Wollen Sie es sich im kleinen Salon bequem machen, meine Liebe, bis Fream Ihr Zimmer hergerichtet hat?« fragte sie. »Und - oh, meine Liebe, Sie haben kein Gepäck mitgebracht. Also werde ich etwas für Sie zum Anziehen bringen lassen.«
Sie ging eilig davon, um ihre Haushälterin zu suchen, und Victoire ließ sich folgsam von Tarn in ein kleines Zimmer bringen, das von der rückwärtigen Halle aus zu erreichen war. Hauptmann Lanner war so großmütig - und das wußte er auch -, in der Zwischenzeit mit Lord Eastcott dessen beide schöne Grauschimmel zu besichtigen, die vor die Reisekutsche gespannt waren. Insgeheim fragte er sich, ob die Condessa ihm wohl entsprechend dankbar sein würde, weil er dabei geholfen hatte, Mr. Fearon aus der Londoner Szene zu entfernen. Denn es kam ihm langsam der Verdacht, daß dieser Gentleman dahintergesteckt hatte, als sie den Plan gefaßt hatte, Tarns Ehe mit Victoire zu verhindern. Obwohl er beim Anblick der innigen Umarmung recht deprimiert gewesen war, konnte ihn der Gedanke an eine Heirat doch nicht recht begeistern, so attraktiv er auch seine Jugendgespielin fand. Er hatte zwar sehnlichst gewünscht, daß sie in ihn ebenso verliebt gewesen wäre wie er in sie, doch als Soldat mußte er sich sagen, daß man nicht jede Schlacht gewinnen konnte.
Inzwischen hatte Tarn, nachdem sie im kleinen Salon angekommen waren, die Türe hinter sich geschlossen, doch zu Victoires Verwunderung sah er nicht wie jemand aus, der ebenso sehnsüchtig auf eine Umarmung wartete wie sie selbst. Der Marquis war nämlich zum erstenmal in seinem Leben von Zweifeln und Skrupeln geplagt und sagte sich,

daß Victoire vielleicht Hauptmann Lanner viel lieber heiraten würde und daß er, wenn dessen Zuneigung nicht nur gespielt war, um der Condessa einen Gefallen zu tun, ihrem Glück nicht im Wege stehen dürfe und wolle.
Dieser Gedanke war so deprimierend, daß er schnell zum Fenster ging, nur um Victoire nicht ansehen zu müssen. Dabei fragte er sich, ob es nicht besser gewesen wäre, wenn sein Vetter ihm tatsächlich eine Kugel durch den Kopf gejagt hätte, so daß am Schluß jeder glücklich gewesen wäre.
Auf einmal erklang Victoires Stimme ziemlich schüchtern hinter ihm: »Lewis? *Qu'as tu?* Bist du böse?«
»Böse? Nein!« Er drehte sich um und beschloß, die ganze Sache schnell hinter sich zu bringen. »Ich habe nur über Lanner nachgedacht. Du hast mir gesagt, daß er neulich gefragt hat, ob du ihn heiraten willst, doch du hast mir nicht gesagt, welche Antwort du ihm gegeben hast. Und schließlich«, fügte er mit heroischer Selbstverleugnung hinzu, »war er es ja, der uns gerettet hat. Allein hätte ich es nicht geschafft.«
»Aber natürlich hättest du das!« sagte Victoire und blickte ihn entrüstet an. »Du warst *épatant!* Sobald du da warst, hatte ich nicht den geringsten Zweifel daran, daß wir alle beide sicher entkommen würden. Außerdem«, fügte sie eifrig hinzu, »will Constant am liebsten überhaupt nicht heiraten.«
»Darauf kommt es nicht an. Wichtig ist - möchtest du ihn heiraten oder nicht?« sagte Tarn, der ihre Nervosität bemerkte, beharrlich und schwor sich, wenn die Antwort positiv ausfiele, sofort auf den Kontinent zurückzukehren und sich dort auf so tollkühne Abenteuer einzulassen, daß er im Laufe von drei Monaten tot sein würde.
Doch glücklicherweise hatte Victoire gar nichts gemein mit den durchschnittlichen jungen Damen, die einen Mann in so einer Frage hingehalten hätten. »Nein, ich möchte, daß du mich heiratest«, bekannte sie freimütig. Und das war genau das richtige, denn der Marquis fühlte, wie eine Zentnerlast von ihm fiel, so daß er wieder frei atmen konnte. Er nahm sie in seine Arme und drückte sie so fest an sich, daß es aussah, als würde er ihr die Rippen brechen. Diese Ge-

fahr schien sie jedoch nicht allzusehr zu bekümmern - vor allem, als sie den Marquis leise sagen hörte: »O Gott, Kleine, ich bin ja so ein Narr gewesen! Ich habe, bevor ich den Brief gelesen hatte, wirklich nicht gewußt, wie sehr ich dich liebe. Zuerst habe ich auch tatsächlich gedacht, du seist mit ihm durchgebrannt - und ein Leben ohne dich, nein, das könnte ich mir nicht vorstellen!« Und drückte sie noch enger an sich.

Victoire lächelte ihn angesichts so viel Zärtlichkeit ungläubig an, und ihre Augen leuchteten. »Aber wie sollte das denn jemals möglich sein!« erklärte sie. »*Moi,* ich habe vom ersten Augenblick an gewußt, daß ich dich *à tout jamais* lieben würde - und deswegen habe ich auch ja gesagt, als du mich gefragt hast, ob ich dich heiraten will; ich hoffte, daß du eines Tages ebenso fühlen würdest. Und nun ist es geschehen, was *pour moi* ganz, ganz herrlich ist.«

Es schien auf diese Worte keine angemessenere Antwort zu geben als »Mein Liebling!« Er nahm sie noch einmal in den Arm und küßte sie - und er hätte sie wahrscheinlich noch viel länger geküßt, wenn nicht Lady Eastcott hereingekommen wäre, um zu verkünden, daß Victoires Zimmer nun fertig sei. Und was sich denn Tarn dabei denke, Hauptmann Lanner sich selbst zu überlassen, als ob es ihm ganz gleich sei, ob er ein Frühstück bekäme oder nicht?

»Oje, der verdammte Lanner!« sagte der Marquis, war aber nun bester Laune und dachte sich, daß der Hauptmann eigentlich ein toller Bursche sei, dem man wirklich dankbar sein müsse, weil er Victoire und ihn gerade noch rechtzeitig gerettet hatte.

Doch er ließ Victoire nicht los, bis Lady Eastcott ihn ein wenig mißbilligend darauf hinwies, daß er damit eigentlich bis nach dem Frühstück warten könnte, zumal die junge Dame nicht einmal Schuhe anhabe. Im übrigen sei später, wenn sie verheiratet wären, noch genügend Zeit dafür - falls er so etwas im Sinn habe.

»Genau das habe ich im Sinn«, sagte der Marquis und blickte Victoire zärtlich an.

Er ließ sie widerstrebend los, und sie ging ebenso widerstrebend in ihr Zimmer hinauf. Als sie dann oben war und aus dem Fenster schaute, sah sie die Sonne sehr blank und golden über einer dunstigen Sommerwelt aufgehen, die nach Rosen, Levkojen und frischem Tau duftete. Und sie dachte, halb schon schlafend und von ihrem Liebsten träumend, daß es genau wie im Märchen sei - nur daß nie eine Prinzessin in einem Märchen so glücklich gewesen wäre wie sie jetzt.